알피는 가족이 필요해

알피는 가족이 필요해

ALFIE

레이첼 웰스 장편소설
장현희 옮김

THE DOORSTEP CAT

해피북스
투유

살면서 내 가족이 되어줬던 모든 고양이에게 이 작품을 바친다. 그들은 내 가족이자 친구였으며, 영감이었고 모든 순간의 지지자로 단순한 반려동물, 그 이상이었다.

나와 함께 산책해 주고 인형놀이를 해도 기꺼이 받아들여 주던 내 첫 고양이, 진저에게. 오래전 이 세상을 떠난 너지만, 난 절대로 널 잊지 않을 거야.

1

"집 정리는 금방 끝날 것 같아."

린다가 말했다.

"린다, 너무 긍정적인 거 아냐? 당신 어머니가 모은 잡동사니 좀 봐."

제러미가 반박했다.

"그렇게까지 말할 건 없잖아. 괜찮은 도자기 그릇도 몇 개 있고, 그중에 값나가는 게 있을지도 몰라."

나는 불안한 마음에 자꾸만 튕겨대는 꼬리를 억누르려 애쓰며 잠든 척했다. 하지만 나도 모르게 귀를 바짝 세운 채 두 사람의 대화에 집중하게 됐다. 나는 몸을 동그랗게 말고서 마거릿이 가장 좋아하는, 아니, 정확히는 가장 좋아했던 의자 위에 앉아 마거릿의 딸과 사위를 지켜봤다. 두 사람은 내 미래가 어떻게 될 것인지에 관한 이야기를 나누고 있었다.

지난 며칠은 끔찍하게 혼란스러운 시간이었다. 정확히 무슨 일이 일어난 건지 완벽히 이해하지 못해서 더 그랬다. 울지 않으려 애쓰며 두 사람의 대화를 듣는 동안 제대로 이해한 건 단 한 가지뿐이었다. 지금까지 익숙했던, 평온했던 내 묘생은 끝나버렸다는 사실이었다.

"그래, 운이 좋다면 말이야. 그래도 집 정리 업체를 부르는 게 좋겠어. 당신 어머니 물건은 가져가고 싶지 않아."

나는 몰래 그들을 훔쳐봤다. 제러미는 머리가 희고 키가 큰 고약한 성격의 남자였다. 나는 그를 진심으로 좋아한 적이 없다. 하지만 린다는 언제나 내게 다정했다.

"엄마가 그리울 텐데, 난 몇 개만이라도 가져가고 싶어."

린다는 울음을 터뜨렸다. 그녀를 따라 울부짖는 법을 배우긴 했지만, 이번에는 그러지 않았다.

"나도 알아."

제러미의 목소리가 누그러졌다.

"하지만 영영 여기서 살 수는 없어. 장례식도 끝났으니 부동산에 내놓을 생각을 해야지. 정리만 끝나도 며칠이면 돌아갈 수 있잖아."

"다 끝났다는 게 너무 실감 날까 봐 그래. 그래도 당신 말이 맞아."

린다는 한숨을 내쉬었다.

"그럼 알피는 어떻게 할까?"

털이 곤두섰다. 내가 무엇보다 기다리고 있던 말이었다. 난 어떻게 되는 거지?

"보호소로 보내야겠지."

머리부터 발끝까지 털이 바짝 서는 게 느껴졌다.

"보호소? 엄마가 알피를 얼마나 좋아하셨는지 알면서 그래? 그냥 버리기에는 너무 잔인하잖아."

인간의 말을 할 수만 있다면 린다에게 동의하고 싶었다. 그냥 잔인한 것 이상이었다.

"하지만 우리 집에 데려갈 순 없잖아. 강아지도 두 마리나 있고, 우리 생활이랑 고양이가 맞는 것도 아니지."

나는 몹시 화가 났다. 두 사람과 같이 가고 싶은 마음이 간절한 건 아니었지만, 무슨 일이 있어도 절대로 보호소에 갈 수는 없는 노릇이었다.

보호소. 생각만 해도 몸이 사시나무처럼 떨렸다. 케어도 없이 방치하는 곳에 '보호' 따위의 단어를 써서 이름 붙이다니, 그렇게 부적절할 수가 없었다. 그곳으로 가는 건 고양이들에게 있어 사형 선고나 마찬가지인데 무슨 소리인지! 새로운 집을 찾은 운 좋은 고양이가 몇 마리 있을지도 모르지만, 그들에게 무슨 일이 일어났는지는 아무도 모르지 않나? 새로운 가족이 그들에게 잘해준다는 보장도 없다! 내가 아는 고양이들은 너나 할 것 없이 전부 보호소가 나쁜 곳이라고 생각했다. 게다가 보호소에서 새로운 가족을 찾지 못한 고양이에게는 사형 선고가 기다리고 있다는 것은 우리 모두 너무나도 잘 알고 있는 사실이었다.

나는 특별한 매력이 있는 잘생긴 고양이지만, 보호소에 가는 위험은 추호도 감수할 생각이 없었다.

"당신 말이 맞아. 우리 개들은 알피를 산 채로 잡아먹으려 들 거야. 보호소도 요즘은 잘 되어있다고 들었고, 알피라면 금세 새 가족을 찾을 수 있을지도 몰라."

린다는 고민을 끝내지 않은 듯 잠깐 말을 멈췄다가 계속했다.

"어쩔 수 없네. 아침에 보호소랑 집 정리 업체에 전화할게. 그러고 나면 부동산 중개인을 부를 수 있을 거야."

린다의 말투에서 결단력이 느껴진 순간, 나는 내 운명이 확정됐다는 사실을 깨달았다. 내가 뭐라도 하지 않는 이상 말이다.

"처음부터 이렇게 생각했으면 좋았잖아. 힘든 건 알지만, 어머니가 적지 않은 연세였던 데다 고집도 어지간히 세셨던 걸 생각하면 그리 놀랄 일도 아니었고."

"그렇다고 이 모든 게 쉬워지는 건 아니야."

나는 발바닥으로 귀를 가렸다. 작은 머릿속이 너무나도 어지러웠다. 지난 2주 사이에 나는 내 주인을, 그러니까 내가 그나마 유일하게 가족으로 여기는 인간을 잃었다. 내 삶은 완전히 뒤집혔고, 내 마음은 찢어졌으며, 내 기분은 황량할 정도로 외로워졌다. 게다가 이제는 떠돌이 신세가 되게 생겼다. 대체 나더러 어쩌란 거지? 난 그저 고양이일 뿐인데!

나는 흔히들 말하는 '무릎냥이'에 속했다. 밤새 밖을 돌아다니며 사냥을 하거나 배회하거나 다른 고양이들과 어울릴 필요를 느끼지 못했다는 뜻이다. 내게는 따뜻한 무릎과 음식과 편안함이 있었으니까. 나와 함께 있어줄 가족도 있었다. 하지만 그 모든 것을 빼앗기게 된 내 연약한 심장은 산산이 조각나고 말았다. 살면서 처음으로 나는 오롯이 혼자가 되었다.

예전에는 테라스가 있는 작은 집에서 내 주인인 마거릿과 함께 살았다. 아그네스라는 누나 고양이도 있었다. 나이가 워낙 많아서 누나보다는 이모에 가까웠지만. 1년 전 아그네스가 고양이 별로 떠난 후, 나는 상상조차 못 했던 고통을 느꼈다. 너무나도 고통스러워서 영영 회복할 수 없을 거라고 생각했다. 하지만 내게는 나를 너무나도 사랑했던 마거릿이 있었다. 아그네스와 작별한 슬픔 속에서 우리는 서로에게 매달렸다. 아그네스를 아주 좋아했던 우리는 고통으로 하나 되어 매분 매초 아그네스를 그리워했다.

하지만 묘생은 더욱 잔인했다. 2주 전 어느 날, 마거릿은 침대에서 일어나지 않았다. 고양이일 뿐인 나는 뭐가 잘못됐는지도, 어떻게 해야 하는지도 알지 못했다. 그래서 마거릿의 옆에 누워 최대한 큰 소리로 울부짖기만 했다. 다행히 일주일에 한 번씩 마거릿을 봐주는 간호사가 마침 들르는 날이었다. 초인종이 울리는 소리가 들리자, 나는 어쩔 수 없이 마거릿의 곁을 벗어나 고양이 문으로 나왔다.

"어머, 무슨 일이니?"

간호사는 죽기 살기로 울부짖는 나를 보며 물었다. 간호사가 다시 초인종을 누르자, 나는 부드럽지만 뭔가 잘못된 걸 알릴 수 있을 만큼 끈질기게 그녀를 발로 긁어댔다.

이상함을 감지한 간호사는 여분의 열쇠를 사용해 문을 열었고, 온기 없는 마거릿의 시체를 발견했다. 마거릿을 되찾을 수 없다는 사실을 알아차린 내가 그녀의 곁을 지키고 있는 동안 간호사는 급히 몇 군데에 전화를 걸었다. 얼마 후, 몇 명의 남자가 마거릿을 데려가려 했다. 나는 계속 울부짖었다. 마거릿과 함께 갈 수 없었기 때문이었다. 그 순간, 나는 정말로 지금까지의 내 묘생이 끝났다는 사실을 깨달았다. 마거릿의 가족을 마주한 나는 정말 목이 쉴 때까지 울어댔다.

제러미와 린다가 대화를 계속하는 동안, 나는 조용히 의자에서 뛰어내려 집에서 나왔다. 나는 조언을 얻을 만한 다른 고양이를 찾아 어슬렁거렸지만, 티타임에 가까운 시간이었던지라 아무도 보이지 않았다. 다행히 나는 길 아래쪽에 사는 다정하고 나이 든 고양이, 마비스와 알고 지내는 사이였다. 나는 마비스의 고양이 문 앞에 앉아 큰 소리로 야옹거렸다.

마비스는 마거릿이 죽었다는 사실을 눈치챘다. 남자들이 마거릿을 데려가는 모습을 목격한 후, 얼마 지나지 않아 마거릿을 애타게 그리워하는 내 모습을 발견했기 때문이었다. 아그네스처럼 정이 많은 마비스는 내가 울부짖다 지칠 때까지 나를 돌봐줬다. 마비스는 린다와 제러미가 도착할 때까지 나와 함께 있어주면서 음식과 우유를 나눠줬다.

내 부름을 들은 마비스는 고양이 문 밖으로 나왔고, 나는 그녀에게 자초지종을 털어놨다.

"널 못 데려가겠다고 했다고?"

그녀는 슬픈 눈으로 나를 바라봤다.

"네. 어차피 개들이 있대요. 저도 개랑 같이 살고 싶지 않고요."

개와 같이 산다는 생각만 해도 진절머리가 난 우리 둘은 함께 몸을 떨었다.

"어떤 고양이가 개랑 같이 살고 싶겠니?"

그녀가 말했다.

"저는 이제 어떻게 해야 할지 모르겠어요."

나는 다시 울지 않으려 애쓰며 칭얼거렸다. 마비스는 내게 몸을 바짝 기댔다. 우리는 최근까지도 그리 가까운 사이가 아니었지만 마비스는 굉장히 다정한 고양이였다. 나는 그녀와의 우정에 진심으로 감사했다.

"알피, 널 보호소로 데려가게 두지는 마."

마비스가 말했다.

"내가 널 돌봐주면 좋겠지만 그럴 수 없을 것 같아. 나도 늙어서 항상 피곤한데, 내 주인도 마거릿보다 그리 젊지 않거든. 용감하고 씩씩하게 직접 새 주인을 찾으렴."

그녀는 애정 어린 몸짓으로 내 목에 자기 목을 비볐다.

"그렇지만 어떻게요?"

나는 물었다. 이토록 두려운 감정은 난생처음이었다.

"나도 정답을 알면 좋겠어. 그래도 삶이란 게 얼마나 부서지기 쉬운지 배웠잖니. 그러니 마음을 굳게 먹도록 하렴."

마비스는 내 코에 자신의 코를 비볐고, 나는 떠날 때가 됐다는 걸 알았다. 나는 마지막으로 마거릿의 집에 들렀다. 떠나기 전, 모든 것을 기억에 담아두고 싶었다. 내 여정에 함께

할, 기억 속에 가둬둘 그림을 남기고 싶었다. 어쩌면 그 추억이 내게 용기를 줄지도 몰랐다.

나는 마거릿의 장신구들을 바라봤다. 그녀는 그것을 그녀의 '보물'이라고 불렀다. 그리고 이제는 너무나도 익숙해진 벽에 걸린 그림들과 내가 어려서 뭘 잘 모를 때 긁어놓은 헤진 카펫도 두 눈에 담았다. 이 집은 곧 나였고, 나는 곧 이 집이었다. 이제 나는 무엇이 될까? 전혀 예상할 수 없으니 눈앞이 캄캄했다. 입맛이 거의 없었지만, 나는 린다가 준 음식을 억지로 먹었다. (앞으로 언제 또 음식을 먹을 수 있게 될지 모르는 일이니까.)

그러고는 마지막으로 한때 우리 집이었던, 그리고 언제나 나를 따뜻하고 안전하게 지켜주던 공간을 아주 오랫동안 둘러봤다. 또 그동안 배운 것들을 되새겨 봤다. 이 집에서 지내는 4년간 경험한 사랑과 이별을. 이 집은 한때 보살핌받았던 곳이지만 이제는 아니었다.

새끼 고양이였을 때 이곳에 왔던 기억이 났다. 그때만 해도 아그네스는 나를 좋아하지 않았고, 그녀를 위협하는 존재로 취급했다. 하지만 나는 아그네스의 마음을 열었고, 마거릿은 언제나 우리가 세상에서 가장 소중한 고양이인 것처럼 대해줬다. 난 정말 행운 넘치는 고양이였다. 하지만 그 운은 이제 수명을 다했다. 운이 좋았던 묘생이 끝났다는 사실에

15

나는 애도했다. 본능적으로 살아남아야 한다는 생각이 들었지만, 그 방법은 알 수 없었다. 나는 그런 낯섦 속으로 뛰어들 준비를 했다.

2

가슴이 여전히 찢어졌지만, 마땅한 다른 방법은 없다. 나는 두려움을 안고 유일하게 집이라고 부를 수 있었던 곳에서 나왔다. 어디로 가야 할지도, 어떻게 살아남아야 할지도 전혀 알 수 없었다. 하지만 나 자신과 몇 개 없는 내 능력에 의존하는 것이 보호소에 가는 것보다 나은 선택이라는 것만큼은 알고 있었다. 나 같은 고양이에게는 집과 사랑이 필요하다는 사실도 알았다.

어두운 밤거리를 향해 살금살금 나아가는 내 작은 몸은 두려움으로 떨렸고, 나는 용기를 낼 방법을 찾으려 애썼다. 아는 건 별로 없지만 다시 혼자가 되는 건 죽어도 싫다는 생각만큼은 확실했다. 무릎냥이에게는 앉을 무릎이 필요했다.

여러 명의 무릎이라도 좋았다. 구체적인 목표를 정한 나는 용기를 냈다. 이 용기가 나를 실망시키지 않기를 희망하고 기도했다.

나는 감각에 의존해 걷기 시작했다. 불친절한 밤의 어둠 속에서 거리를 배회하는 것은 내게 익숙지 않은 일이었다. 하지만 모든 게 잘 보이고 잘 들렸던 만큼 나는 다 잘될 거라는 혼잣말을 계속해서 되뇌었다. 나는 마거릿과 아그네스의 목소리가 나를 안내해 주길 바라며 귀를 활짝 열고 거리를 걸었다.

첫날 밤은 아주 무섭고 길어서 힘들었다. 달빛이 나를 비춘 어느 순간, 나는 누군가의 뒷마당에 있는 작은 헛간을 발견했다. 다리도 아프고 지친 참이었는데, 잘된 일이었다. 다행히 문도 열려있었다. 헛간은 먼지투성이에 거미줄이 잔뜩이었지만, 그런 것까지 신경을 쓰기에는 너무 피곤했다. 나는 헛간 구석 바닥에 몸을 웅크렸다. 바닥은 딱딱하고 더러웠지만, 나는 금세 잠이 들었다.

밤중에 울부짖는 소리가 나를 잠에서 깨웠다. 커다란 검은 고양이가 날 향해 다가왔다. 나는 깜짝 놀라 펄쩍 뛰어올랐다. 검은 고양이는 화난 표정으로 나를 쳐다봤다. 다리가 후들거리긴 했지만, 나는 굴복하지 않으려 애썼다.

"여기서 뭐 하는 거야?"

그는 하악질을 하듯 공격적으로 물었다.

"잘 곳이 필요했어."

자신 있게 내뱉으려 했지만 내 목소리는 모기 같았다. 그를 쉽게 지나갈 방법은 없어보였다. 그래서 나는 떨리는 몸을 숨긴 채, 위협적인 표정을 지으려 애썼다. 그러나 그의 사악한 미소에 나는 거의 주저앉을 뻔했다. 그 틈에 그는 다리를 뻗어 발톱으로 내 머리를 할퀴었다. 그가 할퀸 곳에서 느껴지는 통증 때문에 나는 비명을 질렀다. 몸을 공처럼 웅크리고 싶었지만, 반드시 이 악랄한 고양이에게서 도망쳐야만 한다는 건 알았다.

그는 내 얼굴을 향해 반짝이는 발톱을 휘둘렀지만, 다행히 내가 그보다 날렵했다. 나는 문을 향해 도약했고, 빠르게 달려 그를 지나갔다. 그의 거친 털이 날 스치긴 했지만, 나는 다행히 밖으로 빠져나올 수 있었다. 그는 나를 돌아보며 다시 쉬익거렸다. 나는 그를 향해 침을 뱉고는 내 작은 다리를 최대한 움직여 전속력으로 달렸다.

어느 순간 멈추고 숨을 헐떡이며 뒤를 돌아본 나는 그가 쫓아오지 못했다는 것을 알아차렸다. 나는 처음으로 위험을 맛보았고, 살아남으려면 더 두꺼운 털이 필요하다는 사실을 깨달았다. 나는 발바닥으로 털을 매만지며 여전히 욱신거리는 할퀸 자국을 무시하려 애썼다.

이번 싸움으로 필요하다면 빨리 달릴 수 있다는 것을 알았으니, 위험에서 벗어나야 할 때 유용하게 쓸 수 있을 터였다. 긴장되는 상황에서 탈출한 나는 계속 걸어 다니며 울부짖었다. 내 몸을 둘러싼 두려움이 나를 어딘가로 떠미는 것 같았다.

나는 고개를 들고 밤하늘과 별을 바라보았다. 아그네스와 마거릿이 나를 보고 있을까? 그러면 좋겠다고 생각했다.

이제 멈춰도 되겠다 싶었을 때는 배가 너무 고팠고, 밖은 너무 추웠다. 매일 마거릿의 벽난로 옆에 앉아 몸을 녹이던 내게 이런 삶은 너무도 낯설었다. 이제 음식이 필요하다면 사냥을 해야 할 터였다. 예전에는 거의 할 필요가 없었던 일인 데다, 능숙하지도 않은 일이었다. 나는 냄새를 따라가다 커다란 집 밖의 쓰레기통 주변에서 숨어있는 쥐들을 발견했다. 평소에는 통조림 음식을, 특별한 날에는 마거릿에게 생선을 받아먹었기에 쥐를 먹는 건 내키지 않는 일이었다. 그래도 나는 쥐 한 마리를 구석으로 몰아넣고 달려들었다. 이 정도의 배고픔에 익숙지 않았던 만큼 싫어하는 쥐마저도 거의 맛있게 느껴졌다. 그리고 계속 나아갈 만큼의 기력은 얻을 수 있었다.

나는 날이 밝아올 때까지 밤새도록 배회했다. 가끔은 여전히 장난기 많은 고양이 알피라는 사실을 잊지 않으려 내 꼬리를 쫓아 뛰어오르는 연습을 했다. 내 주위를 서성거리는 뚱뚱한 파리를 사냥하려던 나는 기력을 비축해 둬야 한다는 사실을 떠올렸다. 언제 어디에서 또 식사를 할 수 있게 될지 몰랐으니까.

여전히 어디로 갈지 모른 채, 나는 큰 도로를 마주쳤다. 애석하게도 나는 도로와 교통에 익숙하지 않았다. 내가 새끼 고양이일 때 마거릿이 나를 도로 근처에도 가지 못하게 했기 때문이다. 쌀쌀맞게 나를 지나쳐 가는 자동차와 밴은 시끄럽고 무서웠다. 나는 두근거리는 마음으로 인도에 서서 틈이 보일 때까지 기다렸다. 잠시 눈을 감고 달려야 할까 하는 바보 같은 생각도 했지만, 다행히 멍청한 짓을 하기 전에 떨리는 다리가 얌전해졌다.

나는 두려움에 떨면서 작은 발 하나를 도로에 내려놨다. 차들이 가까워지자 도로가 진동하는 게 느껴졌다. 경적이 들려 왼쪽을 돌아보니 커다란 한 쌍의 불빛이 나를 향해 무섭게 돌진하고 있었다. 나는 살면서 가장 빠른 속도로 달렸다. 무엇인가 내 꼬리를 스치는 게 느껴졌다. 순식간에 겁에 질린 나는 비명을 지르며 최대한 멀리 뛰어 인도에 착지했다.

쿵쾅거리는 심장을 부여잡으며 뒤를 돌아본 순간, 자동차가 빠른 속도로 지나갔다. 자칫하면 그 밑에 깔렸을 수도 있었다. 내가 방금 신화에나 등장하는 아홉 개의 목숨 중 하나를 쓴 것은 아닐까 싶었다. 아니, 썼다고 확신했다. 숨을 고르고 나니 또다시 두려움이 나를 떠밀었다. 나는 젤리처럼 떨리는 다리를 이끌고 도로에서 멀어지는 방향으로 걷다가 누군가의 대문 앞에 쓰러졌다.

몇 분 후, 문이 열리고 한 여자가 나왔다. 그녀 옆에는 목줄을 한 개가 함께 있었다. 나를 본 개가 격렬하게 짖으며 달려들었고, 나는 잠시 쉴 틈도 없이 또다시 도망쳐야만 했다. 다행히 여자는 목줄을 잡아당기며 개를 말렸다. 개는 나를 향해 으르렁거렸고, 나는 개를 경계하기 위해 하악거렸다.

나는 세상이 얼마나 위험하고 적대적인 곳인지 빠르게 배우고 있었다. 아그네스와 마거릿이 있는 집과는 천지 차이였다. 어쩌면 보호소가 안전할 수도 있지 않을까 싶은 생각이 들기 시작했다.

하지만 돌아갈 수는 없었다. 이제는 내가 어디에 있는지조차 알 수 없었기 때문이었다. 처음 집을 나설 때, 나는 어디로 가야 하는지도, 내게 무슨 일이 생길지도 정확히 알지 못했지만 희망을 버리지는 않았다. 조금 모험을 해야 할지는 몰라도 마음속 한구석에는 친근한 가족이, 어쩌면 다정한 작은 소녀가 나를 발견하고 내 새로운 집으로 데려가 줄 거라는 믿음이 있었다. 매일 공포를 마주하고, 살기 위해 달리고, 배고파 쓰러지기 직전일 때마다 나는 머릿속으로 그런 상상을 그렸다.

지금의 나는 방향 감각도 없었고, 목도 말랐고, 피곤했다. 나를 지탱해 주던 아드레날린이 바닥나자, 다리가 무거워지기 시작했다.

나는 뒷골목을 찾아갔다. 거기에서 울타리 위로 뛰어올라 발레리나처럼 균형을 잡으면 높은 곳에서 아래를 내려다보며 안전하게 이동할 수 있을 거라는 생각 때문이었다. 그러기 위해 나는 남은 기력을 모두 끌어모았다. 나는 커다란 물그릇이 놓인 기둥이 있는 정원을 발견했다. 마거릿의 정원에도 새들이 물을 마실 수 있도록 놓아둔 기둥이 있었다.

나는 땅으로 뛰어내린 다음, 간신히 그 기둥 위로 올라갔다. 물을 마시기 위해서라면 아무리 높은 산이라도 오를 수 있을 것 같았다. 탐욕스럽게 물을 들이켜자 안도감이 찾아왔다. 나는 주변을 서성거리는 새 몇 마리를 쫓아냈다. 지금 이 물은 내 거였다. 물그릇을 전부 비운 후, 나는 울타리로 돌아가 이전의 내 삶으로부터 점점 더 멀어졌다.

다행히도 나는 평온한 밤을 보냈다. 다른 고양이들을 마주치긴 했지만, 짝짓기를 위한 울음소리 내기와 교미에만 관심이 있던 그들은 나를 무시했다.

다른 고양이들에 대해 내가 아는 정보 대부분은 아그네스에게 배운 것이었다. 내가 아그네스를 만났을 때 그녀는 이미 거의 움직일 수 없는 상태였다. 게다가 우리 동네의 고

23

양이들은 대체로 친절했다. 특히 내게 극진한 친절을 베푼 마비스가 그랬다. 나는 고양이들에게 다가가 도움을 요청하고 싶었지만, 그들은 너무 바빠보였다. 게다가 검은 고양이 사건 이후로 겁이 났던 나는 조심스레 걸으며 그들을 지나쳤다.

다음 날 아침이 되니 꽤 먼 거리를 온 듯한 기분이 들었다. 또다시 배가 고파진 나는 친절한 고양이가 음식을 나눠주길 바라며 최대한 매력적인 모습을 보여야겠다고 마음먹었다. 마침 반짝이는 빨간색 문이 있는 집 밖에서 일광욕을 하는 제법 몸집이 큰 줄무늬 고양이를 발견할 수 있었다. 나는 지체 없이 그녀에게 다가가 가르랑거렸다.

"세상에."

그녀는 말했다.

"꼴이 말이 아니구나."

그 말에 기분이 나빠지려던 나는 마거릿의 집을 떠난 후 살아남는 것과 위험을 피하는 것에만 집중한 나머지, 제대로 그루밍을 할 수 없었다는 사실을 떠올렸다.

"집도 없고 배도 고파요."

나는 야옹거렸다.

"이리 오렴. 내 아침 식사를 나눠줄게."

그녀는 말했다.

"그렇지만 밥만 먹고 바로 가야 해. 내 주인이 곧 돌아올 텐데, 아마 집에 길고양이가 있는 걸 보면 좋아하지 않을 거야."

갑자기 내가 정말 길고양이가 됐다는 실감이 났다. 집도 없었고, 가족도 없었고, 날 보호해 줄 곳도 없었으니까. 나는 이제 두려움 속에서 살고, 항상 배고픔과 피곤함을 느끼며, 스스로를 돌보아야 하고, 최상의 모습과는 전혀 동떨어진 모습으로 살아가야 하는 불행한 고양이 중 한 마리가 됐다. 그런 고양이들의 대열에 합류했다니 기분이 끔찍했다.

나는 감사한 마음으로 먹고 마신 후 친절한 고양이에게 감사 인사와 작별 인사를 하고는 다시 길을 나섰다.

내 정신 상태는 내 몸 상태와 비슷해졌다. 슬픔은 내 일부가 되어 털 한 올까지 온몸으로 마거릿을 그리워하는 내 마음을 고통스럽게 했다. 하지만 나는 사랑을 알았다. 내 주인과 내 누나 고양이의 사랑을. 그들과 그들의 사랑에 보답하려면 나는 계속 나아가야 했다. 배부름이 느껴지자 계속 나아갈 준비를 할 새로운 에너지가 샘솟았다.

3

　며칠이 지나자 나는 내가 살던 집에서 더욱 멀어졌다. 그
사이에 다정한 고양이도, 괴팍한 고양이도 만났다. 날 보면
신나서 짖어댔지만, 다행히 나를 잡지는 못하는 못된 개들도
많이 만났다. 나는 이리저리 춤추고 뛰어다니고 도망 다니
느라 말 그대로 언제나 까치발로 다녀야 했고, 내 기력은 언
제나 바닥나 있었다. 나는 필요할 때면 맞서 싸우는 법을 배
웠다. 나는 본능적인 공격성을 갖추진 못했지만, 본능적으로
살아남는 능력은 갖추고 있었다. 나는 자동차와 고양이, 개
들을 피해 다니면서 점점 더 길고양이가 되고 있었다.

　하지만 나는 날이 갈수록 더 말라갔다. 한때 윤기가 났던
내 털은 얼룩덜룩해졌고, 몸은 춥고, 마음은 지쳤다. 내가 대

체 어떻게 살아남은 건지 모르겠다. 삶이 이렇게 될 수 있다고는 상상도 해본 적이 없었다. 나는 그 어느 때보다 슬펐고, 상상 이상으로 외로웠다. 잠을 잘 때는 악몽에 시달리고, 깨어나면 내 처지가 기억나 울음을 터뜨렸다. 나는 끔찍한 시간을 보내면서 때로는 그저 모든 것을 끝내버리고 싶었다. 얼마나 더 버틸 수 있을지 확신이 서지 않았다.

나는 육체적으로도 정신적으로도 길거리가 얼마나 냉혹하고 무자비할 수 있는지 알아가고 있었다. 큰 대가를 치르며 너무 낙담한 나머지 한 발 한 발 내딛는 것조차 힘겨운 싸움을 치르고 있었다.

춥고, 비 오는 날씨는 꼭 내 기분 같았다. 털이 제대로 마르지 못해 뼛속까지 한기가 느껴졌다. 집 없이 지낸 시간 동안, 그러니까 미래의 친절한 가족을 찾아 헤매는 동안 다정한 어린 소녀는 나타나지 않았다. 지금껏 나를 구해준 사람은 아무도 없었고, 앞으로도 그럴 것 같다는 생각이 들기 시작했다. 나 스스로가 불쌍히 여겨졌다는 말로는 다 표현하지 못했다.

나는 또다시 여전히 너무 두려운 도로로 향했다. 도로를 건너는 것에 더 익숙해지긴 했지만, 여전히 인도에서 발을 내디딜 때마다 목숨을 거는 것 같았다. 나는 아주 오래 기다리더라도 건널 때는 천천히 가야 한다는 것을 배웠다. 그래서 나는 앉아서 머리를 좌우로 움직이며 안전하게 건널 수 있을 만큼 다니는 차가 뜸해질 때까지 기다렸다. 그런데도 나는 최대한 빨리 달리는 습관을 버릴 수 없었고, 맞은편에 도착했을 때는 숨이 가빴다.

불행히도, 도로를 건너는 데 너무 집중한 나머지 나는 건너편에 서있던 작고 뚱뚱한 개를 알아채지 못했다. 그 개는 나를 향해 으르렁거리며 날카로운 이빨을 드러내고 침을 흘리며 싸울 자세를 취했다. 안타깝게도 그 개를 제어할 목줄이나 주인은 보이지 않았다.

"쉬익."

나는 잔뜩 겁을 집어먹었지만 개에게 맞서려 최선을 다했다. 냄새를 맡을 수 있을 정도로 나와 가까이 있던 개는 나를 향해 짖더니 갑자기 달려들었다. 나는 피곤함에 절어있었지만, 뒤로 펄쩍 뛰어 달리기 시작했다. 꼬리에 개의 숨결이 느껴졌다. 속도를 높이며 용기 있게 뒤를 돌아보니 그 개는 내 뒤꿈치를 물 심산으로 쫓아오고 있었다. 몸집이 뚱뚱한 것치고는 빠른 속도였다. 열심히 도망치는 동안 개가 격렬히 짖는 소리가 들렸다.

모퉁이를 돌자 골목길이 나왔다. 나는 방향을 틀어 전속력을 다해 골목으로 달렸다. 몇 킬로미터는 달린 것 같은 기분이 들 때쯤 아무것도 들리지 않자 속도를 늦추고 뒤를 돌아보았다. 다행히도 그 개는 보이지 않았다. 간신히 도망치는 데 성공한 것이었다.

심장이 쿵쾅거리는 걸 느끼며 속도를 늦춘 나는 사람들이 채소를 기르는 텃밭으로 이어지는 골목길을 따라갔다. 여전히 비가 쏟아져서인지 사람은 몇 명 나와있지 않았다. 그래서 나는 젖고 지친 상태임에도 당당한 발걸음으로 피신처를 찾아다녔다. 텃밭 중 한 곳에 문이 살짝 열린 헛간이 보였다. 안에 무엇이 있을지 신경 쓰지 못할 정도로 지쳤던 나는 코로 살짝 문을 밀어 열었다. 너무 춥고 불안해서 당장이라도 건조한 공간에서 쉬지 않으면 병이 날 것 같았다.

헛간 안으로 살금살금 들어가니 다행히도 한쪽 끝에 담요가 있었다. 곰팡내가 나는 좀 거친 담요는 호사스러웠던 내 옛 삶과는 비교가 안 됐지만, 그 순간만큼은 궁전 같았다. 나는 몸을 둥글게 말고 최대한 털을 말리려 노력했다. 반쯤 굶주린 상태였지만 음식을 찾으러 갈 엄두가 나지 않았다.

나는 비가 헛간을 때리는 소리를 들으며 혼자 조용히 울었다. 생각해 보니 난 정말 버릇없이 자란 고양이였다. 마거릿과 살 때는 당연하게 여겼던 것들이 너무 많았다. 언제나 배불리 먹고, 사랑받고, 따뜻하고, 보살핌받을 거라고 생각했다. 추운 날엔 마거릿의 거실에서 따뜻한 벽난로 옆에 앉거나 창가에서 햇볕을 쬤다. 응석받이 고양이의 삶은 말 그대로 사치였다. 인제 와서야 그때 내가 얼마나 운 좋은 고양이였는지 깨닫게 되었다는 생각에 웃음이 나왔다.

이제 나는 어떻게 되는 걸까? 마비스가 내게 떠나라고 했을 때만 해도 정말 이런 일이 일어날 줄은 몰랐다. 계속해서 살아남을 수 있을지 고민하는 상황에 놓이게 될 줄은 꿈에도 몰랐다. 계속 나아갈 수는 있을지에 대한 확신도 없었다. 내 여정은 이 헛간의 냄새 나는 담요 위에서 끝나게 되는 걸까? 그게 내 운명일까? 그러지 않기를 바랐지만, 다른 대안이 무엇인지 알 수 없었다. 자기 연민에 빠지면 안 될 일이란 걸 알았지만 어쩔 수 없었다. 이전의 내 삶이 너무나 그리웠고 앞으로 내가 어떻게 될지 몰라 눈앞이 캄캄했기 때문이었다.

잠이 들었던 모양이다. 눈을 뜨니 한 쌍의 눈이 나를 응시하고 있었다. 나는 눈을 깜빡였다. 몸은 밤처럼 새까맣고 눈은 횃불처럼 빛나는 고양이가 내 앞에 서있었다.

"나쁜 짓 할 생각은 없어요."

나는 얼른 말했다. 그녀가 싸우려 들면 그대로 죽게 될까 봐 무서웠다.

"낯선 냄새가 나는 것 같더라니. 여기에서 뭐 하는 거야?"

그녀는 공격적이지 않은 말투로 물었다.

"쉴 곳이 필요했어요. 개한테 쫓기다가 여기까지 왔는데,

여기는 따뜻하고 뽀송뽀송해서…….”

“너 길고양이니?”

그녀는 물었다.

“원래는 아니었는데, 지금은 맞아요.”

나는 슬픈 목소리로 대답했다. 그녀의 등이 활처럼 휘었다.

“이봐. 여긴 내 사냥터야. 난 길고양이고 그게 좋아. 여기에선 먹을 걸 찾으러 오는 쥐나 새처럼 괜찮은 수확을 얻을 수 있거든. 난 여길 내 구역이라고 생각해. 네가 여길 차지하려는 속셈은 아닌지 확인하려던 것뿐이야.”

“당연히 아니죠!”

나는 분개하며 대답했다.

“그저 비를 피할 곳이 필요했을 뿐이라고요.”

“비는 결국 익숙해질 거야.”

그녀는 말했다.

나는 그런 말은 하지도 말라며 반박하고 싶었지만, 새로운 동료의 기분을 상하게 하고 싶지는 않았다. 나는 천천히 일어나서 그녀를 향해 다가갔다.

“결국 다 괜찮아질까요?”

나는 이게 정말 내 미래일까 궁금해하며 물었다.

“나도 몰라. 익숙해지기는 해.”

그녀의 눈빛이 어두워졌다.

"어쨌든 따라와. 사냥도 도와주고 물 마실 곳을 보여줄게. 그렇지만 내일 아침엔 이곳을 떠나야 해. 알겠지?" 나는 그녀가 말한 조건에 동의했다.

음식을 먹고 물을 마신 후에도 내 기분은 나아지지 않았다. 나는 다시 담요 위로 몸을 둥글게 말았고, 새 동료는 부지런히 나를 떠났다. 지금으로써는 이 여정에서 살아남지 못할 것 같았던 나는 기적을 빌었다.

4

아침이 밝자, 나는 약속한 대로 여정을 이어갔지만 이미
실의에 빠진 상태였다. 며칠이 더 지나니 온갖 모순이 느껴
졌다. 어느 날은 궂은 날씨에 배고픔과 외로움이 내 마음속
깊은 곳까지 잠식하는 바람에 더는 못 하겠다 싶다가도, 다
른 날에는 마거릿과 아그네스를 생각해서라도 포기할 수 없
다는 마음으로 스스로를 채찍질했다. 내 마음속에서 여정에
가망이 없다는 생각과 실패하지 않으리라는 결단이 끊임없
이 저울질했다.

나는 버틸 수 있을 만큼은 식사를 구했고, 더 자급자족하
는 방법을 배웠다. 심지어는 정말 날씨에 익숙해지기 시작했
다. 그렇다고 비가 좋아진 건 아니었지만. 나는 더 효율적인

사냥 방법을 배우기도 했다. 사냥을 즐기지는 않았지만, 더 강해지는 법은 알게 됐다. 그저 그렇게까지 금세 회복하지 않아도 된다는 생각이 들었다. 아직은 그랬다.

어느 날 밤, 더 긍정적인 마음이 샘솟은 나는 우연히 한 무리의 인간들을 마주쳤다. 그들은 모두 커다란 출입구 근처에 옹기종기 모여있었다. 악취가 심한 상자 판지가 가득했다. 그들은 모두 손에 병을 들고 있었고, 그중 몇 명의 얼굴에는 나만큼이나 털이 많이 나있었다.

"고양이잖아."

털북숭이 남자 중 하나가 술을 들이켜며 혀 꼬부라진 소리로 말했다. 그는 나를 향해 병을 흔들었다. 나는 그에게서 나는 악취 때문에 비틀거리며 뒤로 물러났다. 어떤 위험한 상황을 경험할지, 위험한 일이 있긴 할지 모르는 내가 천천히 뒤로 물러나기 시작하자 그들은 웃음을 터뜨렸다. 털북숭이 남자는 웃음을 멈추고는 나를 향해 병을 던졌다. 다행히 피하기는 했지만, 병은 아슬아슬하게 내 바로 옆에서 산산이 조각났다.

"따뜻한 모자로 만들면 딱 좋겠네."

다른 남자가 웃으며 말했다. 협박처럼 들리는 웃음이었다. 나는 더 슬그머니 물러섰다.

"먹을 거 없어. 저리 꺼져."

다른 남자가 무정하게 말했다.

"가죽을 벗겨서 모자를 만들고 살은 먹어버리자."

다른 남자가 웃으며 말했다. 나는 공포감에 눈을 동그랗게 뜨며 뒷걸음질 쳤다. 바로 그때 난데없이 고양이 한 마리가 나타났다.

"따라와."

그는 내게 쉬익거렸고, 나는 그를 따라 길을 달려 내려갔다. 다행히도 그는 내가 더는 못 달리겠다 싶을 때 멈춰 섰다.

"저 사람들은 누구죠?"

나는 숨을 헐떡거리며 물었다.

"동네 술꾼들이야. 집도 없는 놈들이지. 가까이 가지 않는 게 좋아."

"그렇지만 집은 저도 없는걸요."

나는 서러운 기분에 칭얼거렸다.

"그거 안됐구나. 그래도 저놈들은 멀리해야 해. 딱히 친절하지 않은 족속들이거든."

"술꾼이 뭐예요?"

나는 물었다. 또다시 세상 물정은 하나도 모르는 작은 고양이가 된 기분이었다.

"사람들이 즐기는 음료가 있어. 마시는 순간 그들을 바꿔버리지. 우유도, 물도 아니야. 어쨌든 따라와. 오늘 밤은 내가 몰래 먹고 마실 걸 갖다주고 안전한 잠자리를 찾아줄게."

"정말 친절하시군요."

나는 가르랑거렸다.

"나도 네 처지였던 적이 있거든. 한동안 집 없이 살았어."

그는 그렇게 말하고는 성큼성큼 걸어가며 따라오라는 발짓을 해보였다. 그의 이름은 단추라고 했다. 그의 생각에 고양이에게 붙이기에는 유치한 이름이지만, 어린 주인은 무슨 뜻인지는 몰라도 "단추만큼이나 귀여워 죽겠다."라고 말하곤 한다고 했다.

우리는 어둠에 묻힌 집에 도착했다. 따뜻하고 안전한 실내에 오니 너무나도 행복했다. 정말 조만간 집을 찾지 않으면 안 되겠다는 생각을 되새기게 했다. 나는 단추에게 내 이야기를 들려줬다.

"슬픈 얘기네."

그는 말했다.

"그래도 나처럼 주인 한 명만으로는 부족하단 걸 배웠으니 됐어. 나는 가끔 같은 길가에 있는 다른 집에 들르거든."

"정말요?"

나는 흥미가 생겨서 물었다.

"난 내가 '마당냥이'라고 생각해."

그는 말했다.

"그게 뭔데요?"

나는 호기심 어린 목소리로 물었다.

"어딘가에 머물면서 시간 대부분을 보내지만, 다른 집 마당에 가서 기다리기도 하는 거야. 거기 사는 사람이 문을 열어줄 때까지 말이지. 모두가 문을 열어주는 건 아니지만, 나한텐 문을 열어줄 다른 집이 있어. 그래서 거기 머물지는 않지만, 만약 무슨 일이 생기면 있을 수 있는 선택지가 있다는 생각에 안심이 돼."

그에 대해 의심이 솟아오르던 찰나, 그는 마당냥이가 여러 가족에게 여러 번 음식을 얻어먹는다고 설명했다. 그뿐만 아니라 쓰다듬기와 과도한 관심을 받으며 엄청난 안전을 누린다고도 했다.

단추는 나처럼 집 없는 신세를 싫어했다. 그와 내가 달랐던 점은 그에게는 그를 구해준 어린아이가 있었다는 것이었다. 하지만 단추는 그게 다 자기 계획 덕분이라고 했다. 새로운 가족을 찾았을 때 최대한 불쌍하게 보여서 그들의 동정심을 사 입양하게 만들었다는 것이다.

"그러니까 그냥 밥을 먹여주고 씻겨줘야 할 것처럼 보였다는 거네요?"

나는 흥미로움에 귀를 쫑긋 세우며 물었다.

"정말 그래야 할 것처럼 보이긴 했어. 하지만 운이 좋았지.

도움을 요청했을 때 날 받아준 사람이 있었으니까. 원하면 너도 그럴 수 있게 도와줄게."

"그럼 정말 감사하죠."

나는 대답했다.

단추는 내가 그의 바구니 안에 몸을 웅크리는 걸 허락해 줬고, 밤이 늦도록 나와 수다를 떨었다. 단추의 주인이 잠에서 깨기 전에 일찍 떠나야 하니 잠을 많이 자두진 못하겠지만, 마거릿네 집을 떠난 후 처음으로 안전함을 느꼈다. 그리고 결심했다. 나는 훌륭한 마당냥이가 되리라고.

5

　다음 날 아침, 나는 단추의 집을 떠났다. 안전했던 어젯밤을 생각하면 떠나기 아쉬웠지만, 적어도 어디로 가야 하는지 단추에게 조언을 받을 수 있었다. 그는 동네의 더 친절한 구역을 가르쳐 줬다. 그는 가족이 많이 사는 서쪽으로 가면서 마음에 드는 거리를 찾아보라고 했다. 그는 내 본능을 믿으라며, 도착한 순간 본능적으로 그곳이 내 새로운 보금자리라는 걸 알 수 있을 거라고 했다. 잠도 잘 잤고 배도 불렀던 나는 위험을 피해 그가 가리킨 방향으로 향했다.

　단추를 만난 후 나는 더 긍정적인 마음을 가질 수 있었지만, 하룻밤 만에 삶이 바뀐 것은 아니었다. 여전히 정신을 바짝 차려야 하는 날이 많았다. 배고픔과 피곤함을 느끼는 날이 더 많았지만, 지친 다리가 떨리고 비에 젖은 털이 몸에 달라붙더라도 계속해서 나아가야만 했다. 길고 힘든 여정이었다. 나는 계속해서 스스로에게 결국 그럴 만했다고 생각하게 될 거라고 되뇌었다.

마침내 나는 단추가 말한 사랑스러운 거리에 도착했고, 단추의 말처럼 곧바로 이곳이 내게 필요한 곳이라는 걸 알 수 있었다. 정확히 어째서 그랬는진 모르겠지만, 그냥 알 수 있었다. 여긴 내 동네라는 것을 말이다. 나는 '에드거 로드'라고 적힌 표지판 옆에 앉아 입맛을 다셨다. 나는 마거릿네 집을 떠난 후 처음으로 다 괜찮아질 거라는 생각이 들었다.

에드거 로드는 금세 내 마음에 쏙 들었다. 길게 이어지는 에드거 로드에는 다양한 종류의 집이 있었다. 빅토리아 양식의 테라스가 있는 집, 현대적인 사각형 집, 여러 세대로 나뉜 건물들. 특히 내 마음에 들었던 부분은 '판매 중'이나 '판매 예정'이라고 적힌 표지판이 많았다는 것이다. 단추의 말로 그런 표지판들은 곧 새로운 사람들이 도착할 예정이라는 뜻이라고 했다. 그리고 나는 강력하게 믿었다. 새로운 사람들에게 가장 필요한 건 나 같은 고양이라고.

그 이후 며칠간 나는 동네 고양이 몇 마리를 만났다. 그들에게 내 계획을 말해주니 그들은 고집스레 나를 도와주겠다고 했다. 나는 곧 에드거 로드의 고양이들은 대체로 꽤 친절하다는 사실을 깨달았다. 결국 좋은 고양이 이웃이 있는 동네에 사는 게 중요했던 것이다. 대장 같은 수컷 고양이 두 마리와 모두에게 유독 불친절하게 구는 예쁜 암컷 고양이 한 마리가 있긴 했지만 그 외에는 다들 친절했고, 내게 먹고 마실 것을 나눠줬다.

나는 낮에는 다른 고양이들과의 대화를 통해 최대한 많은 정보를 수집하거나 빈집을 살피며 내 집이 될 수 있을 만한 곳을 찾아다녔다. 밤에는 먹을 것을 구하기 위해 사냥을 했다.

에드거 로드에 온 지 일주일이 조금 안 된 어느 저녁, 평소에 눈여겨보던 빈집 앞에 앉아있는 내게 성격이 유독 나쁜 수컷이 다가왔다.

"너 여기 안 살잖아. 이제 슬슬 가지 그래?"

그는 내게 하악거렸다.

"안 가."

나 역시 최대한 용기를 내 그에게 맞서 하악질을 했다. 그는 나보다 몸집이 컸고, 당연하게도 나는 최상의 상태가 아니었다. 산전수전을 다 겪어온 만큼 더는 싸울 기력이 남아있지 않았지만, 그렇다고 포기할 수는 없었다. 나는 갑자기 들려오는 소음에 정신이 팔렸다. 고개를 들어보니 새 한 마리가 꽤 낮은 높이에서 날고 있었다. 수컷은 그 기회를 노려 나를 향해 발을 휘둘렀고, 내 눈 바로 위를 할퀴었다.

쓰라린 고통에 나는 울부짖었다. 곧바로 눈두덩이를 타고 피가 흐르는 게 느껴졌다. 피 때문에 수컷의 모습이 조금 희미해졌지만 나는 나를 물어뜯으려는 듯한 적을 노려보며 침을 뱉었다. 나는 앞으로도 계속 그를 지켜보리라 마음먹었다.

그 순간, 타이거라는 이름을 가진 고양이가 나타나 나와 수컷 사이를 가로막고 섰다. 그녀는 지금 내가 머무르고 있는 빈집의 옆집에 살고 있는 밝은 줄무늬의 고양이였는데, 그녀와 나는 금방 친해졌다.

"저리 꺼져, 이 깡패야."

그녀는 수컷 고양이를 향해 경계심을 보였다. 수컷은 맞서 싸울 것처럼 행동하다가 얼마 후 발꿈치를 든 채 돌아서며 성큼성큼 걸어갔다.

"피가 나."

그녀가 말했다.

"모르는 사이에 당했어. 정신이 팔렸거든."

나는 당당하게 대답했다.

"나도 쉽게 제압할 수 있었을 거라고."

타이거가 씩 웃었다.

"그야 그렇겠지만 알피, 넌 아직 약한 상태야. 어쨌든 따라와. 음식을 좀 챙겨줄게."

나는 타이거를 따라가며, 그녀야말로 이 거리에서 찾을 수 있는 최고의 고양이 친구일 거라고 생각했다.

"얼굴이 안 좋네."

타이거는 감사한 마음으로 음식을 먹는 나를 보며 말했다. 나는 그 평가에 대해 너무 서운해하지 않으려 노력했다.

"나도 알아."

나는 슬프게 대답했다. 사실이었으니까. 에드거 로드에 도착했을 때 나는 살면서 가장 마른 모습이었다. 내 털은 윤기를 잃은 지 한참이었고, 밖에서 살아남는 것과 영양 부족으로 지쳐있기도 했다. 여기까지 오는 데 얼마나 걸렸는지는 전혀 알 수 없었지만, 오래 걸렸다는 것만큼은 확실했다. 날씨는 점점 따뜻해지고, 밤은 가벼워지고 있었다. 해가 떠오를 준비를 하는 것 같았다.

나는 타이거와 친구가 되면서 에드거 로드에 익숙해지고 있었다. 워낙 넓은 범위를 돌아다닌 만큼, 이제 이 거리는 발바닥을 들여다보듯 훤했다. 나는 나쁜 고양이도, 착한 고양이도 모두가 어디에 사는지 알게 됐다. 성격이 나쁜 개에게서 꽤 도망 다녀 본 후에는 그런 개들이 어디 있는지도 알게 됐고, 무슨 일이 있어도 어떤 집을 피해 다녀야 할지 알았다. 나는 에드거 로드의 모든 울타리와 벽에서 균형을 잡아봤다. 에드거 로드는 내 집이나 다름없었다. 아니, 더 정확히 말하면 내 집들이나 다름없었다.

6

나는 자리에 앉아 두 명의 건장한 남자가 이삿짐 트럭에서 가구를 내리는 모습을 지켜봤다. 적어도 지금까지는 만족스러웠다. 편안해 보이는 파란색 소파, 커다란 바닥용 방석, 화려한 천을 씌운 안락의자까지. 내가 전문가는 아니었지만, 의자는 골동품처럼 보였다. 이삿짐 트럭에서는 아주 많은 물건이 나왔다. 옷장, 서랍장, 봉인한 상자 잔뜩. 하지만 가장 내 관심을 이끈 것은 푹신한 가구들이었다.

나는 만족감에 꼬리를 퉁겼다. 올라가는 입꼬리를 따라 수염이 올라가는 게 느껴졌다. 어쩌면 처음으로 내 집이 될 곳을 찾은 것일지도 모른다. 에드거 로드 78번지였다.

이삿짐 트럭 직원들이 밖에서 휴식을 취하며 플라스크 컵에 든 음료를 마시는 동안, 나는 몰래 집으로 들어갈 기회를 잡았다. 호기심에 이끌린 나는 우선 직진해서 집 안을 가로지르고, 뒷문을 확인해 봤다. 에드거 로드의 모든 정원에 다 들어가 본 만큼 이 집에는 분명 고양이 문이 있으리라는 확신이 있었지만, 그래도 확실히 하고 싶었다.

내 예상대로 내가 들어가고도 남을 정도의 문이 있었다. 나는 기분이 좋아져 가르랑대며 고양이 문을 통과해 정원 안에 숨었다.

작은 정원에서 내 그림자를 쫓아 뛰어다니다가 괴롭힐 파리를 찾아다니던 나는 신나서 몸을 떨었고, 마지막으로 한 번 더 내 몸을 꼼꼼히 그루밍하기로 마음먹었다. 나는 기대감을 잔뜩 품고 도로 집으로 들어갔다. 다시 집고양이가 된다면 얼마나 좋을까. 나는 다시 올라탈 무릎을 기대했고, 얻어 마실 우유와 풍족한 음식을 상상했다. 단순히 필요한 것들이었지만, 긴 여행을 하며 당연히 얻을 수 있으리라 생각할 수는 없다는 사실을 배웠다. 이제는 절대 그 어떤 것도 당연하지 않다는 것을 안다.

나는 어리석은 고양이가 아니다. 지금껏 여정을 통해 만난 고양이들은 내게 많은 것들을 가르쳐 줬다. 앞으로는 절대 모든 생선을 한 바구니에 넣지 않을 것이다. 가장 최악의 방식으로 힘들게 배운 교훈이었다. 나와 비슷한 나이대의 몇 몇 고양이는 사람을 지나치게 신뢰하거나 너무 게을렀다. 하지만 나는 그럴 여유가 없다는 사실을 깨달았다. 나만 바라봐 주는 주인에게만 충성하고 싶지만, 그건 너무 불안정한 삶이었다. 예전과 같은 상황에 다시 놓일 수는 없었다. 절대로 다시 혼자 남겨지고 싶지 않았다.

지난 과거를 돌아보니, 나도 모르게 몸의 털이 바짝 서는 게 느껴졌다. 그래서 내 새로운 주인에게 집중했다. 나는 그들이 저 푹신한 가구만큼이나 다정하기를 바랐다.

집 주변을 서성거리고 있으니, 어스름이 지고 온도가 떨어지기 시작했다. 나는 대체 이 주인은 왜 몸부터 이사 오지 않고 가구부터 이사시킨 걸까 싶었다. 내 생각엔 말이 안 되는 처사였다. 나는 아직 만나지 못한 주인 생각에 약간 당황하기 시작했다. 하지만 곧 스스로를 진정시키고 수염을 핥으며 마음을 다스렸다. 사람들이 새로운 집에 도착하면 최고의 모습을 선보여야 했다. 나는 쓸데없이 너무 긴장하고 있었다.

문제는 내가 집 없는 고양이로 보낸 시간이 너무 길었다는 것이었다. 더는 견딜 수가 없었다. 또다시 조바심이 나려할 때쯤, 정문이 열리는 소리가 들렸다. 나는 곧바로 귀를 곤추세우며 몸을 쭉 폈다. 내 첫 새로운 가족을 만나러 갈 때가 됐다. 나는 얼굴에 가장 매력적인 미소를 지었다.

"나도 알아, 엄마. 그런데 어쩔 수 없어."

여자의 목소리가 들렸다가 잠시 멈췄다.

"빌어먹을 차가 출발한 지 두 시간 만에 고장이 나서 올 수가 없었어. 게다가 자동차 정비사는 얼마나 말이 많던지, 세 시간을 같이 있다가 거의 미칠 뻔했다니까."

또다시 목소리가 멈췄다. 그녀의 목소리는 분명 화나있긴 했어도 다정한 것 같았다. 나는 목소리를 향해 슬그머니 다가갔다.

"응. 가구는 다 들어온 것 같아. 열쇠도 내가 부탁한 대로 현관문에 넣어뒀고."

또다시 멈췄다.

"엄마, 에드거 로드가 빈민가도 아닌데, 괜찮을 거야. 어쨌든 방금 새집에 들어왔어. 지옥 같은 하루였어. 내일 전화할게."

모퉁이를 돈 나는 여자와 마주쳤다. 내가 사람 나이를 잘 알아보는 건 아니었지만, 그녀는 꽤 젊어보였다. 적어도 마거릿처럼 얼굴이 주름으로 가득하지는 않았다. 그녀는 키가 컸고, 말랐으며, 어수선하고 어두운 금발 머리에 슬픈 파란 눈을 가지고 있었다. 내가 느낀 그녀의 첫인상은 좋은 분위기가 느껴진다는 거였다. 그리고 나는 그녀의 슬픈 눈 때문에 그녀에게 더 강하게 이끌렸다. 고양이의 본능으로 알 수 있었다. 내가 그녀를 필요로 하는 만큼이나 그녀에게도 내가 필요하리라는 것을. 고양이 대부분이 그렇듯 나는 생김새만으로 인간을 판단하지 않았다. 우리는 성격을 알아봤다. 고양이들에게는 대체로 어떤 인간이 착하고 어떤 인간이 나쁜지 알아보는 특별한 능력이 있었다.

'저 여자라면 괜찮겠어.'

곧바로 든 생각에 나는 기분이 좋았다.

"어머, 넌 누구니?"

그녀는 놀랍도록 부드러운 목소리로 물었다. 반려동물이 아기만큼이나 멍청하다고 생각하는 사람들이 내는 특유의 목소리였다. 평소라면 업신여기는 듯한 표정을 지었겠지만, 지금은 매력적인 고양이로 보일 필요가 있었다. 그래서 나는 대신 그녀에게 가장 멋진 미소를 지어보였다. 그녀는 내 옆에 무릎을 꿇었고, 나는 천천히 다가가 그녀의 다리를 부드럽게 스치며 골골거렸다. 그렇다. 나는 필요할 땐 추파를 던질 줄 아는 고양이였다.

"불쌍해라. 배고파 보이는구나. 털은 듬성듬성하고. 누구랑 싸웠니?"

아주 상냥한 그녀의 목소리에 나는 동의의 뜻으로 가르랑거렸다. 최근에는 물에나 내 모습을 비춰볼 수 있었지만, 타이거에게 들은 말도 있어서 내가 최상의 상태는 아니라는 건 알고 있었다. 나는 그것 때문에 그녀가 나를 싫어하지 않기만을 바라며 또다시 그녀의 다리에 몸을 비볐다.

"세상에. 다정하기도 하지. 이름이 뭐니?"

그녀는 내 목에 달린 은색 이름표를 바라봤다.

"알피구나. 안녕, 알피."

그녀는 조심스레 나를 안아들고는 내 '듬성듬성한' 털을 쓰다듬었다. 오랫동안 느껴보지 못한 천국이었다. 그녀의 체취에 내 체취를 옮기며 나는 그녀와 유대감을 쌓았다. 새끼 고양이였던 시절이 떠올랐다. 최근 들어서는 상상에만 그쳤던 방식으로 마음이 편해지는 기분이 들었다.

나는 다시 한번 최선을 다해 가르랑거리는 소리를 내며 그녀에게 바싹 파고들었다.

"난 클레어라고 해, 알피. 이 집을 살 때 고양이도 같이 산 건 아닌 걸로 알고 있지만, 일단 먹을 걸 좀 줄게. 그러고 나서 네 주인한테 전화해 보든지 해야겠다."

나는 또다시 미소 지었다. 내 이름표에 적힌 전화번호로 연락이 닿을 리 없었다. 나는 그녀 옆에서 꼬리를 꼿꼿이 세운 채 위풍당당하게 걸었다. 새로운 친구에게 제대로 인사하는 내 나름의 방식이었다. 클레어는 정문으로 돌아가 두 개의 쇼핑백을 들어 부엌으로 가져갔다.

그녀가 쇼핑백에서 물건을 꺼내는 동안 나는 내 새로운

식사 구역을 제대로 살펴봤다. 부엌은 작았지만 현대적이었다. 하얗고 반짝거리는 수납공간과 나무 작업대가 있었다. 깨끗하고 정돈된 곳이었다. 나는 스스로 아직 이곳에서 제대로 산 사람이 없다는 사실을 되새겼다. 전에 살았던 집의 부엌은 지금 생각해도 고통스러울 정도로 구식이었고 엉망이었다. 커다란 사이드보드가 공간을 차지하고 있었고, 부엌 여기저기에는 장식용 그릇이 널브러져 있었다. 아주 어렸을 때, 나는 그릇 하나를 깨뜨린 적이 있었다. 마거릿은 아주 속상해하며 내가 그릇 근처에는 가지도 못하게 했다. 하지만 클레어에게 그런 장식용 그릇이 있을 것 같지는 않았다. 그런 걸 모으는 사람으로는 보이지 않았으니까.

"찾았다."

클레어는 의기양양한 목소리로 말하며 그릇을 내려놓고 우유를 따랐다. 그러고는 봉지를 뜯어 훈제 연어를 꺼내 접시에 담았다.

이렇게 영광스러운 환대라니. 물론 클레어에게 고양이 사료가 있을 거라고 기대한 건 아니지만, 먹을거리를 얻을 수 있을 거란 상상도 하지 못했다. 뭘 얻어먹든 행복했을 것이다. 설령 우유 한 모금이라 해도 말이다.

바로 그 자리에서 나는 클레어를 좋아하게 됐다. 내가 밥을 먹는 동안 클레어는 그릇이 들어있던 상자에서 유리잔을 꺼내고 쇼핑백에서 와인 한 병을 꺼냈다. 그녀는 잔에 와인을 따른 후 벌컥벌컥 들이켠 다음, 한 번 더 따랐다. 나는 놀라서 시선을 들었다. 목이 아주 말랐던 모양이었다.

나는 식사를 마친 후 감사의 표시로 클레어의 다리에 몸을 비볐다. 그녀는 멍하니 생각에 빠진 듯했지만 곧 나를 쳐다봤다.

"맞다. 네 주인한테 전화해야지."

그녀는 잊어버렸다는 듯이 말했다. 나는 주인이 없다고 야옹거렸지만, 그녀는 내 말을 알아듣지 못한 것 같았다. 그녀는 쪼그려 앉아 내 은색 이름표를 쳐다봤다. 그러고는 휴대폰에 전화번호를 누른 다음 기다렸다. 아무도 받지 않으리라는 걸 알고 있었는데도 긴장이 됐다.

"이상하네."

그녀는 말했다.

"전화 연결이 안 되는데, 뭔가 고장이라도 났나? 걱정하지 마. 안 쫓아낼게. 오늘 밤은 여기에서 자. 내일 다시 전화해 볼게."

나는 고마움에 큰 소리로 가르랑거렸다. 이보다 더 마음이 놓일 수가 없었다.

"그런데 자고 가려면 우선 목욕부터 해야겠다."

그녀는 나를 들어올리며 말했다. 나는 무서움에 귀를 바짝 세웠다. 목욕이라니? 난 스스로 청결할 줄 아는 고양이인데. 나는 저항의 의미로 울부짖었다.

"미안해, 알피. 그렇지만 네 냄새가 너무 고약해서 어쩔 수 없어."

그녀는 그렇게 말하고는 덧붙였다.

"수건을 꺼낸 다음에 씻겨줄게."

나는 클레어의 품에서 뛰어나와 다시 도망가고 싶은 충동을 억눌렀다. 물을 싫어하는 나는 목욕이 무슨 뜻인지 알고 있었다. 오래전 진흙투성이가 돼서 마거릿네 집에 돌아온 날 경험해 본 덕분이었다. 끔찍한 경험이었다. 하지만 이성적으로 생각하면 목욕이 집 없는 신세가 되는 것만큼 나쁘지는 않았다. 그래서 나는 다시 한번 더 용감한 고양이가 되기로 마음먹었다.

그녀는 침실 안의 큰 거울 앞에 나를 내려놓고 수건을 찾으러 갔다. 나는 거울을 봤다가 깜짝 놀라서 소리를 질렀다. 내가 생각했던 것보다 꼴이 훨씬 더 나빴기 때문이었다. 털은 듬성듬성 빠져있었고, 몸은 너무 말라서 뼈가 튀어나와 보일 정도였으며, 최선을 다해 그루밍한 내 몸은 클레어의 말대로 더러워 보였다. 나는 갑자기 슬퍼졌다. 마거릿이 죽은 후로 내 겉모습도, 마음도 바뀐 것 같아서 말이다.

클레어는 나를 화장실로 데려가 물을 튼 다음, 조심스럽게 나를 욕조에 넣었다. 나는 꽥 하고 비명을 지르며 살짝 꿈틀거렸다.

"미안해, 알피. 그래도 깨끗이 씻어야 해."

한 손에 병을 든 그녀는 혼란스러워 보였다.

"자연 샴푸니까 괜찮을 거야. 으음, 괜찮은 거 맞겠지? 고양이를 안 키워봐서 모르겠네."

그녀는 조금 속상해하는 것 같았다.

"넌 내 고양이도 아니니까. 네 주인이 너무 걱정하지 않았으면 좋겠다."

클레어의 눈에서 눈물이 흘렀다.

"이럴 줄은 몰랐는데."

나는 그녀를 위로하고 싶었다. 확실히 위로가 필요해 보였다. 하지만 여전히 욕조에 있었기에 그럴 수 없었다. 지금 내 모습은 거대한 비눗방울 같아 보일 듯했다.

영원할 것만 같던 목욕을 마친 후, 클레어는 나를 수건으로 감싸고 내 몸을 말려줬다.

마침내 몸이 다 마른 것처럼 느껴지자, 나는 클레어를 따라 거실로 갔다. 거실에 도착한 클레어는 새로 배달된 소파에 털썩 주저앉았고, 나는 그녀 옆으로 뛰어 올라갔다. 소파는 내가 기대했던 것만큼이나 아주 편안했다. 클레어는 나한테 내려가라고 꾸짖거나 나를 밀어내려 하지 않았다. 마치

예의 바른 낯선 이들처럼 우리는 소파의 양쪽 끝에 앉았다.

그녀는 유리잔을 들어 와인을 조금 홀짝이고는 한숨을 쉬었다. 나는 낯설어하는 눈빛으로 방을 둘러보는 그녀를 유심히 바라봤다. 아직 열어야 하는 상자들이 남아있었고, 방 한가운데에는 텔레비전이 놓여있었으며, 작은 다이닝 테이블과 의자들은 구석에 처박혀 있었다. 소파를 제외하면 정리된 건 하나도 없었고, 집다운 느낌이 들지 않았다. 클레어는 내 생각을 읽기라도 했는지 한 모금을 더 홀짝이고는 울음을 터뜨렸다.

"대체 내가 무슨 짓을 한 거지?"

그녀는 엉엉 울며 말했다.

시끄러운 울음소리에도 불구하고, 나는 갑자기 제정신이 아닐 정도로 슬퍼하는 클레어의 모습에 속상했다. 하지만 뭘 해야 할지 알았다. 내가 이곳에 온 이유가 있는 것 같았다. 내게는 목적의식이 생겼다. 클레어가 나를 도와주는 만큼 나도 그녀를 도울 수 있지 않을까? 나는 소파를 가로질러 클레어의 품으로 다가가 그녀의 무릎 위에 내 작은 머리를 조심스레 올렸다.

클레어는 반사적으로 나를 쓰다듬었다. 그녀는 여전히 울고 있었지만 내게서 위로를 얻는 것 같았다. 이유는 모르겠지만, 그녀에게 마침 필요했던 위로 같았다. 그녀가 내게 그

래준 것처럼. 바로 그 순간 진심으로 나와 클레어의 영혼이
닮았다는 확신이 들었기에 알 수 있었다.

집에 돌아왔다는 것을.

7

클레어와 산 지 일주일이 지났다. 우리는 아주 건강하지만은 않아도 꽤 편안한 일과에 정착했다. 클레어는 많이 울었고, 나는 그녀에게 많이 파고들었다. 나는 그 온도가 딱 좋다고 느꼈다. 사람들에게 안기는 걸 좋아했으니, 그동안 못했던 만큼 보상받을 생각이었다. 하지만 한편으로는 클레어가 자주 우는 걸 멈출 방법이 있었으면 좋겠다는 생각이 들었다. 그녀에게 내 도움이 필요하다는 것은 명백했고, 나는 최선을 다해 그녀를 돕겠다고 다짐했다.

클레어는 다시 내 이름표에 적힌 전화번호로 연락을 시도했다가, 통신사에 전화해 보더니 그게 더는 사용되지 않는 전화번호라는 사실을 알게 됐다. 그녀는 내가 버려졌다고 생각했고, 그래서인지 나를 더 좋아하게 된 것 같았다.

클레어는 울면서 대체 어떤 인간이 나한테 그런 짓을 할 수 있는지 모르겠다고 말했다. 하지만 그녀도 겪은 일이기에 완벽히 이해할 수 있다고도 했다. 그에 대한 자세한 이야기는 아직 듣지 못했다. 하지만 나는 그녀와 함께라면 내게도 집이 있다는 사실을 알았다.

클레어는 내게 고양이용 사료와 우유를 사주기 시작했다. 화장실로 쓸 모래통도 마련해 줬다. 그걸 쓰는 게 달갑지는 않았지만 말이다. 그리고 수의사에게 데려가겠다는 말도 했다. 수의사들은 원치 않는 곳을 찔러대는 족속들인데! 다행히 진짜로 수의사를 부르진 않았으니, 그녀가 그대로 잊어버리기를 두 발 모아 간절히 바랄 뿐이었다.

클레어는 끊임없이 울어대긴 했지만 아주 효율적인 사람이었다. 그녀는 이틀 만에 모든 가구를 배치했고 상자 속의 모든 짐을 다 풀었다. 정리가 끝난 집은 더 사람 사는 곳 같아졌다. 벽에는 그림이 걸렸고, 쿠션은 집안 곳곳에 놓였으며, 모든 방에는 갑자기 온기가 넘쳤다. 잘 골랐다 싶었다.

하지만 말했다시피 이곳은 행복한 집은 아니었다. 클레어가 짐을 푸는 것을 지켜보며 나는 그녀를 파악하려 애썼다. 그녀는 거실에 많은 액자를 놓으며 사진 속의 사람이 누군지 말해줬다. 그녀의 부모님, 어린 시절의 그녀, 남동생, 친구들, 그리고 친척들. 한동안 그녀는 생기 넘치고 행복해 보였고, 나는 긍정적인 클레어의 모습을 칭찬하는 의미로 그녀가 좋아하는 방식으로 그녀의 다리에 몸을 비볐다. 나는 자주 그렇게 했다. 또다시 거리에 내몰리지 않으려면 그녀가 나를 사랑하게 만들어야 했다. 나도 그녀를 사랑해야 했다. 물론 갈수록 점점 그녀를 사랑하는 게 쉬워지고 있었다.

어느 날 저녁, 그녀는 내게 설명해 주지 않은 사진 하나를 꺼냈다. 하얀 드레스를 입은 클레어가 아주 똑똑해 보이는 남자와 손을 잡고 있는 사진이었다. 나는 마거릿과 살면서 인간에 관해 많이 배웠다. 그게 인간에게 '결혼사진'이라고 불리는 거라는 걸 알 만큼은 충분했다. 결혼이란 두 명의 인간이 함께 오직 상대방하고만 짝짓기를 하겠다고 약속하는 행위였다. 고양이로서는 도저히 이해할 수 없는 일이었다.

클레어는 소파에 푹 주저앉아 사진을 가슴에 꼭 끌어안은 채 큰 소리로 흐느끼기 시작했다. 나는 그녀의 옆에 앉아 내 나름대로 그녀의 우는 소리를 따라 하며 야옹거렸다. 하지만 그녀는 전혀 눈치채지 못한 듯했다. 하지만 나는 진심으로 울부짖기 시작했다. 클레어가 그랬듯 나도 기억 속의 상실감이 밀려와서 멈출 수가 없었다. 정장을 입은 남자가 그녀를 떠난 건지, 아니면 내 마거릿이 그랬듯 죽은 건지는 알 수 없었지만, 그녀가 정말 오롯이 혼자라는 사실만큼은 알 수 있었다. 우리는 서로의 옆에 앉아 목청 높은 소리로 울었다.

이틀이 더 지난 후, 클레어는 일하러 가야 한다며 아침 일찍 집을 나섰다. 단정한 옷을 입고 머리를 빗은 그녀의 모습은 조금 나아보였다. 클레어의 얼굴에는 약간의 색채가 감돌기까지 했는데, 정말 자연스러운 혈색인지는 확실하지 않다. 며칠 동안 내 모습도 나아지기 시작했다. 털은 조금씩 고르게 자라고 있었고, 많이 먹고 운동은 거의 하지 않다 보니 살이 찌기 시작했다. 나는 거울 앞에 나란히 선 클레어와 내 모습을 보면서 참 귀여운 한 쌍이라고 생각했다. 아니면 적어도 그렇게 될 가능성이 충분해 보였다.

클레어가 나를 위한 음식을 놔두긴 했지만 그녀가 일 때문에 없으니 나는 옆에 있어줄 사람의 존재가 그리워졌고, 다시 혼자가 된 기분에 슬펐다. 물론 클레어가 없는 시간에는 타이거와 같이 시간을 보내긴 했다. 우리는 함께 파리를 잡고 짧은 산책을 하고 그녀의 뒷마당에서 햇볕을 쬐며 우정을 키웠다. 하지만 그건 고양이 우정이었다. 그리고 나는 여느 때보다 더 절실하게 의지할 인간이 필요하다는 사실을 잘 알았다.

클레어가 출근하고 없을 때면 반갑지 않은 기억이 다시

떠올랐고, 내 계획을 실행할 때가 됐다는 생각이 들었다. 다시 혼자가 되지 않으려면 두 곳 이상의 집이 필요했다. 슬픈 현실이었다.

나는 46번지 집 앞에 '판매 완료'라고 적힌 팻말을 본 적이 있다. 클레어네 집과 비슷한 시기에 팻말이 달린 만큼 둘 다 눈여겨보고 있었지만, 클레어가 먼저 도착했다. 그런데 지금 보니 46번지에도 사람이 살고 있었다. 클레어네 집에서 조금만 걸으면 될 정도의 적당한 거리였다.

46번지는 에드거 로드에서 더 큰 집들이 모여있는 곳에 있었는데, 거기 사는 고양이들은 그곳을 '상류층 동네'라고 불렀다. 자기들이 그곳에 산다는 걸 아주 자랑스러워했으며 살짝 으스대는 것 같았다. 살기 좋은 집 같기도 했다. 적어도 하루 중 일부는 말이다.

에드거 로드는 특이한 거리였다. 다양한 종류의 집만큼 사는 사람들도 서로 너무 달랐다. 마거릿과 살 때는 오직 마거릿네 집밖에 몰랐다. 그곳은 아주 작은 거리에 있는 작은 집으로, 거리 끝자락에 모여있는 커다란 집과는 완전히 달랐다.

클레어네 집은 중간 크기였는데, 이 집은, 그러니까 46번지는 가장 좋은 집 중 하나였다. 그곳은 클레어네 집보다 더 컸다. 높이도 더 높고, 너비도 더 넓었으며, 창문도 크고 인상적이었다. 그 집의 창틀에 앉아 밖을 내다보는 내 모습을 상상해 보니 꽤 즐거웠다. 큰 집이었기에 가족이 살고 있을 것 같았다. 가족의 고양이가 되는 것도 꽤 마음에 들었다.

물론 클레어를 아주 좋아했고, 그녀에 대한 애정이 아주 커진 건 사실이다. 클레어를 버릴 생각은 절대로 없었다. 그저 두 곳 이상의 집이 필요했을 뿐이었다. 다시는 혼자 남겨질 일이 없어야 하니까.

46번지로 관심을 돌렸을 때는 새벽녘이었다. 집 앞에는 아주 세련된 차가 주차되어 있었는데, 차에는 좌석이 두 개뿐이어서 걱정이 됐다. 가족과 어울리는 차는 아닌 것 같았기 때문이었다. 그래도 이미 결정을 내렸으니 더 조사해 볼 생각이었다. 나는 46번지를 돌아 뒷문으로 향했고, 기쁘게도 고양이 문이 나있는 것을 발견했다.

들어가 보니 세탁기와 건조기, 그리고 커다란 냉장고가 있는 세련된 방이 보였다. 냉장고는 마치 거인처럼 우뚝 솟은 채 귀가 아플 정도로 시끄럽게 윙윙거리는 소리를 냈다. 열린 문을 통과해 들어가니 커다란 식탁이 있는 부엌이 보였다. 복권에 당첨된 기분이었다. 저렇게까지 큰 테이블이 필요하다면 거기 둘러앉을 아이들이 많을 게 분명했다. 아이들이 고양이를 좋아한다는 건 누구나 다 아는 사실이었다.

귀여움을 듬뿍 받을 수 있을 터였다. 흥분감이 점점 커졌다. 정말 귀여움받고 싶었다.

한참 내가 누릴 음식과 놀이와 애정을 꿈꾸고 있던 와중에 여자 한 명과 남자 한 명이 들어왔다.

"고양이가 있었어?"

살짝 소리 지르듯 말하는 여자의 목소리 톤은 살짝 쥐가 내는 소리 같을 정도로 꽤 앙칼졌다. 전혀 엄마처럼 보이지 않는 그녀의 모습에 나는 실망했다. 그녀는 매우 꽉 끼는 드레스를 입고 있었고, 신발 굽은 거의 내 키보다 높았다. 어떻게 숨을 쉬고 걸어 다니는지 의아할 정도였다. 게다가 그녀는 한동안 그루밍을 하지 않은 것처럼 보였다. 나는 보통 남을 함부로 판단하는 고양이는 아니었지만, 항상 내 외모를 가꾸는 것에 자부심이 있었다. 나는 그녀가 내 의도를 눈치채길 바라며 내 발바닥을 닦고 털을 핥기 시작했다.

그녀의 목소리는 마거릿과 함께 보곤 했던 드라마에 나오는 여자의 목소리 같았다. 제목이 아마 〈이스트엔더스〉였던 걸로 기억한다.

나는 남자에게 '안녕'이라는 인사의 표시로 눈을 깜빡여 보였지만, 그는 내게 눈을 깜빡여 주지 않았다.

"내 고양이 아냐."

남자는 차가운 목소리로 대답했다. 나는 그를 바라보았

다. 그는 키가 컸으며 머리카락 색이 어두웠고 꽤나 잘생긴 얼굴을 가지고 있었다. 하지만 나를 내려다보는 그의 얼굴은 그다지 상냥해 보이지 않았다. 오히려 뭔가 거슬린 것처럼 보이기 시작했다.

"이틀 전에 이사했는데, 이제야 망할 고양이 문이 나있는 걸 알았지 뭐야. 말라빠진 동네 고양이들이 들어와서 자리를 차지하기 전에 얼른 막아야지 뭐."

그는 내 얘기를 하는 것처럼 나를 쏘아봤다. 나는 방어적으로 몸을 움츠렸다.

나는 내 귀를 의심했다. 이 남자는 끔찍한 사람이었고, 아주 실망스럽게도 주변에는 아이가 한 명도 없었다. 애초에 부엌에 장난감이 없었기도 하고, 이 두 사람은 고양이나 아이를 돌볼 만한 능력이 되어보이지 않았다. 내 판단이 완전히 틀린 것 같았다. 고양이의 본능이란 건 참 시시한 거였다.

"오, 조너선."

여자는 말했다.

"그렇게 못되게 굴 건 없잖아. 너무 귀여운 수컷 고양이인걸. 배고플지도 몰라."

나는 곧바로 아까 그녀를 판단한 것에 대해 후회했다. 여자는 차림새가 엉망이었을지는 몰라도 상냥한 사람이었다. 나는 희망을 품기 시작했다.

"애초에 고양이에 대해서 잘 모르고, 배울 생각도 없어."

그는 거만한 듯 대답했다.

"먹을 걸 주면 분명 돌아올 거니까 그러지는 말자. 어쨌든 배웅해 줄게. 나 일해야 해."

여자는 나만큼이나 서운해하는 눈치로 조녀선의 안내를 받으며 문밖을 나갔다. 나는 그가 돌아왔을 때를 대비해 최대한 어리고 귀엽게 보이도록 몸을 공처럼 웅크렸다. 하지만 예상했던 대로, 그는 마음을 여는 대신 나를 들어올리더니 던졌다. 정말 말 그대로, 정문 밖으로 던져버렸다. 다행히 발로 착지한 덕에 다치지는 않았다.

"새집에서 새출발은 해도 망할 새 고양이는 안 들여."

그는 그렇게 말하며 내 눈앞에서 거세게 문을 닫았다.

나는 심한 불쾌감에 몸을 떨었다. 어떻게 나를 이따위 취급할 수가 있담? 그가 쫓아낸 여자가 불쌍하게 느껴졌다. 나에게 그랬듯 그녀를 거칠게 밀지 않았기를 바랄 뿐이었다.

46번지를 내 집으로 만들려는 시도는 거기에서 끝냈어야 했는지도 몰랐다. 하지만 나는 쉽게 포기하는 고양이가 아니었다. 조녀선이라는 남자가 보이는 것만큼 끔찍한 사람일 거라는 사실을 믿기는 어려웠다. 내 고양이의 직감에 의하면, 그는 나쁘다기보다 비참한 사람이었다. 결국 여자가 집을 떠났을 때 그는 명백히 혼자였다. 나는 혼자 남겨지는 신세가 얼마나 끔찍한지 잘 알고 있었다.

나는 클레어가 출근하기 전에 그녀를 보러 들렀다. 뭔가를 많이 발라서 얼굴을 가린 걸 보니 울고 있었던 게 분명했다. 그녀는 몸단장을 마친 후, (내 그루밍보다 훨씬 오래 걸렸다!) 날 먹이고 쓰다듬은 뒤에 가방을 집어들고 또다시 집을 나섰다. 나는 그녀를 문까지 배웅해 주며 그녀의 다리에 몸을 비볐고, 내가 그녀의 곁에 있다는 걸 잊지 말라는 표시로 가르랑거렸다.

이것 말고도 그녀의 기분을 더 낫게 할 방법이 더 있으면 좋겠다고 생각했다.

"알피, 이제 너 없이 내가 살 수 있을까?"

그녀는 문을 나서기 전에 내게 그렇게 말하며 내 행동에 보답했다. 나는 우쭐해졌다. 조녀선에게 끔찍하게 거절당한 후라 그런지 감사 인사를 받는 기분이 좋았다. 나는 어째서 인지 모르지만 내 도움을 필요로 한다고 느낀 그 젊은 여자와 점점 사랑에 빠지고 있었다. 사람들은 고양이가 자기중심적이고 이기적이라고 생각하지만, 나는 전혀 아니었다. 나는 도움이 필요한 사람에게 도움을 주고 싶어 하는 고양이였다. 지금은 사람들을 돕겠다는 아주 특별하고 새로운 사명감이 있는 상냥하고 사랑이 넘치는 고양이다.

조너선과 46번지를 내버려두면 좋았겠지만, 설명할 수 없는 무언가가 나를 다시 그곳으로 이끌었다. 내 마거릿은 화난 사람들은 사실 그저 불행한 사람들일 뿐이라고 말하곤 했다. 그리고 마거릿은 내가 만난 사람 중 가장 현명했다. 내가 처음 마거릿과 살게 됐을 때, 아그네스는 크게 화를 냈는데, 마거릿은 내가 그녀의 자리를 빼앗을까 봐 걱정돼서 그러는 거라고 했다. 나를 향한 마음이 누그러진 후, 아그네스는 그 사실을 인정했다. 그날 나는 분노와 불행이 한 끗 차이라는 사실을 알게 됐다.

그래서 나는 46번지로 돌아갔다. 정문 앞에는 차가 없었으니 안전했다. 나는 용감하게 고양이 문을 통과해 집 안을 둘러봤다. 내 생각이 옳았다. 집은 여전히 넓었고, 가족이 살 법해 보였다. 하지만 더 자세히 들여다보니, 이곳은 남자의 공간이었다. 부드러운 손길의 흔적도, 꽃무늬 패턴도, 분홍색도 없었다. 모든 게 유리와 금속으로 되어있어 빛이 났다. 조너선의 소파는 여행 중에 지나쳤던 고급 가구 판매장 쇼윈도에서 봤던 것과 비슷해 보였다. 회색과 상아색 소파는 절대 아이들에게 적합하지 않을 터였다. 고양이에게도 마찬가지였다. 나는 소파 위를 몇 번 왔다 갔다 하며 만족스러움을 느꼈다. 내 발바닥은 깨끗했으니 나쁜 짓을 한 건 아니었다. 그저 소파가 어떤지 시험해 보고 싶었을 뿐이었다. 나는 위층으로 올라갔고, 그곳에서 네 개의 침실을 발견했다. 그 중 두 곳에는 침대가 있었고, 한 곳은 서재였으며, 나머지 한 곳에는 상자가 빼곡했다. 개성적인 손길이라곤 찾아볼 수 없는 집이었다. 행복해 보이는 사진도 없었고, 가구를 제외하면 여기에 누군가 산다고 보기는 힘들 정도였다. 마치 크고 무서운 냉장고만큼이나 차가운 분위기가 가득했다.

나는 그 조녀선이라는 남자를 일종의 도전 과제로 삼기로 했다. 조녀선은 분명 날 좋아하지 않았다. 애초에 고양이를 좋아하지 않는 것 같았다. 하지만 낯선 상황은 아니었다. 나는 다시 아그네스를 생각했고, 거의 까만 얼굴을 내 머리에 들이밀며 나를 미소 짓게 하던 그녀의 모습을 떠올렸다. 아그네스가 너무 그리웠다. 마치 내 일부가 없어진 것 같은 기분이었다.

아그네스는 모든 면에서 나와 반대였다. 그녀는 아주 다정하고 나이 든 고양이였다. 그녀는 대부분의 시간을 창가의 특별한 쿠션 위에 앉아 세상 돌아가는 것을 지켜보고는 했다.

장난으로 똘똘 뭉친 솜뭉치 같았던 내가 도착했을 때, 아그네스는 곧바로 분개했다.

"내 집에서 지낼 수 있을 거라는 허튼 생각은 하지도 마."

처음 나를 만났을 때, 아그네스는 내게 하악거렸다. 나를 두어 번 공격하려고도 했지만, 나는 그녀에게 너무 민첩한 고양이였다. 게다가 마거릿은 아그네스가 나를 더 괴롭히기 전에 그녀를 꾸짖었고, 내게 간식을 주고 장난감을 사줬다. 얼마 후, 아그네스는 마지못해 내가 그녀를 귀찮게 하지 않는 이상 나를 받아들이기로 결심했고, 나는 천천히 그녀에게 매력을 발산하며 그녀의 마음을 녹였다.

우리가 가족이자 서로 사랑하는 사이가 됐을 무렵, 아그네스는 고양이별로 갈 때가 됐다는 수의사의 진단을 받았다. 아그네스가 나를 그루밍해 줬던 추억을 떠올리니 몸이 아플 정도로 고통스러웠다. 마치 태어났을 때 엄마가 그루밍해 주던 느낌과 같았다.

무서운 아그네스의 마음도 녹였는데, 조너선 정도라면 식은 죽 먹기가 아닐까?

조너선은 이 넓은 공간을 다 어디에 쓰는 걸까? 그의 집 주변을 맴돌던 나는 그에게 줄 선물을 구해와야겠다는 생각이 들었다. 사냥은 내 취미가 아니었지만 나는 조너선과 친구가 되고 싶었고, 그럴 방법은 사냥 하나밖에 알지 못했다.

거리를 배회하던 시절의 내 고양이 친구들은 내게 서로 다른 이야기를 들려줬다. 몇 마리는 가끔 주인이 화를 내더라도 계속해서 선물을 가져갔다. 나 같은 다른 고양이들은 언제가 적절한지 구분할 수 있을 정도로 똑똑했다. 결국 선물하는 행위는 우리가 마음을 쓰고 있다는 것을 보여주는 방식이었다. 그리고 나는 조녀선이 사냥을 좋아하는 남자일 거라고 짐작했다. 그는 대장 같은 수컷 고양이들과 꽤 비슷해 선물을 받으면 고마워할 거라는 꽤 큰 확신이 들었다. 선물을 통해 나와 조녀선 사이에 공통점이 있음을 보여줄 생각이었다.

나는 타이거를 불러 그녀에게 함께하겠느냐고 물었다.

"자고 있었어. 다른 평범한 고양이들처럼 밤에 사냥하지 않는 이유가 뭐야?"

그녀는 마지못해 나와 함께 가면서도 한숨을 쉬었다.

타이거의 말이 맞았다. 고양이들은 보통 밤에 사냥을 나간다. 하지만 길고양이로 지내던 시절, 나는 낮 사냥감을 찾는 것도 가능하다는 사실을 배웠다. 낮을 선호했던 나는 살금살금 돌아다니기 시작했고, 통통해 보이는 쥐를 찾기까지는 오래 걸리지 않았다. 나는 낮은 자세로 쪼그리고 앉아 뛰어오를 준비를 했고, 재빨리 달려들어 죽이려 했다. 쥐는 한쪽으로 달리다가 다른 쪽으로 달렸고, 발로 쥐를 잡는 건 어려웠다. 나는 나를 피하는 쥐를 따라 이리저리 잽싸게 움직였다.

"너 진짜 사냥 못한다."

뒤에서 내가 쥐를 놓치는 걸 보고 있던 타이거가 웃으며 말했다.

"네가 도와줄 수도 있었잖아."

나는 투덜거렸지만, 타이거는 웃기만 할 뿐이었다. 마침내 내 인내심이 바닥날 때쯤이 되니 쥐의 에너지도 바닥난 것 같았다. 나는 다시 뛰어올랐고 마침내 발바닥으로 쥐를 잡는 데 성공했다.

"나랑 같이 조너선한테 이거 주러 갈래?"

나는 물었다.

"응, 네 두 번째 집을 보고 싶어."

타이거는 대답했다.

나는 조너선이 날 좋아하길 바라는 만큼 쥐의 목을 자르지 않기로 결심했다. 나는 입으로 쥐를 물고 조심스레 고양이 문을 통과했다. 그리고 조너선이 확실하게 쥐를 볼 수 있도록 현관문 바로 옆에 놓아두었다. 잠깐이지만 내가 글을 쓸 수 있으면 좋겠다는 생각이 들었다. 그럴 수만 있다면 '당신의 새로운 집에 온 것을 환영합니다'라는 메모를 남길 수 있었을 텐데. 그저 조너선이 내 사랑스러운 선물의 의미를 알아차리길 바랄 뿐이었다.

8

나는 늦은 시간에 78번지로 돌아갔다. 타이거와 함께 덤불 속에 숨어 낙엽을 가지고 놀면서 조녀선이 돌아오기를 기다렸기 때문이었다. 하지만 시간이 늦어지자 하늘은 어두워지기 시작했고, 나는 배고파지기 시작했다. 쥐를 잡는 데 시간을 너무 썼고, 아침 식사 후로 먹은 게 없었다. 그래서 나는 어쩔 수 없이 클레어네로 돌아갔다.

고양이 문을 통과해 들어간 나는 부엌에서 클레어를 발견했다.

"안녕, 알피."

그녀는 허리를 굽혀 나를 쓰다듬으며 말했다.

"오늘 어디 갔었던 거니?"

그녀의 질문에 나는 골골거리는 소리로 대답했다.

클레어는 찬장으로 손을 뻗어 고양이 사료 캔을 꺼냈다. 그리고 고양이 전용 우유 뚜껑을 열었다.

'나야 고맙지.'

나는 그렇게 생각하며 열심히 먹어 치웠다. 식사를 마친 나는 클레어가 씻는 모습을 지켜보며 수염을 꼼꼼히 핥았다. 나는 매일 클레어에 대해서 더 잘 알아가고 있었다. 우울해 보이긴 했어도 그녀는 아주 깨끗하고 깔끔한 사람이었다. 그 제서야 내 끔찍했던 목욕이 이해가 갔다. 그녀는 부엌 한구 석에 빈 잔을 놓아두지도 않았다. 그녀는 모든 것을 씻고 치 웠다. 옷도 마찬가지였다. 클레어가 집 구석구석을 자주 청 소한 만큼 집안은 티끌 하나 없이 깨끗했다. 필요한 것 이상 일 정도라는 생각이 들었다.

클레어는 내 식사를 위한 전용 그릇을 사줬고, 나를 위해 서 그릇을 바닥에 놓아줬지만, 식사가 끝나면 기다렸다는 듯 이 그릇을 들어올려 씻었다. 그러고는 스프레이를 뿌리고 바 닥을 청소했다. 나도 위생에 있어서는 꽤나 꼼꼼한 고양이였 지만, 클레어와 함께 있으려면 평소보다 몸단장을 더 깨끗이 해야 했다. 클레어가 나를 티끌 하나 없는 집에 어울리지 않 는 존재로 여기지 않기를 바랐다. 특히 또 목욕을 당하는 건 있을 수 없는 일이었다.

클레어는 커다란 사무실에서 '마케팅'이라고 불리는 일을 한다고 했다. 그녀는 매일 일을 마치고 돌아오면 런던의 먼지에 관해 불평하곤 했다. 그러고는 잠옷으로 갈아입은 뒤, 술 한 잔을 따라 들고 소파로 가 앉곤 했다. 내가 이곳에서 지낸 짧은 시간 동안 패턴처럼 굳어진 일상이었다.

클레어는 식사를 하긴 했지만 아주 조금만 먹었다. 그녀가 뼈만 앙상할 정도로 꽤 말랐다는 사실을 눈치채는 것은 쉬웠다. 내가 처음 이곳에 도착했을 때의 모습처럼 말이다. 나는 클레어가 더 많이 먹게 만들어야 한다는 사실을 깨달았지만, 방법을 몰랐다. 하지만 고급스러워 보이는 잔에 따른 음료는 꽤 많이 마시는 것 같았다. 그녀의 냉장고에는 언제나 와인 한 병이 있었고, 그녀는 거의 매일 밤 그 한 병을 다 비워냈다.

날 먹겠다고 위협하던 노숙자 남자들이 떠올랐다. 클레어가 그들과 다르다는 것을 알고는 있었지만, 단추는 인간에게 있어 취한다는 것이 어떤 것인지 설명해 줬고, 내 생각에 클레어는 매일 밤을 약간 취한 상태로 지내는 것 같았다. 클레어는 와인을 두어 잔 마시고 나면 거의 항상 울기 시작했다. 나는 그럴 때마다 그녀를 위로해 주긴 했지만, 무슨 짓을 해도 그녀의 울음을 멈추게 할 수는 없었다. 슬펐다. 무슨 일이 있어도 그녀의 얼굴에 미소가 피어오르게 하고 싶었기 때문이다. 아니면 적어도 눈물을 멈추게 하거나.

지금껏 나는 클레어를 웃게 만들기 위해 커튼 뒤에 몸 숨기기 놀이를 시도해 봤지만, 그녀는 내가 보이지 않는 것처럼 행동했다. 심지어는 클레어를 위로해 보려고 창틀에서 떨어져 보기까지 했는데, 그녀는 그것조차 눈치채지 못했다. 내가 아파서 꽥 소리를 질렀는데도 말이다. 나는 클레어와 함께 울어주려고도 해봤고, 가르랑거리거나, 내 작고 따뜻한 머리를 그녀에게 들이밀기도 해봤고, 내 소중한 꼬리를 갖고 놀라며 내밀어보기도 했지만 전혀 소용이 없었다. 그녀는 아주 슬플 때면 나를 포함한 주변의 모든 것을 차단해 버렸다.

밤이 되어 클레어가 잠들면 나는 그녀 옆의 안락의자에 올라가 잠을 자곤 했다. 그녀는 나를 위해 안락의자에 이불을 깔아줬다. (아주 편안했다.) 클레어의 상태를 확인하기에 딱 좋았다는 뜻이다. 나는 잠깐 졸기도 했지만 거의 밤마다 잠든 클레어의 모습을 지켜보며 그녀가 혼자가 아니라고 느끼길 바랐다. 아침에 클레어의 알람 소리가 울리면 나는 부드럽게 그녀 위로 뛰어올라 그녀의 코를 핥았다. 나는 클레어가 매일 아침 눈을 뜰 때마다 사랑받고 있다고 느끼길 바랐다. 나도 사랑받고 싶어 하니까.

하지만 가끔 나조차도 슬퍼질 때가 있었다. 클레어를 걱정하느라 정신적으로 지쳐가고 있기는 했지만, 그녀를 돕겠다는 계획이 변치만 않는다면 어떻게 해야 할지 알 수 있을 거라는 생각이 들었다. 어디선가 정답을 찾을 수 있을 거라고 말이다.

그날 저녁, 클레어와 내가 앉는 방으로 막 이동했을 때였다. 클레어의 손에는 와인잔이 있었고, 내게는 고맙게도 클레어가 사준 개박하 장난감이 있었다. 초인종이 울렸고, 현관으로 다가가 문을 연 클레어는 약간 놀란 듯한 표정을 지었다. 나는 걸어가는 클레어의 다리에 몸을 비비며 그녀를 보호하듯 따라갔다.

현관에는 남자 한 명이 서있었다. 처음에는 결혼사진 속 남자인가 했지만, 가까이서 뜯어보니 아니었다. 하지만 어딘가 사진에서 본 듯한 얼굴이었다. 클레어의 오빠인 팀이었다. 하지만 클레어는 그가 반갑지 않은 듯했다.

"벌써 남들처럼 살고 있네."

팀이 말했다.

"무슨 소리야?"

클레어가 쏘아붙였다.

"솔로인 여자들이 보통 고양이들이랑 같이 살잖아. 미안, 클레어. 농담이었어."

팀은 미소 지었지만, 클레어도 나도 미소 짓지 않았다. 우리는 둘 다 옆으로 비켜서며 팀을 안으로 들였다. 우리는 그를 따라 거실로 향했다.

"여기는 뭐 하러 온 거야, 오빠?"

클레어는 팀에게 앉으라는 손짓을 하며 물었다. 나는 그녀의 곁을 지켰다.

"여동생 보러 오는 것도 안 돼?"

팀은 그렇게 대답하며 나를 쓰다듬으려 했지만, 그가 친구인지 적인지 분간하기 힘들었던 나는 몸을 휘며 그의 손길을 피했다.

"얘는 누구야?"

"알피야. 이사할 때부터 있었어. 어쨌든 왜 왔어? 말도 없이. 지나가다 온 건 아닐 거 아냐."

"여기서 우리 집까지 한 시간 반밖에 안 걸리잖아. 그냥 충동적으로 들른 거야."

클레어는 안락의자에 앉는 팀을 유심히 살피는 듯했다. 나는 그녀의 무릎 위로 올라가 팀에게 거만한 표정을 지어 보이려 했지만, 제대로 먹힌 건지는 알 수 없었다. 가끔은 나처럼 귀여우면 힘들 때가 있다. 사람들은 우리 같은 고양이를 우습게 여긴다.

"전화라도 하지 그랬어?"

클레어는 재차 물었다.

"알았어. 본론만 말할게. 마실 거 한 잔도 안 줄 거야?"

팀의 물음에 클레어는 단호하게 고개를 저었다.

"엄마가 가보라고 해서 왔어. 되게 걱정해서. 너도 알다시 피 스티브가 널 떠난 지 겨우 6개월밖에 안 됐잖아. 근데 집 도 팔아버리고, 원래 너희 집에서도, 부모님 댁에서도, 친구 들이나 원래 직장에서도 네 시간이나 떨어진 런던까지 이사 를 왔지. 런던은 친절한 도시도 아닌 데다가 네가 한 번도 살 아보지 않은 곳이고, 여기에 아는 사람도 없잖아. 당연히 걱 정되지. 엄마는 어쩔 줄 몰라서 난리야."

"다들 걱정 좀 그만했으면 좋겠어. 날 봐. 잘 지내잖아."

클레어는 표정으로도, 목소리로도 화난 것 같았다.

"클레어, 지금 보고 있는데 전혀 잘 지내고 있지 않은 것 같아."

클레어는 한숨을 쉬었다.

"오빠, 난 거길 벗어나야 했어. 이해할 노력이라도 해줄 수 없어? 스티브는 다른 여자 때문에 나랑 헤어졌는데, 그 여자 랑 같이 사는 집이 내가 옛날에 살던 집에서 조금만 내려가 면 있다고. 부모님 댁이랑도 근처야. 거기 계속 있었으면 그 두 사람을 계속 마주쳤을 텐데, 난 그거 못 버텨. 난 다들 자 랑스러워할 줄 알았어. 스티브가 원하는 대로 빠르게 이혼해 줬잖아. 야단법석을 떨지도 않았지. 우리 집을 판 뒤에 난 아주 좋은 직장을 얻었고, 이 집을 샀어. 마음이 갈기갈기 찢어진 상황에서도 그 모든 걸 다 해냈다고."

클레어는 말을 멈추고는 그녀의 볼에서 흐르는 눈물을 닦아냈다. 나는 최대한 그녀 가까이로 가 몸을 붙였다.

"그건 참 잘된 일인데."

팀의 목소리도 더 누그러졌다.

"네가 정말 괜찮은 건가 걱정돼서 그래. 전부 잘 해결했지만 행복하지 않잖아. 엄마도 네가 너무 멀리서 산다고 생각하셔서. 적어도 이번 주말은 부모님 댁에 들르면 안 되겠어? 네가 잘 지낸다는 확신도 시켜드릴 겸 말이야."

좋은 생각일 수도 있다는 생각이 들었다. 클레어는 가족을 볼 수 있을 테고, 나는 클레어 걱정 없이 동네를 더 탐방할 기회를 얻을 수 있을 테니까. 하지만 한편으로 내 안의 어딘가에 숨은 이기심은 그러지 않기를 바랐다.

"잘 들어, 오빠. 나랑 약속해. 딱 이번 주말 한 번만 집에 들를게. 대신 오빠는 엄마한테 내가 잘 지내고 있는 것 같다고 전해."

"그럴게. 근데 돌아가기 전에 차 한 잔이라도 주면 안 되겠어? 돌아갈 때도 한참 운전해야 하는데."

나는 팀이 클레어와 같은 편이라는 것을 깨닫자 그의 친구가 되기로 마음먹었다. 나는 팀과 함께 내 장난감을 가지고 같이 놀았다. 나는 바보 같아 보이는 모습을 신경 쓰지 않고 손과 무릎을 바닥에 댄 채 내게 호들갑을 떠는 그가 마음에 들었다. 나는 몸을 들려 등을 대고 누워 다리를 들어 올린 채 팀의 간질이는 손길에 내 배를 내주었다. 그건 지금껏 가장 즐거웠던 일들 중 하나가 됐다.

팀은 나와 놀아주는 동안 클레어를 잘 부탁한다고 말했고, 나는 그러겠다는 약속의 의미로 최선을 다해서 그에게 반응했다. 책임감의 무게가 느껴졌지만, 마음의 준비는 되어 있었다. 팀을 배웅한 후, 나는 조너선이 집에 돌아왔는지 확인하러 몰래 밖으로 나갈 기회를 노렸지만, 클레어는 나를 안아들고 침대로 데려갔다.

9

다시 46번지에 도착했을 때는 동이 다 트기도 전이었다. 그날 클레어는 일찍 출근해야 한다고 말했다. 날 위한 음식을 놓아둘 시간은 있었지만, 그녀는 내게 충분한 애정을 쏟아주지 못하고 서둘러 문을 나섰다. 나는 속상해하지 않으려 애썼다. 인간들은 원래 고양이보다 더 신경 쓸 일이 많은, 그런 존재였기 때문이다. 그래도 그 덕에 날 돌봐줄 사람이 더 필요하다는 생각이 더 강력해졌다.

나는 고양이 문으로 들어갔다. 집은 너무 조용해서 으스스할 정도였다. 커튼도, 블라인드도 죄다 쳐져있어서 칠흑처럼 어두웠다. 다행인 건 고양이가 야행성 동물이다 보니 어둠 속에서 보는 것에도, 주변을 탐색하기 위해 다른 감각을 사용하는 데도 능숙하다는 것이었다. 나는 제법 가구 같은 실내의 위험과 나무나 다른 동물들 같은 야외의 위험을 피하는 데 전문가였다.

나는 잠시 내가 조너선이라면 어떨까 생각해 봤다. 아주 넓은 집에서 혼자 사는 기분 말이다. 도저히 이해할 수 없었다. 예전에 살던 집의 고양이용 바구니는 몸을 동그랗게 말고 들어가면 그렇게 편할 수가 없었다. 바구니가 조금이라도 더 컸다면 집 같은 느낌이 들지 않았을 것이다. 사실 내가 가장 좋아했던 순간은 아그네스가 내게 마음을 연 후, 그 바구니를 나와 함께 쓸 때였다. 아그네스에게서 느껴지는 따뜻함과 안락함이 아주 좋았다. 매일매일 그 느낌이 그리웠다.

조너선도 그런 기분이었기에 어제 그 여자를 집으로 들인 게 아닐까 싶었다. 두 사람도 나와 아그네스가 그랬듯 서로에게 바싹 파고들었을까? 그랬을지도 모른다는 생각이 들었다. 만약 조너선이 그 여자에게 더 다정히 굴지 않았다면 그녀가 다시 돌아오지 않았을지도 모르지만.

나는 계단 아래 복도에 자리를 잡고 앉았다. 조너선의 집에는 여러 가지 문제가 있었는데, 그중 하나는 카펫이 부족하다는 거였다. 모든 바닥은 나무로 되어있었는데, 고양이에게는 아주 재미있는 부분이었다. 나는 이미 엉덩이를 바닥에 깔고서 미끄러지는 즐거움을 발견했다. 하지만 날씨는 추웠

82

고, 나는 긁어댈 카펫이 있는 게 좋았다. 게다가 조녀선네 집에는 가지고 놀 수 있는 커튼 대신 재미없는 딱딱한 물건만 가득했다. 나는 다시금 이 집이 고양이를 위한 것은 아니라는 사실을 깨달았다. 하지만 여전히 이곳에 이끌리는 마음은 어쩔 수 없었다.

아주 오랜 시간이 지난 후, 부스스한 조녀선이 계단 위로 모습을 드러냈다. 여전히 잠옷 차림이었다. 그는 피곤하고 꾀죄죄해 보였는데, 제대로 그루밍을 하기 전의 내 모습과 비슷했다. 조녀선은 멈춰서서 나를 똑바로 바라봤는데, 나와 다시 마주친 게 그리 반갑지 않은 듯했다.

"내 현관 매트에 죽은 쥐를 놔둔 게 너는 아니겠지?"

그는 짜증 난 목소리로 말했다.

나는 '고마워할 필요 없어'라는 뜻을 담아 최고로 매력적인 가르랑거리는 소리를 냈다.

"이 망할 고양이, 우리 집에 오지 말라고 했잖아!"

머리끝까지 화가 난 조녀선은 나를 밀치며 부엌으로 들어갔다. 그는 찬장에서 머그잔을 꺼내더니 기계의 버튼을 누르기 시작했다. 나는 커피가 내려지는 모습을 지켜봤다. 조녀선은 우주선처럼 보이는 냉장고로 걸어가 우유를 꺼냈다. 조녀선이 머그잔 속으로 우유를 따르는 모습을 지켜보며, 나는 기대하는 눈빛으로 입맛을 다셨다. 하지만 조녀선은 나를 무시했다. 그래서 나는 아주 크게 야옹 소리를 냈다.

"나한테 우유를 얻어먹길 기대하는 거라면 포기하는 게 좋을 거야."

그는 내게 쏘아붙였다.

조녀선은 필요 이상으로 까칠하게 굴었다. 나는 그런 그가 마음에 안 든다는 뜻을 담아 또다시 크게 야옹 소리를 냈다.

"난 동물 같은 거 필요 없어."

조녀선은 커피를 홀짝이며 말했다.

"난 조용하고 평화로운 일상을 원한다고. 앞으로 어떻게 해야 할지 고민할 게 얼마나 많은데."

나는 잘 듣고 있다는 의미로 귀를 쫑긋 세웠다.

"문 앞에 죽은 쥐 갖다 놓아준 건 참 고마워 죽겠는데, 이제 그만 좀 방해해."

나는 그의 마음을 누그러뜨리려고 다시 한번 가르랑거렸다.

"이렇게 추워 죽을 지경인 나라에 다시 온 것만으로도 충분히 최악이란 말이야."

그는 사람에게 얘기하듯 나를 바라봤다. 가능하기만 했다면 아마 난 그렇게까지 춥지는 않다고 대답했을 것이다. 애초에 지금은 여름이었으니 말이다.

"싱가포르가 그리워."

조너선은 계속해서 말했다.

"따뜻한 날씨도, 그곳에서의 생활도 그리워. 겨우 실수 한 번으로 망해버렸어. 다시 이곳으로 와버린 거야. 직장도, 여자친구도 없이."

조너선은 말을 멈추고 커피 한 모금을 더 마셨다. 그러고는 더 깊은 속마음을 내비치기 시작했고, 나는 눈을 가늘게 떴다.

"내가 해고당하니까 거의 바로 차버리더라. 3년 동안 여자친구를 위해 쓴 돈이 얼마인데, 걔는 하루도 못 참고 날라버렸어. 그래, 이 집을 살 정도의 돈이 있어서 운이 좋긴 했지. 하지만 솔직히 망할 첼시 수준도 안 되잖아. 안 그래?"

'첼시'가 뭘까? 그게 뭘 의미하는지 이해할 수 없었지만 나는 그에게 동의하는 것처럼 보이기 위해 최선을 다했다.

나는 기분이 좋아져서 승리의 표시로 꼬리를 한껏 치켜세웠다. 내 생각이 맞았다. 조너선은 성격이 나쁜 사람이 아니라 그저 우울하고 외로운 남자였다. 물론 짜증 가득한 사람이라는 것에 대해서는 의심할 여지가 없지만. 기회는 있어 보였다. 아주 작은 기회여도 분명한 기회였다. 조너선에게는 친구가 필요했고, 내게는 훌륭한 친구의 자질이 있었다.

"내가 망할 고양이한테 뭐 하는 거람? 내 말을 이해할 수 있을 리도 없는데."

마저 남은 커피를 들이켜는 조너선을 지켜보며 나는 '뭘 모르는 인간이군'이라고 생각했다. 나는 조너선의 말을 이해한다는 걸 보여주기 위해 나는 그의 다리에 몸을 문지르며 조너선이 필요로 하는 애정을 표시했다. 조너선은 놀란 것 같았지만 곧바로 피하지는 않았다. 나는 조금 더 내 운을 시험해 보기로 마음먹고 조너선의 무릎 위로 뛰어 올라갔다. 그는 깜짝 놀랐으면서도 한편으로는 마음이 누그러진 듯했고, 그런 만큼 발끈했다.

"됐어. 네 주인한테 전화해서 데려가라고 할 거야."

그는 화난 목소리로 말했다. 조너선은 내 이름표를 조심스레 확인하고는 클레어가 그랬던 것처럼 이름표에 적힌 번호로 전화를 걸었다. 당연한 일이지만 연락이 닿지 않자, 그는 못마땅하고 짜증 난 표정을 지었다.

"너 사는 곳이 대체 어디냐?"

나는 그를 향해 고개를 기울여 보였다.

"이만 집에 가. 종일 너만 상대할 시간 같은 건 없어. 직장도 구해야 하고, 저 고양이 문도 없애야 하지. 할 일 참 많다."

그는 나를 노려보고는 걸어가 버렸다.

그래도 내 기분은 좋았다. 조너선이 내게 말을 걸기 시작했다는 것만으로도 좋은 신호였고, 날 쫓아내지도 않았으니 말이다. 거기다 내가 아직 자기 집에 있다는 걸 알면서도 그대로 두고 다른 곳으로 걸어갔다. 아마 내가 마음에 들기 시작한 게 아닐까? 내가 보기에 조너선은 실제 성격보다 말투가 더 괴팍한 사람 같았다.

　나는 머뭇거리며 조너선을 따라 위층으로 올라갔다. 그러면서도 주변을 둘러보는 걸 잊지 않았다. 나는 그에 대해 더 자세히 알고 싶었다. 그러기 위해선 그를 관찰하는 게 좋을 것 같았다.

　조너선은 키가 컸으며, 군살이 전혀 없었다. 나는 내 외모를 자랑스레 여기는 고양이였는데, 조너선도 그런 사람인 것 같았다. 그 점에 있어서는 우리 사이에 분명한 공통점이 있었다. 조너선은 침실에 붙어있는 욕실에서 아주 오랫동안 샤워를 했고, 샤워를 마치고 나온 후에는 기다란 붙박이 옷장을 열더니 정장을 골라 꺼내 입었다. 참 멋있었다. 마거릿이 좋아하던 옛날 흑백영화에 등장하는 남자들처럼 말이다. 마거릿은 그런 남자들을 보며 "맵시 있고 잘생겼어. 남자라면 그래야지."라고 말하곤 했다. 아마 그녀가 조너선의 옷차림을 봤다면 고개를 끄덕였을 것이다.

　나는 조용히 아래층으로 내려갔다. 워낙 조심스레 내려간 만큼 조너선은 내가 내려간 걸 눈치채지 못했다. 나는 계단 아래에서 다시 그를 기다렸다.

"아직도 안 갔어, 알피?"

조녀선의 말투는 아까처럼 날이 서있는 것 같지는 않았다. 나는 야옹, 하고 대답했다. 조녀선은 못 말린다는 듯 고개를 저었지만 내 마음은 따뜻해졌다. 그가 내 이름을 불러줬으니까!

조녀선은 계단 아래의 찬장으로 가더니 그 안에 줄지어 정리된 검고 반짝거리는 신발 중에서 한 켤레를 골라 꺼냈다. 그는 계단에 앉아 신발을 신었다. 그리고 나서는 코트 걸이에서 재킷을 벗기고는 복도에 놓인 콘솔형 테이블에서 열쇠를 챙겼다.

"그럼 알피, 이번엔 알아서 나갈 수 있겠지? 돌아왔을 때는 너도, 죽은 동물도 없길 바라."

조녀선이 내 뒤로 문을 닫는 모습을 지켜보며, 나는 뿌듯한 마음에 다리를 쭉 뻗었다. 이제는 조녀선을 도울 방법을 확실히 알 수 있었다. 그는 슬퍼하고 있었고, 화나있었으며, 클레어가 그랬듯 정말 나를 필요로 하고 있었다. 다만 아직 내가 필요하단 걸 알아차리지 못했을 뿐이다.

조녀선의 마음은 아주 빠르게 누그러지고 있었다. 어떻게 하면 조녀선의 마음을 완전히 얻을 수 있을까 고민하던 나는 조녀선에게 한 번 더 선물을 주기로 마음먹었다. 그는 필요 없다고 했지만 말이다. 이번에는 쥐 말고 좀 더 예쁜 게 필요했다. 그래. 새가 좋겠다! 새를 갖다줘야지. '친구가 되어줘'라고 말하기에 죽은 새보다 더 나은 건 없으니까.

그날 오후 더 늦은 시각, 나는 쥐를 가지고도 그랬듯 똑같이 조녀선의 현관문 앞 깔개 위에 새를 올려두었다. 이거면 내가 그의 친구가 되고 싶어 한다는 사실을 알아차리겠지. 꽤 흡족한 기분이 든 나는 햇볕을 쬐며 길 끝까지 산책을 즐기기로 마음먹었다. 그렇게 덥지는 않았지만 화창한 날씨였고, 자리만 잘 잡는다면 일광욕을 할 수도 있을 터였다. 나는 두 개의 세대로 나뉜 더 못생긴 집 앞에서 사랑스러운 일광욕 장소를 찾았다. 22A와 22B는 외형이 똑같았고, 정문도 나란히 붙어있었다.

두 집 모두 에드거 로드에서 자주 보였던 로고가 있는 '임대 완료' 표지판이 붙어있었다. 나는 한동안 자리를 잡고 일광욕을 즐기며 그 집들을 관찰했다. 두 집 모두 아직 인기척은 없었지만, 다시 돌아올 수 있도록 기억해 두었다. 사람들이 곧 올 거라는 걸 알았기 때문이었다. 결국 내 묘생은 아직 위태로웠다. 클레어는 나를 사랑했지만 낮마다 집을 비웠고, 주말에는 집을 떠나있을 예정이었다. 조녀선의 경우, 글쎄, 내 의지가 아무리 강하다 해도 그를 홀리는 데 성공할 확률은 여전히 반반이었다. 더 많은 선택지가 필요했다.

나 혼자서도 충분히 잘 살아남을 수 있으리란 사실을 알게 되긴 했지만, 나 같은 고양이에게 그런 삶은 어울리지 않았다. 나는 길고양이가 되는 것도, 싸우는 것도 좋아하지 않는다. 그저 누군가의 무릎 위나 따뜻한 담요 위에서 캔 사료와 우유를 얻어먹으며 사랑받고 싶었다. 나는 그런 고양이었다. 그걸 바꿀 수는 없는 노릇이었다. 바꾸고 싶지도 않았다.

지난 몇 달간의 춥고 외로운 밤은 여전히 생생한 기억으로 남아있었다. 매 순간 나와 함께했던 그 공포스럽고, 배고프고, 지친 순간들은 다시는 마주하고 싶지 않은 경험이자 절대로 잊을 수 없는 기억이었다. 내겐 가족이 필요했고, 사랑과 안정이 필요했다. 그것이 내가 필요로 하는 전부였고, 그 이상은 바라지도 않았다.

해가 지기 시작하자 나는 천천히 걸어 돌아왔다. 나는 묘생이 얼마나 재미있을 수 있는지 생각했다. 아그네스가 죽었을 때, 나는 병이 날 정도로 외로웠다. 아그네스를 너무 그리워한 나는 음식을 먹지도, 용변을 보지도 않았다. 마거릿은 그런 나를 끔찍한 수의사에게로 데려갔다. 수의사인 캐시는 나를 살펴보더니 방광염에 걸렸다고 했다. 나를 만져보고 찔러댄 캐시는 곧 슬픔이 원인이라고 했다. 마거릿은 놀란 듯했다. 고양이들이 인간들처럼 감정을 느낄 거라는 생각을 하지 못한 거였다. 물론 아주 똑같은 감정은 아니겠지만, 꽤나 심각했다. 아그네스를 애도하다 못해 앓게 된 거였다.

클레어 또한 스티브, 그러니까 액자 속의 정장을 입은 남자를 애도하고 있었고, 조녀선은 '싱가포르'라고 불리는 것을 애도하고 있었다. 나는 그들에게서 내가 경험했던 슬픔을 보았다. 그래서 나는 그들 곁에 있어주기로 했다. 여느 괜찮은 고양이라면 그렇게 할 터였다.

10

　점심시간쯤, 나는 타이거를 찾아갔다. 새로 발견한 22번지의 집들을 보여주고 싶었기 때문이었다. 우리는 그곳까지 느긋하게 걸어갔다. 타이거는 필요하지 않은데도 굳이 서두르는 걸 좋아하지 않았다. 우리는 잠시 앞마당에 갇힌 크고 못생긴 개를 놀려주려 멈춰서기도 했다. 문 바로 앞까지 다가가 발바닥을 살짝 찔러넣어 개가 앞으로 달려들게 만드는 놀이를 할 셈이었다. 개는 머리끝까지 화가 나서 미친 듯이 짖었고, 우리를 향해 으르렁거리며 이를 드러내 보였다. 그 후 우리는 뒤로 뛰어 물러나며 즐거워했다. 그보다 재미있는 건 없을 터였다. 개는 뛰어오르려 했지만, 고양이가 개보다 더 높이 뛸 수 있다는 건 누구나 다 아는 사실이었다. 아무리 계속해도 이 놀이가 지루해질 것 같지는 않았지만, 타이거는 그만하고 싶어 했다.

"이 정도면 충분히 놀린 것 같아."

그녀는 말했다. 나는 타이거와 함께 성큼성큼 걸으며 개를 향해 고양이 특유의 장난스러운 미소를 한껏 지어보였다. 갇혀있지만 않았다면 그 개는 망설이지 않고 우리를 쫓아오며 겁을 줬을 테고, 우리는 너무 무서운 나머지 반죽음이 됐을지도 모른다. 세상 돌아가는 이치란 게 원래 그랬다.

22번지의 집들은 여전히 텅 비어있었지만, 작은 앞마당에 들어서는 순간, 타이거는 내 안목을 인정해 줬다. 우리는 뒷길을 통해 집으로 돌아가기로 했다. 위로 뛰어올라 울타리 위에서 균형을 잡으며 집으로 가는 길을 색다르게 만들고 싶었다. 우리는 이상하게 생긴 새를 쫓으며 더한 즐거움을 누렸다. 참 사랑스러운 오후였다.

나는 짧은 고양이 낮잠을 잔 후 클레어가 집으로 돌아오길 기다렸다. 그런 날 본 클레어는 기분이 좋아보였다.

"알피, 오늘 밤은 저녁을 먹으러 올 손님이 있어."

그녀는 설레는 듯한 목소리로 말했다. 샤워를 하러 갔다가 돌아온 그녀는 잠옷이 아닌 청바지와 점퍼를 입고 있다. 클레어는 요리를 시작했고, 평소처럼 와인을 따랐다. 그

녀가 와인을 따르면서 울지 않은 건 이번이 처음이었다. 그
녀는 내게 음식을 주고 나를 쓰다듬어 주며 냉장고에서 재
료를 꺼내 프라이팬에 넣었다. 콧노래를 부르는 클레어의 얼
굴은 여느 때보다 행복해 보였다. 그런 클레어의 모습에 나
는 사진 속 남자가 돌아온 것은 아닐까 생각했다. 나는 그녀
를 걱정하면서도 한편으로는 희망을 품었다.

초인종이 울리자, 클레어는 빠르게 달려가 문을 열었다.
문가에는 클레어와 비슷한 나이대로 보이는 여자가 서있었
다. 그녀는 클레어에게 꽃다발과 와인을 내밀었다.

"안녕하세요, 타샤. 들어오세요."

클레어는 미소 지었다.

"안녕하세요, 클레어. 집이 참 예쁘네요."

타샤는 안으로 들어오며 쾌활하게 감탄했다.

타샤는 코트를 벗었고, 클레어는 와인을 권했다. 나는 두
사람이 작은 식탁에 앉는 것을 지켜봤다.

"집에 손님이 찾아온 건 이번이 처음이에요."

클레어가 말했다. 나는 그 말이 어쩐지 불쾌했다. 그녀의
첫 손님은 분명 나인데!

"건배사는 따로 필요 없겠네요! 런던에 온 걸 환영해요.
이렇게 사무실 밖에서 보니까 좋아요."

"거기는 원래 그렇게 항상 정신없어요?"

"그럼요. 더할 때도 많은걸요!"

타샤는 웃음을 터뜨렸다. 나는 금세 그녀가 좋아졌다. 나는 식탁 아래에 자리를 잡고 그녀의 다리에 몸을 비볐다. 타샤는 보답으로 내 꼬리를 아주 사랑스럽게 쓰다듬어 줬다. 아주 기분이 좋았다. 클레어와 타샤가 친해져서 나도 타샤와 친해질 수 있기를 바랐다.

내가 옳았다. 타샤의 방문은 클레어에게 좋은 일이었다. 클레어가 제대로 식사를 했으니까 말이다. 나는 클레어가 고비를 넘긴 것이기를 바랐다. 나도 아그네스를 애도하는 걸 끝냈을 때 식욕이 돌아왔기 때문이었다.

"그래서 어쩌다 런던으로 오게 된 건가요?"

타샤는 물었다.

"얘기하자면 길어요."

클레어는 두 사람의 잔에 와인을 더 따른 다음, 대답을 이어갔다.

나는 여전히 식탁 밑에서 타샤의 따뜻한 다리에 몸을 꼭 붙인 채 클레어의 근황 얘기를 귀 기울여 들었다. 클레어의 목소리는 점점 바뀌었지만, 울지는 않았다. 그녀는 슬프게 얘기했다가, 화를 냈다가, 다시 슬퍼했다.

"저는 스티브라는 남자와 결혼했었어요. 3년간 만났고 1년간 동거했는데, 동거할 집으로 이사하자마자 프러포즈를 받았죠."

"결혼은 언제 했는데요?"

타샤가 물었다.

"1년 조금 넘었어요. 솔직히 제 사랑은 운이 없었죠. 엄마는 항상 제가 늦게 시작했다고 말했어요. 대학에 진학할 때까지 제대로 남자를 사귀어 본 적도 없거든요. 저는 거의 공부에만 집중했어요. 그러다 스티브를 만났죠. 데본 엑서터에서 살면서 마케팅 컨설턴트로 일할 때, 파티에 갔다가 만나게 됐어요. 스티브는 잘생겼고 사랑스러웠죠. 금방 사랑에 빠지게 됐어요."

"그렇군요."

타샤는 잔에 남은 와인을 전부 들이키고는 와인을 더 따랐다.

"완벽한 남자라고 생각했죠. 재미있고, 다정하고, 매력적인 남자였으니까요. 스티브에게 프러포즈를 받았을 때는 행복에 겨워 죽을 수도 있을 것 같았어요. 전 서른다섯이 될 예정이었고, 아이를 갖고 싶은 마음이 간절했어요. 스티브도 동의했고요. 결혼 후 신혼을 좀 즐긴 다음 임신 시도를 해보기로 했죠."

클레어는 눈가에 맺힌 눈물을 닦았다. 내가 본 것 중 가장 강해보이는 모습이었지만, 그 슬픈 감정은 우리에게 전달

됐다.

"나한테 다 말해줘도 괜찮겠어요?"

타샤는 부드럽게 물었다. 클레어는 고개를 끄덕이고는 와인을 홀짝인 후 말을 이었다.

"죄송해요. 다른 사람한테 잘 한 적 없는 얘기인데."

"그런 걸로 사과하지 말아요."

나는 타샤가 진정 마음에 쏙 들었다.

"결혼생활을 한 지 3개월쯤 되니까, 스티브는 달라졌어요. 감정 기복이 심해졌고, 자주 성질을 부렸고, 제가 뭐가 문제냐고 물을 때마다 대뜸 화를 냈죠. 내 집에서 내 의견을 얘기하는 것조차 무서울 지경이 됐어요."

클레어의 이야기에 나는 다양한 감정을 느꼈다. 슬픔, 분노, 그리고 나를 돌봐준 여자를 향한 진정한 애정. 나는 폭력을 선호하는 고양이는 아니지만 스티브라는 그 끔찍한 남자를 만나게 된다면 얼굴을 제대로 할퀴어 주리라고 마음먹었다.

"결혼한 지 8개월 정도가 지났을 때, 스티브가 저한테 끔찍한 실수를 했다고 하더군요. 다른 사람과 사랑에 빠졌다고 하더니, 그 여자와 동거하기 시작했죠. 저도 아는 여자였어요. 스티브가 운동하는 헬스장에서 일했거든요. 정말 진부하기 짝이 없죠?"

"진짜 못된 놈이네요."

타샤가 말했다.

"그러니까요. 저 자신이 정말 바보 같아요. 스티브가 인생의 짝이라고 생각했죠. 아마 아주 오랫동안 절 두고 바람을 피웠을 텐데, 그것도 전혀 모른 채로요. 그래서 런던으로 왔어요. 두 사람이 저랑 같은 동네에 살았거든요. 엑서터가 워낙 작은 동네라 매일같이 마주칠 게 뻔한데, 견딜 수가 없겠더라고요."

나는 마침내 클레어가 왜 여기 있는지, 왜 그렇게 자주 울었는지 이해했다. 그래서 나는 그녀를 더욱 사랑하게 됐다. 그녀가 나를 돌봐준 만큼 나도 그녀를 돌봐주고 싶었다.

"가끔은 나와 다른 사람을 이해하는 건 절대 불가능하다는 생각이 들어요."

타샤는 슬픈 목소리로 말했다.

"죄송해요."

클레어는 갑자기 몸을 곧추세우며 자세를 가다듬었다.

"제 얘기만 했네요. 데이브라는 남편이 있다고 했죠?"

"남자친구예요. 좀 더 정확하게 말하자면 '파트너'라고 해야겠네요. 사귄 지는 10년이 됐는데, 결혼은 우리 둘 다 하기 싫어해요. 우리 사이가 안 좋아서가 아니라, 결혼이 싫어서죠. 우린 행복해요. 아이는 없지만, 내년쯤 낳을 계획이에요.

데이브는 지나치게 자주 축구를 해서 더럽고, 저도 다른 것 때문에 그를 미치게 하지만, 그래도 서로 맞춰나가요."

타샤는 거의 사과하는 듯한 표정을 지어보였다.

"다행이네요. 언제나 희망은 있다는 뜻이니까요."

클레어는 미소를 지었다. 내 생각에 클레어가 우는 이유는 스티브임이 확실했지만, 그녀가 외로워하는 이유는 따로 있는 것 같았다. 아마 타샤가 그런 외로움을 해소할 도움이 되어줄 수 있지 않을까 싶었다. 물론 내가 있긴 했지만, 그녀에게 인간 친구 따위는 필요하지 않다고 여길 정도로 허영심이 많지는 않았다.

"저기, 제가 북클럽을 하는데, 좀 시시하긴 해요. 책보다 와인 마시면서 가십 얘길 더 많이 하거든요. 그래도 괜찮다면 같이 할래요? 사람들 만나기에도 아주 좋을 거고, 다들 사랑스러운 사람이거든요. 제 입으로 말하긴 민망하지만요."

"너무 좋아요. 제 삶을 다시 일궈야죠. 그러려고 런던에 온 거니까요."

"그 마음으로 건배하죠."

타샤는 잔을 들었다.

"새로운 시작을 위하여."

나는 참을 수 없어서 식탁 위로 뛰어 올라갔다. 사람들이 그걸 그리 좋아하지 않는다는 사실을 알긴 했지만 어쩔 수 없었다. 나는 발바닥을 들어 잔에 부딪혔다. 내 나름대로 건배에 함께한 거였다. 두 사람은 나를 보더니 웃음을 터뜨렸다.

"정말 똑똑한 고양이를 키우시네요."

타샤는 나를 마구 얼러주며 말했다.

"그러니까 말이에요. 집에 이사 왔을 때부터 있었어요. 알피, 그래도 식탁에 올라오면 안 돼."

하지만 클레어는 화를 내지 않고 웃었다. 나는 고양이 특유의 미소를 활짝 지어보이며 식탁에서 폴짝 뛰어내렸다.

행복한 타샤와 클레어의 모습을 확인한 나는 이 타이밍에 다른 친구인 조너선을 보러 가야겠다고 생각했다. 그가 내 선물을 받았는지 확인하고 싶었다. 그들은 여전히 웃느라 내가 고양이 문으로 나가는 것도 알아채지 못했다. 타샤가 클레어를 행복하게 해주는 것 같아서 아주 기뻤다.

46번지의 뒷마당을 통과하는 동안 날은 어두워지고 추워졌다. 전에 날 괴롭힌 적이 있던 크고 뚱뚱한 수컷이 내게 겁을 주려 했지만, 내가 그를 향해 최대한 크게 소리 지르자 뒤로 물러섰다. 애초에 그는 너무 뚱뚱해서 나를 쫓아올 수 없을 터였다. 고양이 문을 통과하자 티끌 하나 없는 조너선의 부엌이 눈에 들어왔다. 사방이 어두웠지만, 나는 금세 거실 소파에 앉아있는 조너선을 찾을 수 있었다. 그의 앞에는 컴

퓨터가 놓여있었는데, 화면에는 말하는 듯한 남자의 얼굴이 떠워져 있었다.

"친구야, 고맙다. 진심이야."

조녀선이 말했다.

"천만에."

화면의 남자는 어쩐지 웃긴 억양의 영어로 대답했다. 그는 조녀선과 비슷한 연배 같아 보였지만, 조녀선만큼 잘생겨 보이지는 않았다.

"일이 생겨서 다행이야. 아무것도 안 하려니까 죽겠더라."

"거기도 괜찮은 회사야. 너한테 잘 맞을 거야."

"영국에 올 일 있으면 저녁 살게."

조녀선이 말했다.

"너도 시드니 오면 내가 저녁 살게. 어쨌든 또 봐."

조녀선은 노트북 뚜껑을 닫았다. 내가 들어갈 타이밍이었다. 나는 몸을 꼿꼿이 세우고 꼬리를 높이 쳐든 채 최고의 캣워크를 선보였다. 한 발 한 발을 앞으로 교차하며, 천천히, 조녀선이 앉아있는 곳을 향해 성큼성큼.

그는 깊은 한숨을 쉬었다.

"또 너야? 이번에 죽은 새를 놓고 간 것도 너겠지?"

그의 목소리는 저번만큼 화난 것 같지 않았다. 기뻐할 줄 알았다니까. 나는 고개를 기울이며 그를 향해 야옹 소리를 냈다. 조녀선이 새를 정말 좋아했으리라 확신했다.

"고양이들은 사람들이 집 안에 죽은 동물을 들이고 싶어 하지 않는다는 걸 왜 모르는 걸까?"

나는 호기심 어린 눈으로 그를 바라봤다. 그런 걸 싫어하는 사람들이 있다는 거야 알고 있었지만, 조녀선은 고양이와 더 비슷하다는 걸 알고 있었기 때문이었다. 그가 쫓고 죽이는 걸 좋아하는 사람이라는 걸 나는 알 수 있었다. 조녀선은 인정하지 않을지라도, 나는 그가 선물을 즐기기 시작했다는 확신이 있었다. 그는 자리에서 일어났다.

"이렇게 하자. 밥을 줄 테니까, 날 내버려두는 걸로. 어때?"

나는 다시 고개를 기울였다. 진심으로 하는 말이 아니라는 걸 알고 있었다.

"그럼 되지 않을까? 내가 너한테 음식을 안 주면 돌아올지도 모르잖아. 네가 그런 반발심리를 좋아하는 고양이일지도 모르지."

나는 그가 무슨 말을 하는 건지 이해할 수 없었다. 어쨌든 조녀선은 냉장고로 다가가 새우를 꺼내 그릇에 담아줬고, 접시에 우유를 따라주었다.

"기분이 좋으니까 이렇게까지 해주는 거야. 취직했거든."

나는 조녀선의 말보다 내 눈앞에 놓인 진수성찬에 집중했다. 기뻐서 날뛰고 싶었다. 그는 다시 냉장고로 다가가 병 하나를 꺼내더니 뚜껑을 열어 마시기 시작했다.

"참 다행이지? 다시 일할 수 있게 될 줄은 몰랐는데."

조녀선은 몸을 떨었고, 나는 계속해서 먹었다.

"난 대체 뭐가 문제람?"

그는 물었다.

"망할 고양이한테 말을 걸고 있네. 미쳐간다는 두 번째 징조인가."

첫 번째 징조는 뭘까. 나는 궁금해졌다.

식사를 끝낸 나는 조녀선이 맥주잔을 만지며 나를 바라보고 있다는 것을 눈치채고 발바닥을 깨끗이 핥았다. 발을 다 핥은 후, 나는 감사의 표시로 그의 다리에 몸을 쓸었고 이곳에 들어온 만큼 빠른 속도로 나갔다.

나는 조녀선의 기분에 맞춰주는 방법을 배웠다. 그가 날 애정에 굶주린 고양이라고 생각하지 않기를 바랐다. 조녀선처럼 무뚝뚝한 남자들은 그런 걸 좋아하지 않았다. 드라마에서도 배운 사실이다.

그리고 어쨌든 여기까지 온 것만으로도 나는 대단한 고양이였다. 겁에 질리고, 마음은 갈가리 찢긴 내가, 길거리에서의 삶에서 살아남아 지금은 이렇게 함께 마음을 나눌 친구 두 명을 만들었으니 말이다. 나는 마거릿과 아그네스가 어디에 있든 나를 지켜보며 자랑스러워하기를 바랐다.

과거의 삶을 떠올리니 슬퍼졌다. 그래도 나는 클레어의 집으로 향하는 동안 미소를 지었다. 오늘은 저녁을 두 끼를 먹은 데다 조너선이 나를 좋아한다는 확신이 생겼고, 얼마 안 가 그의 큰 집을 내 집이라고 부를 수 있으리라는 생각이 들었기 때문이었다.

나는 다가올 주말을 생각했다. 클레어는 그녀의 부모님을 보러 갈 계획이지만, 나를 위한 음식을 놓고 가겠다고 말했다. 그녀가 그립긴 할 테지만, 그녀가 떠날 거라는 사실이 조금은 기뻤다. 제대로 조너선과 친해질 기회가 생길 터였기 때문이었다. 시간을 더 보내고 나면 그가 나를 거부할 수 없게 되리라는 확신이 있었다. 조너선보다 더 감정적이고 고집 센 아그네스를 내 편으로 만드는 것도 며칠이면 충분했으니까.

11

짐을 싸는 클레어는 긴장한 모습이 역력했다. 그녀는 계속해서 입술을 잘근거리다 다리가 잘 움직이지 않는 사람처럼 잠시 멈춰서 앉았다.

나는 관찰력이 뛰어난 고양이고, 그 사실을 자랑스럽게 생각했다. 스티브라는 이름의 끔찍한 남자와 그의 여자친구를 마주치는 것을 두려워하고 있는 것 같다는 생각이 들었다. 하지만 그런 힘든 일을 겪었어도 클레어는 꽤 잘 지내고 있었다. 다음 주에 타샤가 진행하는 북클럽이라는 데에 갈 만큼 그녀와 친해지고 있었으니 말이다. 그녀는 남편을 죽일 계획을 짠 여자에 관한 책을 읽고 있었다. 클레어는 아직 결혼생활 중이었다면 아이디어를 얻었을 수도 있겠다고 말했다. 이혼보다 그 편이 저렴한 모양이었다. 나는 클레어가 북 클럽에서 더 많은 친구를 사귀면 좋겠다고 생각했다. 무엇보 다도 클레어가 더 행복해지길 바랐으니까. 내 행복이 그녀의 행복에 달려있다는 생각까지 들 정도였다.

클레어와 지낸 지는 겨우 2주밖에 되지 않았지만, 나는 이미 그녀를 사랑했다. 아그네스와 마거릿을 사랑했을 때와 같은 마음이었기에 알 수 있었다. 마거릿은 아름다운 사람이었다. 그녀는 아무리 고통스러운 상황에 놓여도 언제나 미소를 지었고, 자기 스스로를 챙길 시간에 다른 사람들을 도왔다. 그녀는 내게 많은 영감을 줬고, 지금의 내가 있게 해준 사람이었다.

클레어는 내 사랑을 필요로 했고, 내게는 그녀를 사랑해 줄 의무가 있었다. 나는 짐을 싸는 그녀 곁을 떠나지 않으며 계속해서 그녀에게 몸을 비벼서 내가 그녀의 곁에 있다는 확신을 심어줬다. 짐을 아래층으로 가지고 내려간 그녀는 나를 향해 몸을 돌리며 나를 안아들었다.

"정말 내가 없어도 괜찮겠어?"

그녀는 걱정이 가득한 눈으로 물었다.

나는 '당연히 괜찮지'라는 의미로 고개를 기울여 보였다.

"음식은 넉넉히 놔뒀어. 잘 지내. 보고 싶을 거야."

클레어는 처음으로 내 코끝에 뽀뽀를 해줬다. 나는 감사의 표시로 가르랑거렸다.

경적 소리가 나자, 클레어는 마지막으로 한 번 더 나를 쓰다듬은 뒤 집을 나섰다. 나는 클레어가 잘 지내기를, 그리고 주말 동안 끔찍한 스티브가 그녀를 속상하게 하지 않기를 바라며 집을 나섰다.

나는 길 끝까지 걸어가다 두 마리의 어린 고양이들을 마주쳐 잠시 논 다음, 똑같이 생긴 두 개의 집 앞에 도착했다. 두 집에 이사한 사람이 있나 궁금하던 차였다. 나는 22A의 닫힌 문 앞에 선 남자와 여자를 보고 잠시 멈춰섰다.

여자는 가슴 앞에 뭔가를 메고 있었는데, 자세히 보니 그 안에는 시끄럽게 울어대는 아기가 있었다. 남자는 여자의 어깨에 팔을 두르고 있었다. 여자는 아주 아름다워 보였다. 키는 컸고, 머리는 긴 금발이었으며, 눈은 솔직히 말해서 고양이조차도 부러워할 만큼 예쁜 초록색이었다. 나는 뒤에 물러서서 새로운 집의 문을 잠그는 그들을 지켜봤다.

내 마음은 뛸 듯이 기뻤다. 이곳의 인간은 세 명이었다. 그중 한 명은 나보다 작았지만, 적어도 한 명이 아닌 세 명의 가족이 나를 돌봐줄 수 있게 된 거였다.

나는 그들의 대화를 엿들으려 조심스레 가까이 다가갔다.

"걱정하지 마, 폴리. 가구만 들이면 아주 근사하게 보일 거야."

여자보다 키가 큰 남자는 머리카락은 부족했지만 다정해 보였다.

"잘 모르겠어, 맷. 맨체스터에서 이렇게 멀리까지 왔는데, 예전 집보다 훨씬 더 작잖아."

"잠깐이면 된다고 생각해. 자리만 잡으면 더 나은 집을 찾을 거야. 자기, 내가 그 일자리를 거절할 수 없었다는 거 알잖아. 우리 미래를 위해서야. 우리 둘뿐만 아니라 헨리를 위해서도 좋은 일이잖아."

남자는 몸을 굽히며 이제는 울음을 그친 아기의 이마에 입을 맞췄다.

"알지. 그렇지만 무서워. 두려워."

여자는 겁에 질려보였다. 처음 에드거 로드로의 여정을 떠날 때의 내 표정처럼 말이다.

"괜찮을 거야. 진심이야. 내일 가구가 도착하면 호텔에서 나와서 런던의 첫 집으로 이사할 수 있을 테니 긍정적인 면도 있잖아. 가족으로서 새로운 출발을 하는 거야."

나는 곧바로 맷이 마음에 들었다. 그는 아내와 아이를 두 팔로 단단히 감싸안았다. 나는 여기가 내가 있기에 좋은 가정이라는 것을 본능적으로 알았다. 그들은 다 함께 집에서 멀어져 갔고, 나는 그들이 이사를 마치면 다시 그들을 방문하기로 결심했다. 나를 소개하기엔 그때가 더 적절할 테니까.

조녀선의 고양이 문으로 뛰어 들어간 나는 발에 용수철이 달린 것처럼 가벼운 기분이었다. 그가 나를 내쫓겠다는 협박을 지키지 않았기 때문이었다. (나를 좋아할 줄 알았다니까!) 오늘도 조녀선은 거실에 컴퓨터와 함께 앉아있었다. 나는 간신히 화면을 보는 데 성공했는데, 그 안에는 사람 대신 반짝이는 자동차 사진이 잔뜩 떠있었다. 나는 소파로 뛰어올라 그의 옆에 앉았다.

"또야? 어제 했던 협상을 알아듣지 못했나 봐."

나는 충분히 알아들었지만 그저 동의하지 않았을 뿐이라고 말하고 싶었다. 그래서 크게 야옹 소리를 냈다.

"적어도 또 죽은 동물을 갖다놓진 않았으니 그건 고마워해야겠네."

심장이 쿵 내려앉는 기분이었다. 빈손으로 조녀선을 찾다니! 그렇게 미안할 수가 없었다. 나는 자리에 누워 키보드에 머리를 갖다 댔다. 조녀선이 화를 낼까 봐 걱정했지만, 운 좋게도 그는 웃음을 터뜨렸다.

"이리 와. 남은 새우를 줄게. 어차피 버릴 생각이었거든."

나는 입술을 핥으며 조녀선을 따라 부엌으로 들어갔다. 나는 조녀선이 그릇에 담아준 새우를 탐욕스럽게 먹어 치웠다. 배가 고프진 않았지만, 신선한 새우는 아주 특별했다. 식사를 마치고 난 나는 그제야 조녀선의 깔끔한 옷차림이 눈에 들어왔다. 정장은 아니었지만, 지저분한 옷도 아니었다. 나는 눈을 반쯤 감고 의심스러운 눈빛으로 그를 바라보았다.

"좋아. 불청객 알피, 오늘 밤은 외출할 거야. 기다리지 마."

조녀선은 살짝 웃고는 내가 알아차리기도 전에 슬그머니 현관문을 나가버렸다.

나는 두 곳의 집이 있었는데도 여전히 혼자였다. 마거릿 네 집에서 지낼 때는 혼자 있어본 적이 거의 없었다. 마거릿 이 외출한대도 아그네스가 있었기 때문이었다. 게다가 아그 네스가 죽은 후, 마거릿의 외출 시간은 아주 짧아졌다. 그녀 가 집을 비운 것을 눈치채지도 못할 정도였다.

어서 22A의 새 가족이 이사를 마치길 바랐다. 나에게는 음식과 물, 따뜻한 집과 무릎, 그리고 사랑이 필요했다. 내게 필요한 건 그게 전부였지만, 짧은 묘생 동안 산전수전을 다 겪은 만큼 모험을 할 생각은 없었다. 지금으로서는 비싸보이 는 조녀선의 소파에서 잠을 청하기로 했다. 그리고 조녀선은 기다리지 말라고 했지만, 그를 기다릴 생각이었다. 클레어 이외에 내게 가족은 그뿐이었으니 말이다.

12

나는 과거 회상에 빠졌다. 마거릿과 아그네스와 함께 옛 집에서 살던 시절에 대한 몽상이었다. 날은 추웠고, 아그네스는 많이 아파하고 있었다. 마거릿은 수의사에게 전화를 걸었고, 수의사는 아그네스의 죽음이 얼마 남지 않았다고 말했다. 마거릿이 할 수 있는 건 고통을 덜어주는 약을 주거나, 안락사시키는 것뿐이라고 했다.

마거릿은 클레어가 내내 울었던 것처럼 흐느꼈다. 슬픔으로 가득한 마거릿의 눈물은 푹 꺼진 그녀의 볼을 타고 흘렀다. 나도 같이 울고 싶었지만, 아그네스가 최선을 다해 용기 있는 모습을 보여주고 있었기에 내 감정을 억눌렀다. 나는 아그네스를 더 아프게 하지 않으려 노력하며 그녀에게 바싹 파고들었다. 마거릿은 수의사에게 아그네스를 데려갈 준비를 했다. 그리 쉬운 일은 아니었다. 마거릿에겐 차도 없었고, 나이도 있었기 때문이었다. 고양이 이동장 하나조차 들 수 없을 정도였다.

마거릿은 이웃에 사는 돈이라는 착한 남자에게 전화를 걸었다. 그는 마거릿보다 아주 젊은 나이는 아니었지만, 그녀를 데려가 주겠다고 했다. 그는 언제나 기꺼이 마거릿을 도와줬다. 아그네스는 몇 년 전 돈의 아내가 세상을 떠난 뒤 돈과 마거릿이 언젠가 연인 사이가 되지 않을까 생각했다고 했다. 하지만 마거릿은 자주 혼자 사는 게 너무 좋다고 말하곤 했다.

"내게 필요한 건 나와 내 고양이들뿐이지."

그녀는 웃으며 말하곤 했다. 거의 그녀의 목소리가 들리는 것만 같았다.

그날 돈과 마거릿이 아그네스를 수의사에게 데려가는 동안 나는 집에 남아있어야 했다. 집에 홀로 남겨진 나는 살면서 가장 큰 소리로 울부짖었다. 아그네스를 잃는다는 생각에 너무나도 두려웠다. 아그네스가 집으로 돌아오더라도, 그녀와 함께할 날이 얼마 남지 않았다는 것을 알고 있었다. 마거릿이 그런 얘길 하는 것을 듣기도 했고 말이다.

아그네스는 집으로 돌아왔고, 나는 흥분을 감추지 못했다.

나는 너무 감사한 마음에 아그네스를 핥았다. 다시는 아그네스의 얼굴을 못 볼지도 모른다고 생각했기 때문이었다. 아그네스는 조용했지만 내 곁에, 그녀가 있어야 할 자리에 있었다. 나는 행복에 겨웠다. 하지만 아침이 되자, 아그네스는 세상을 떠났다. 그녀의 곁에서 잠든 나는 어느 순간 잠에서 깼을 때 그녀의 심장 박동이 멈췄다는 것을 알아차렸다. 나는 몇 시간 만에 행복의 정점에서 비참함의 나락으로 떨어졌다.

그 순간, 나는 그날이 내 묘생을 통틀어 최악의 날이라고 생각했다.

내 슬픈 회상은 문에 열쇠가 꽂히는 소리에 멈췄다. 뒤이어 왁자지껄한 웃음소리와 구두 굽 부딪히는 소리가 들렸다. 집은 여전히 어두웠고, 누군가 방으로 들어오는 소리가 들렸다. 몸을 스트레칭하려는 순간, 누군가 내 위로 넘어졌다.

나는 최대한 큰 소리로 울부짖었다. 여자의 비명이 들렸다.

불을 켠 조너선은 약간 화가 난 듯해 보였다.

"내 소파 위에서 뭐 하는 거야?"

화가 묻은 조너선의 물음에, 나는 같은 질문을 되돌려주고 싶었다. 소파에는 내가 먼저 앉아있었는데. 대신 나는 소파에서 뛰어내려 방 안을 둘러보며 상황을 파악했다.

비명을 지른 여자는 저번에 본 여자가 아니었다. 그녀는 키가 컸고, 말랐으며, 긴 다리를 돋보이게 하는 짧은 치마를 입고 있었다.

"당신이 키우는 고양이예요?"

여자는 혀 꼬는 목소리로 물었다. 대체 사람들은 왜 그렇게들 술에 취하는 걸까?

"아니, 망할 불법 거주자야."

조너선은 나를 노려보며 대답했다. 나는 불법 거주자가 무슨 뜻인지 몰랐지만, 좋은 말처럼 들리진 않았다. 여자는 다시 조너선에게 다가가더니 그를 껴안았다. 그들이 키스하기 시작하자, 나는 얼른 클레어네 집으로 떠나야겠다고 생각했다. 둘이면 친구, 셋이면 남이라는 말도 있으니까.

클레어의 침대에서 잠들었다가 눈을 떠보니 밖은 이미 밝게 빛나고 있었다. 나는 클레어가 나를 위해 남겨둔 음식을 한 그릇 먹고, 물을 마신 후 이른 아침의 산책을 나서기로 했다. 조너선의 새우보다 못했지만, 그래도 넉넉히 잘 먹을 수 있었다. 나는 조너선의 손님이 떠날 때까지 그에게서 멀리 피해있기로 마음먹었고, 그동안 22번지의 집들을 다시 확인하러 가기로 했다.

이른 시간이긴 했지만, 키가 큰 여자와 아기는 앞마당에 있었고, 남자는 하얀 밴에서 가구를 내리고 있었다. 여자는 아름답긴 했지만 걱정이 가득한 얼굴이었다. 그녀는 입술을 깨물며 계속해서 한숨을 쉬었다. 또다시 나는 도움이 필요한 사람에게 끌리는 모양이었다. 그녀가 필요로 하는 게 뭔지 아직은 몰랐지만 말이다.

"가서 헨리한테 뭘 좀 먹여야겠어."

안에서 아기 울음소리가 들리기 시작하자 여자가 말했다.

"알았어, 폴리. 내가 마무리할게."

나는 여자를 따라 안으로 들어갔다. 계단이 없고, 한 층에 모든 게 있는 집이었다. 공간이 꽤나 작아서 이미 살 준비가 거의 된 듯해 보였다. 풀고 정리해야 할 짐이 가득해 보이긴 했지만, 커다란 회색 소파 하나와 거기에 짝이 맞는 의자 하나가 있었다.

폴리는 아기를 안고 그 의자에 앉았다. 그녀가 가슴에 아기를 바짝 붙이자, 아기는 곧바로 울음을 그쳤다. 나는 호기심이 가득해졌다. 텔레비전에서는 본 적 있지만 실제로는 본 적 없는 모습이었다. 내가 젖을 떼고 마거릿의 가족으로 입양되기 전, 엄마가 나를 돌봐줬던 희미하고 정확하지 않은 기억이 떠올랐다. 과거에 대한 향수가 더욱 강해졌다.

여자는 갑자기 나를 쳐다봤다. 나는 인사의 의미로 눈을 깜빡였다. 여자는 내가 제대로 자기소개를 하기도 전에 큰 소리로 비명을 질렀다. 아기는 울기 시작했고, 남자는 방으로 달려 들어왔다.

"왜 그래?"

남자는 걱정이 가득한 목소리로 물었다.

"고양이가 있어!"

여자는 아기를 다시 제대로 안으려 하며 악을 썼다. 나는 살짝 기분이 상했다. 그런 반응을 본 적은 딱히 없었기 때문이다. 조녀선도 그런 반응은 아니었다.

"폴리, 그냥 고양이야. 그렇게까지 화낼 필요는 없잖아."

맷은 아이를 어르듯 부드럽게 말했다. 폴리 품의 아기는 다시 조용해졌다. 이제는 폴리가 울음을 터뜨렸다. 나는 큰 실수를 했는지도 모르겠다는 생각이 들었다. 폴리는 고양이 공포증이 있는 게 분명했다. 그런 공포증이 있기나 한지 확실친 않았지만, 폴리는 확실히 나를 무서워하고 있었다.

"어디서 읽었는데 고양이가 아기를 죽인다고 했어."

나는 한 대 얻어맞은 기분으로 울부짖었다. 나는 살면서 온갖 비난을 들었다. 새를 죽여서, 쥐를 죽여서, 그리고 가끔은 토끼를 죽여서. 다 어쩔 수 없어서 저지른 일이었다. 하지만 아기를 죽인 적은 한 번도 없다. 죽일 생각조차 한 적이 없다.

"폴리."

맷은 그녀에게로 다가가 그녀 옆에 무릎을 꿇고 앉았다.

"고양이는 아기를 못 죽여. 고양이가 아기 요람으로 들어갔다가 잠들어버리는 바람에 실수로 아기를 질식시킬까 봐 누가 지어낸 말이겠지. 함부로 아기방에 고양이를 들이지 말라고 퍼진 헛소문일 거야. 저 고양이는 깨어있고, 헨리는 당신이 안고 있잖아."

나는 처음보다 맷이 훨씬 더 좋아졌다. 그의 목소리는 부드러웠고, 인내심이 가득했다.

"정말이지?"

폴리는 내가 보기에 노이로제에 걸린 것 같았다. 확실히 그녀에게는 뭔가 문제가 있어보였다. 클레어랑 같은 느낌은 아니었지만, 어딘가 이상한 것 같다는 느낌만큼은 확실했다.

"자기가 여기 있는데 어떻게 고양이가 헨리를 죽이겠어?"

맷은 내게 다가와 나를 안아들었다. 나는 그가 좋은 남자라는 결론을 내렸다. 그는 나를 단단히, 하지만 조심스레 안았다. 고양이를 안는 방식은 사람의 성격을 잘 보여줬다. 조너선의 손길은 다소 거칠었지만, 맷의 손길은 딱 좋았다.

"맷, 나는……."

폴리는 여전히 기분이 상한 것 같았다.

"이름이 알피인가 봐."

맷은 내 이름표를 읽고 말했다.

"안녕, 알피."

그는 나를 쓰다듬으며 덧붙였다. 그의 손길에 기분이 좋아진 나는 그의 손에 머리를 비볐다.

"어쨌든 여기 사는 고양이는 아니니까 걱정하지 마. 앞문이 열려있을 때 살금살금 들어왔나 봐. 어디 사는 애니?"

나는 그의 물음에 최대한 매력적인 목소리로 야옹거렸다.

"여기 안 사는지 어떻게 알아?"

"이름표가 있어. 전화번호도 적혀있고. 전화 걸어볼게. 당신 마음이 더 편해진다면 말이야."

"아니, 아니, 당신 말이 맞겠지. 밖으로 내보내 줘."

폴리는 여전히 의심스러운 표정이었다. 그녀 품의 아기는 잠든 것 같았다. 맷은 다정했지만, 이 작고 비좁은 집에는 분명히 슬픈 분위기가 흘렀다.

"알았어. 어쨌든 가서 가구 마저 내려놓을게. 알피, 이리 온. 집에 가야지."

그는 나를 안아들고 밖으로 나가 조심스레 마당에 내려놓았다. 미처 집 안을 다 둘러보지는 못했지만, 또다시 폴리의 기분을 상하게 만들고 싶진 않았다.

저녁이 되려면 몇 시간이 남아있었기에, 나는 조녀선에게 줄 또 다른 선물을 찾으러 가기로 했다. 어쨌든 그의 마음을 열고 있었으니, 내 매력을 한층 더 발산할 필요가 있었다. 폴리의 마음을 열려면 아주 힘든 과정을 거쳐야 할 것 같았다. 그러니 적어도 조녀선을 내 편으로 만들 필요가 있었다.

13

조녀선을 위한 선물을 구하기로 결심하고 22A에서 나왔지만, 나는 밝은 햇빛에 홀리고 말았다. 고양이라면 모름지기 밤에 사냥해야 한다는 말을 수도 없이 들었다. 사냥은 고양이가 가장 좋아하는 야간 활동이라고 말이다. 하지만 요즘 들어 밤에 나가본 적이 없었다. 무서운 길거리에서의 삶을 경험한 후로는 정말 필요하지 않은 이상에야 절대로 밤에 외출하는 일이 없었다.

동네 공원의 풀이 무성한 도로변에 앉은 내 위로 날아다니는 새들이 많긴 했지만, 내 시선은 주변을 날아다니는 나비에 꽂혔다. 나는 나비를 향해 뛰어올랐지만 잡을 수 없었고, 나비는 번번이 간발의 차이로 내 발길을 피했다. 그러다가 나는 근처 덤불에 앉아있는 나비를 발견했다. 나는 본능적으로 그 나비를 쫓기 시작했다.

마거릿과 함께 살 때 내가 가장 좋아하는 놀이가 바로 나비를 쫓는 거였다. 나는 이리저리 뛰어올랐고, 나비는 매번 내 발에서 빠져나갔다. 숨이 가빠져서 나는 마지막으로 한 번 더 큰 잎이 달린 덤불을 향에 뛰어들었다. 하지만 거리를 잘못 가늠한 바람에 엉덩방아를 찧으며 넘어지고 말았다. 지나가는 새들이 나를 보며 웃었다. 멍도 들고 살짝 창피하긴 했지만, 그래도 재미있었다. 나는 자존감을 재정비하고 몸을 일으키며 사냥이나 쫓는 건 다음으로 미루기로 마음먹었다.

나는 햇볕이 잘 드는 자리에서 휴식을 취하다가 깜빡 잠들었다. 꽤 오래 잠든 모양인지 일어났을 때는 두 마리의 고양이가 누가 더 잘생겼나 다투며 날카롭게 목소리를 높이고 있었다. 날도 그새 어두워졌다. 이상한 다툼은 아니었다. 허영심 있는 고양이도 있으니까. 두 고양이는 내게 판결을 내려달라고 했는데, 나는 괜히 끼어들었다가 잘못될까 봐 둘다 잘생겼다는 외교적인 자세로 대답하고는 그 자리를 빠져나왔다.

클레어가 아직 집에 돌아오지 않아서 나는 조녀선네로 돌아갔다. 고양이 문으로 들어간 나는 어두운 실내를 마주했다. 나는 살금살금 비어있는 부엌을 통과해 거실로 들어갔다. 나는 소파에 누워있는 조너선을 발견하고 깜짝 놀랐다. 그는 잠을 자듯 쿠션을 베고 누워있었지만, 눈은 뜨고 있었다. 지난밤에 들렸던 여자의 흔적은 온데간데없었고, 그는 또다시 혼자만 남겨져 있었다. 걸어 들어오는 나를 지켜보는 조너선의 눈빛을 본 나는 빈손으로 온 것을 후회했다. 정말 선물이 필요해 보였기 때문이었다.

"또 왔네."

조너선은 건조한 목소리로 말했다.

"널 봐서 거의 기쁠 지경이야. 적어도 이 망할 집이 그렇게 텅 비어보이진 않으니까."

그 말의 어느 정도가 칭찬인지 확신할 수는 없었지만, 그래도 나는 고마움의 표시로 야옹 소리를 냈다. 나는 다시 내 운을 시험해 보기로 결심하고 소파 위로 뛰어올라 조너선의 옆에 앉았다. 그는 나를 쳐다보았지만 내려가라고 말하진 않았다. 나름의 발전이었다.

"여기 없을 땐 대체 어디에 가있는 거야?"

나는 갑작스러운 조너선의 물음에 야옹 소리로 답했다.

"그냥 길거리를 돌아다니는 거야? 거의 나랑 사는 것 같은데."

조너선은 혼란스러운 표정을 지었지만, 나는 그의 말에 찬성하듯 가르랑거렸다.

"웃기지만 이게 내 삶인가 봐. 나한테 너무 큰, 텅 빈 집에 살면서, 친구는 거의 없는 삶 말이야."

나는 지금껏 만난 두 여자는 그럼 뭔지 궁금해졌다.

"하룻밤 잔 상대는 친구라고 볼 수 없지. 어쩌다 뽐낼 만한 성취 하나 없이 마흔세 살까지 왔는지 몰라."

조너선은 자기 연민에 젖은 목소리로 말했다.

"아내도 없고, 가족도 없고, 친구는 손에 꼽을 정도로 적고, 심지어 그마저도 이 나라 저 나라에 떨어져 있고."

나는 조너선에게 가까이 다가가며 더 동정하는 듯한 소리로 야옹거렸다.

"이젠 너뿐이야, 알피. 43년의 세월을 살았는데 말을 걸 상대라곤 망할 고양이밖에 없어. 네가 내 고양이도 아닌데."

나는 그에게 확신을 주려 노력하며 고개를 기울이고 조너선을 쳐다봤다.

"배고파서 왔겠지?"

그의 말에 나는 최대한 큰 소리로 야옹거렸다. 이제야 일이 제대로 돌아가는 것 같았다. 배가 고파 죽을 지경이었다. 나는 조너선을 따라 부엌으로 들어갔고, 그는 냉장고에서 훈제 연어를 꺼냈다. 클레어가 정말 좋기는 했지만, 조너선과의 저녁 식사는 실로 특별했다. 조너선은 바닥에 접시를 놔줬고, 연어를 먹기 시작한 내 머리를 쓰다듬어 줬다. 그의 손길은 난생처음으로 부드러웠다. 우리는 남자들 사이의 유대감을 쌓고 있었다.

나는 놀라긴 했지만 먹는 데 집중했다. 감수성이 제법 풍부한 고양이인 나는 확실히 마음이 따뜻해지는 게 느껴졌다. 나는 반드시 조너선의 마음을 열리라 다짐했었다. 안 그랬다면 이렇게 계속 돌아오지 않았을 테니까. 하지만 이렇게 빨리 그의 마음을 열 수 있을지는 몰랐다. 먹느라 정신없지만 않았어도 기뻐서 날뛰었을 것이다.

조너선과 나는 저녁 식사를 마친 후 함께 거실로 돌아갔다. 우리는 약간 이상한 커플 같았다. 남자와 작은 고양이. 소파 위에 조너선과 함께 앉은 내 마음은 행복감으로 부풀어 올랐다. 조너선은 거대한 텔레비전의 전원을 켰고, 남자들과 총들이 잔뜩 나오는 뭔가 폭력적인 것을 보기 시작했다. 소파에서 조너선에게 몸을 바짝 붙인 채 그와 함께 앉을 수 있다니, 믿을 수가 없었다. 조너선은 텔레비전을 보면서도 주의가 산만하게 나를 쓰다듬었다. 텔레비전에 비치는 장면은 그리 내 마음에 들지 않았지만, 조너선 덕분에 느끼는 안락함이 너무 좋아서 꿈쩍도 하고 싶지 않았다. 나는 마음속 깊이 조너선이 필요로 하는 도움이 뭐든 그것을 주겠노라고 다시 한번 단단히 다짐했다.

14

　나는 아주 이른 시간에 잠에서 깼다. 날이 아직 어두웠기에 새벽이라는 걸 알 수 있었다. 나는 여전히 조너선의 소파 위에 있다는 사실에 살짝 놀랐다. 조너선이 나를 소파에서 쫓아내지 않고, 거기 자게 뒀다니 말이다. 조너선이 그 끔찍한 영화를 보는 동안 잠든 모양이었다. 나는 그곳을 떠나는 게 망설여지긴 했지만, 클레어네에 들러 아침을 먹은 후 22A에 가서 동태를 지켜보고 싶었다. 22B에 살 사람들이 이사를 마치긴 했을지, 거기에는 어떤 가족이 살지 궁금했다. 22A와 22B 중 더 친절한 가족만 방문할까 싶기도 했다. 아직 나를 아기 살인묘로 낙인찍은 폴리를 용서하지 못했으니까.

　아침 식사를 마친 후 22번지에 도착한 나는 건물 앞에 주

차된 밴을 발견했고, 22B의 현관문이 열려있는 모습을 목격했다. 맷과 폴리가 가구를 싣고 온 밴만큼 세련되어 보이지는 않는 남색 밴은 제법 낡아보였다. 많은 가로등과 많은 동물과 부딪힌 듯한 흔적이 남아있었다. 나는 몸을 떨었다. 부디 고양이와 부딪힌 것은 아니길 바랐다. 두 명의 남자가 밴에서 가구를 내려 집 안으로 옮기는 모습이 보였다. 나는 열린 현관문 사이를 들여다보았다.

22B는 복층 집이었다. 문을 열자마자 작은 공간 뒤에 자리한 계단이 보이는 구조였다. 들어가고 싶은 마음은 굴뚝같았지만, 남자들이 집 안으로 식탁을 옮기는 모습을 보고는 물러섰다. 그들은 좁은 공간 안에 어떻게든 식탁을 욱여넣느라 실랑이 중이었고, 거기 끼었다간 위험할 것 같았다.

두 사람은 내가 알아들을 수 없는 언어로 대화를 나누며 노를 젓는 사람들처럼 활력 가득하고 시끄러운 소리를 냈다. 노를 젓고 있는 것 같지는 않았지만 말이다. 그 가구를 들고 가파른 계단을 올라가야 했으니, 그들이 요란한 소리를 내도 비난할 사람은 없었을 것이다.

나는 한동안 물러서 있었다. 들어가고 싶어 몸이 근질거리긴 했지만 무서웠고 확신이 없었다. 남자들이 워낙 거구이기도 했지만, 이해할 수 없는 언어 때문에도 그랬다. 고양이를 먹는 나라에서 온 사람들이면 어쩌지 싶었다. 그런 나라가 있는지는 몰랐지만, 굳이 모험을 하고 싶지는 않았다. 어떤 문화에서는 그게 자연스러운 모양이었다. 나는 다시 몸을 떨었다. 누군가의 냄비 속에서 생을 마감하고 싶지는 않았다.

그래도 여기에는 어떤 사람들이 사는 건지 더 알아보고 싶기는 했다. 나는 그늘 안에 바짝 엎드린 채 아래층으로 돌아오는 남자들을 지켜봤다. 조심스러웠다고 생각했는데, 그중 한 명이 나를 발견하고는 다가왔다. 내가 눈을 깜빡이며 인사하자, 그 또한 응답하듯 눈을 깜빡여 보이는 것 같았다. 그는 거구의 남자임에도 놀랍도록 부드러운 손길로 나를 쓰다듬었고, 나는 그를 향해 가르릉거렸다. 그는 눈을 빠르게 깜빡이며 알 수 없는 언어로 말을 걸었다. 그러다 여자 한 명이 나타나 그의 옆에 섰다. 그녀는 체구가 꽤 작았지만 아주 예쁜 갈색 머리와 갈색 눈을 가지고 있었다. 그녀는 쪼그려 앉아 나를 쓰다듬었다.

"얘는 폴란드어를 못 해."

남자는 여자에게 키스하며 말했다.

"고양이는 원래 말 못 해, 토마츠."

두 사람은 함께 웃음을 터뜨리더니 또다시 알 수 없는 언어로 대화를 나누기 시작했다. 내가 보기에 그들은 폴리, 맷과 비슷한 연배 같았다. 아주 다정하고 친절해 보이기도 했다. 여자의 웃음은 전염성이 있어서 나마저도 미소 짓고 싶게 만들었다. 하지만 나는 인간처럼 표정을 지을 수 없어서 대신 그녀를 향해 미소 짓듯 눈을 가늘게 떠보였다. 그렇지만 그녀가 그걸 봤는지는 확신할 수 없었다. 두 남자와 이야기를 나누느라 정신이 없었기 때문이다. 그들의 대화는 여전히 한 마디도 알아들을 수가 없었다.

"아직 있어, 여기."

그녀는 갑자기 다시 내게 관심을 돌리며 말했다.

"이곳에 온 걸 환영해 주러 왔나 봐."

"착한 고양이네."

갑자기 그녀의 얼굴에서 미소가 사라졌다. 그녀는 남자에게 몸을 돌리며 무서워하는 표정으로 그에게 매달렸다. 나는 호기심에 고개를 기울이며 또다시 웃긴 외국어로 이야기하는 그녀를 지켜봤다.

"프란체스카, 괜찮을 거야. 더 잘 살려고 왔잖아, 여기. 우리랑 아들들을 위해서. 괜찮을 거라고 약속해."

그는 커다란 팔로 그녀를 안아줬고, 여자는 눈물을 흘리면서도 간신히 미소를 지었다. 나를 필요로 하는 또 다른 친구를 찾은 것 같았다. 나에게는 그걸 감지하는 레이더가 있었다. 나는 에드거 로드가 앞으로 살아가는 데 있어 목적을 부여해 준 곳이라고 느꼈다. 사람들을 돕는 것 말이다.

날 필요로 하는 사람이 있는 걸 확인하니 안심이 된 나는 조용히 미소를 지었다. 나는 인간이 생각보다 더 복잡한 존재라는 사실을 배우고 있었다. 여자는 슬픔에 잠겨있긴 했지만, 클레어나 폴리에게는 없는 강단이 있는 사람 같아 보였다. 나는 이곳에서 환영받을 수 있으리란 확신이 들었고, 이곳으로 돌아올 기대가 됐다. 나는 여자가 안으로 들어가는 모습을 지켜본 후, 맑은 날씨에 밝은 해가 중천에 떠있는 것을 깨닫고 오늘의 두 번째 식사를 얻어먹으러 가기로 했다.

고양이 문으로 살금살금 들어간 나는 부엌 식탁에 앉아있는 조녀선을 발견했다. 그는 운동복 차림으로 토스트를 먹으며 커피를 마시고 있었다. 나는 내가 왔다는 사실을 알리려고 큰 소리로 야옹거렸다.

"안녕. 밥 먹으러 왔구나."

나는 조녀선 옆의 의자로 뛰어 올라갔고, 그는 웃음을 터뜨렸다.

"알았어, 알피. 조금만 기다려. 토스트만 다 먹고 밥 줄게."

나는 그대로 앉아 인내심 있게 기다렸다. 나는 조녀선이 어쩌다 아주 큰 실수를 저지른 것 같다고 생각했다. 그가 내게 말해준 취직과 관련돼서가 아니라, 집과 관련돼서 말이다. 집이 너무 비어보였기 때문이다. 가구는 없고 조녀선만 있으니 꼭 집이 그의 외로움을 놀리고 조롱하는 것 같았다.

내가 조녀선이었다면 더 작은 집을 선택했을 것이다. 그와 나만 있어도 그렇게까지 텅 빈 느낌이 들지 않도록 말이다. 22번지의 집 같은 곳이 조녀선에게는 더 잘 어울릴 것 같았다. 이제야 조녀선이 왜 내게 그런 말투로 이야기했는지 이해가 됐다. 클레어처럼 외로웠기 때문이었다. 나는 과도한 외로움으로 고통받은 게 나 혼자가 아니라는 사실을 깨닫기 시작했다. 클레어에게서도, 여기에서도 외로움이 느껴졌다. 그리고 같은 결은 아니었으나 폴리와 프란체스카에게서도 비슷한 외로움이 느껴졌다.

나라는 작은 고양이가 고민해야 할 일이 참 많았다. 그만큼 바로잡아야 할 일들도 더 많아졌다!

조녀선은 내게 참치 통조림을 건네줬다. 신선한 새우나 훈제 연어는 아니었지만 내가 불만을 가질 처지는 아니었다.

"난 운동하러 갈 거야, 알피. 여기 처박혀서 고양이하고만 대화하는 뚱뚱하고 미친 남자처럼 살고 싶진 않거든."

나는 조녀선의 극단적인 말에 놀라긴 했지만, 그가 웃음을 터뜨리는 걸 보고 마음을 놓았다. 그는 화가 난 게 아니라 그저 조금 불안정할 뿐이었다.

나도 나가서 운동을 하기로 했다. 이미 두 끼나 먹었고, 두 집에서 밥을 얻어먹을 수 있게 됐다는 사실을 고려해야 했다. 물론 음식 얻어먹는 걸 포기하고 싶지는 않았다. 며칠 동안이나 밥을 못 먹고 지냈던 기억 때문에 다시는 음식을 거부하지 않기로 결심했다. 하지만 22번지의 사람들도 내게 음식을 주기 시작한다면 조녀선뿐만 아니라 나도 살이 찔 터였다. 있어서는 안 될 일이었다. 우선 고양이 문을 드나들 수 없는 것부터 문제가 될 테니까 말이다.

에드거 로드의 다양한 집을 넘나드느라 바쁘긴 했지만, 내가 조금 게을러진 건 사실이다. 마거릿과 함께 살던 때처럼 말이다. 물론 생김새는 더 나아졌다. 적당할 만큼 살이 붙은 덕분이었다. 하지만 지나치게 게을러지거나 자기 만족적인 고양이가 될 수는 없는 노릇이었다. 어쩌다 다시 혼자서 살아남아야 하게 되면 어쩐단 말인가? 전혀 허무맹랑한 걱정도 아니었다. 그런 일이 없길 바라지만, 혹시 모르니 그럴 일에 대비할 생각이었다. 다시는 모험을 할 생각이 없으니까.

15

클레어가 사준 고양이 전용 침대에 몸을 웅크리고 누워있
으니, 열쇠로 잠긴 문을 여는 소리가 들렸다. 내 새로운 침대
는 파란색에 하얀 줄무늬가 있었고, 예전의 고양이용 바구니
만큼 편하지는 않아도 썩 괜찮은 편이었다. 클레어는 곧장
내게로 달려와 나를 얼러줬다. 한순간에 안심이 됐다. 돌아
오자마자 그녀가 울음을 터뜨릴까 봐 걱정했기 때문이었다.
아예 집에 돌아오지 않을까 봐 조마조마하기도 했다.

"보고 싶었어, 알피."

클레어의 말에 나는 마음이 따뜻해졌다.

"너도 내가 보고 싶었지?"

클레어는 미소를 짓고 있었고, 더 좋아보였다. 물론 그녀

를 처음 만났을 때의 내 모습처럼 여전히 지나치게 마르긴 했지만 말이다. 하지만 그녀의 머리카락에선 윤기가 났고, 볼에는 홍조가 돌고 있었다. 주말 동안 이곳을 떠나있었던 게 도움이 된 모양이었다.

찰나의 순간, 나는 클레어가 다시 런던으로 오기 전에 살던 곳으로 이사 가는 것은 아닐까 싶어 지레 겁을 먹었다. 하지만 곧 마음을 다독였다. 클레어는 지금 여기 있고, 그녀가 다시 런던으로 돌아왔다는 사실에 집중해야 했다.

나도 안다. 내가 고양이치고는 걱정이 참 많다는 걸. 하지만 과거의 경험 때문에 어쩔 수 없다. 나는 나와 비슷한 감정을 느끼는 인간들을 돕는 데 마음이 이끌리는 경향이 있다는 사실을 알아가고 있었다. 그 이끌림이 너무나도 강했기에 그들을 위해서라면 뭐든 할 수 있다는 생각까지 들었다.

클레어는 부엌으로 가서 내게 음식을 주고, 차를 우리기 위해 주전자에 물을 올렸다.

내가 식사를 마치자, 클레어는 가방을 가지러 가더니 나를 위한 다양한 장난감을 한 아름 안고 돌아왔다. 짧은 줄이 달린 쥐를 닮은 장난감, 공, 개박하, 쩔걱거리는 소리가 나는 장난감이 있었다. 나는 그녀의 다리에 몸을 비비며 감사 인사를 했다. 사실 신발 끈 하나만 있어도 행복했을 테지만 말이다.

나는 애초에 장난감을 즐기는 고양이는 아니었다. 새끼 고양이일 때조차도 그랬다. 하지만 가장 큰 이유는 아그네스가 그런 장난감을 워낙 업신여겼기 때문이었다. 아그네스에게 좋은 인상을 남기고 싶어서 나도 장난감을 무시하는 척했다.

하지만 나는 클레어에게 기쁨을 주기 위해 그녀가 사준 장난감을 가지고 놀려고 노력했다. 내가 고마움을 모르는 고양이라고 생각하지는 않길 바랐으니까. 한 번은 쫓던 공이 소파 밑으로 굴러 들어가는 바람에 그걸 빼내려다가 소파 밑에 거의 갇힐 뻔했다. 그 밑에서 공을 발바닥으로 두드리니 소파 밖으로 굴러 나왔다. 곤경에서 빠져나온 나는 클레어가 나를 보며 웃고 있는 모습을 발견했다. 그녀는 기뻐서 손뼉을 쳤다.

그래서 이번에는 발바닥으로 쩔그럭거리는 장난감을 집어들려 했지만, 그 장난감은 미끄러지며 바닥을 가로질러 굴러가 버렸다. 나는 다시 장난감을 쫓기 시작했다. 장난감이 움직일 때마다 괴상하게 딸랑거리는 소리가 났다. 잡았다 싶을 때마다 내 발에서 미끄러지며 빠져나가는 장난감 때문에 나는 계속해서 방 이 끝에서 저 끝까지 뛰어다니기를 반복했다. 어느 순간, 얄미운 장난감을 쫓다 보니 화가 머리끝까지 났다. 하지만 클레어는 그게 재미있는 모양이었다. 나는 죽었다 깨어나도 그 이유를 이해할 수 없지만 말이다.

클레어는 짐을 풀겠다는 말과 함께 위층으로 올라갔다.

장난감을 가지고 놀다 지친 나는 좀 더 쉬기로 했다. 장난감을 갖고 노는 건 힘든 일이었다. 방금 게걸스레 먹은 식사 덕분에 졸리기도 했다. 낮잠 시간이 된 것 같다.

나는 웃음소리에 잠에서 깼다. 클레어의 집에서 들리기엔 어색한 소리에, 나는 곧바로 귀를 쫑긋 세웠다. 타샤가 나타나 나를 안아들더니 아주 귀여워해 주며 내 목에 코를 묻었다.

"안녕, 귀염둥이."

타샤는 확실히 고양이를 좋아하는 사람이었다. 하지만 그녀에게 다른 고양이의 냄새가 나지는 않았다. 나를 이렇게 좋아해 주는 타샤에게 왜 고양이가 없을까 궁금해지는 순간이었다.

클레어는 잔 두 개를 들고 다시 나타났다.

"계속 그러면 따라가서 같이 살고 싶어 하겠어요."

클레어는 웃으며 말했다. 과거의 비참한 클레어는 어디로 간 건지 알 수 없을 만큼 꼭 다른 사람인 것 같았다. 그녀를 변화시킨 원인이 무엇인지 얼른 듣고 싶어 나는 주변을 서성거렸다.

"집에 데려가고 싶긴 하지만, 데이브한테 심한 고양이 알레르기가 있어서요. 여기에서 알피와 노는 수밖에요."

"저런. 안됐네요. 그렇게 심한가요?"

"네. 여기 들렀다 집에 가면 샤워도 하고 입었던 옷도 빨아야 할 정도로 심해요. 물론 데이브가 저한테 못되게 굴거나 하면 잊어버린 척하지만요."

두 사람은 웃음을 터뜨렸다. 나는 어쩐지 기분이 상했다. 나 때문에 알레르기를 앓는다는 말이 웃긴가? 애초에 고양이 알레르기가 있는 사람이 있다니!

클레어는 다시 방을 나갔다가 음식을 담은 그릇 몇 개를 들고 다시 나타났다. 그녀는 그릇을 식탁에 올려놨고, 타샤와 함께 식탁에 앉았다. 경이롭고 기쁘게도 클레어는 식사를 했다. 그것도 내가 본 것 중 가장 많이 먹었다! 클레어의 상태가 확실히 나아진 것에 기분이 좋아져 날뛰고 싶었지만, 난리를 피워 그녀를 놀라게 하고 싶지 않았기에 참았다.

"그래서, 얘기 좀 해봐요."

타샤가 말했다.

"주말에 뭔가 좋은 일 있었던 거 맞죠?"

"맞아요. 기분이 훨씬 나아졌지 뭐예요. 임무 수행 중 첫 과제를 완수한 것 같달까요? 제 두려움에 맞서서 살아남은 거죠! 고향에 가서 두 사람을 마주칠 위험을 감수한 거 말이에요. 진짜로 마주쳤거든요!"

클레어의 목소리는 거의 고소해하는 듯했다. 나는 이유를 이해하려 애썼지만, 그 순간은 내가 이해할 수 있는 영역 밖이었다.

"어디에서요?"

타샤는 눈을 크게 뜨고 물었다.

"엄마랑 마트에 갔다가요. 아직도 제가 다섯 살쯤 되는 줄 아시는지, 엄마가 집에서 음식을 잔뜩 요리해서 먹여주겠다며 고집을 부리셨거든요. 런던에는 마트도 없는 줄 아시나 봐요."

"클레어, 요점만 말해주세요. 궁금해 죽겠어요."

타샤는 깔깔거리며 재촉했다.

"미안해요. 어쨌든 채소 코너에 있는데 갑자기 두 사람이 나타나는 것 아니겠어요? 스티브는 유모차를 밀고 있었고, 여자는 뭔가 불평하고 있었죠. 제가 먼저 두 사람을 발견했는데, 둘 다 썩 행복해 보이지 않더라고요."

"여자가 뭐라고 불평했는데요?"

타샤와 내 이목은 클레어에게 집중됐다.

"모르죠. 어쨌든 통통해졌더라고요. 두 사람이 사귀기 전보다 훨씬 더요. 그래서 처음에는 임신이라도 했나 싶었죠."

"임신이던가요?"

"아뇨, 들어보세요. 엄마는 필사적으로 제 팔을 잡고 있었고, 그러다 두 사람과 눈을 마주쳤어요. 솔직히 스티브는 별로 좋아보이지 않더군요. 아마 스티브를 제대로 보는 건 처음이라 그랬을지도 몰라요.”

“콩깍지가 벗겨졌나 봐요.”

“맞아요. 어쨌든, 스티브가 인사하길래 저도 인사했어요. ‘안녕’ 하고. 여자는 입을 떡하니 벌리고 굳더라고요. 제가 좋은 옷을 입고, 머리와 화장도 예쁘게 한 상태여서 참 다행이었죠.”

“내가 혹시 그놈을 마주칠지 모르니 항상 최선을 다해 꾸미고 다니라고 했었잖아요.”

“그렇죠. 그 말을 들어서 얼마나 다행이었는지 몰라요!”

나는 웃는 클레어에게 뽀뽀하고 싶었다. 하지만 아직 얘기가 끝나지 않아서 입술 대신 그녀의 팔에 뽀뽀했다. 나는 내 클레어가 자랑스러웠다.

“그리고 나서 어떻게 지내냐고 물었더니 둘 다 잘 지낸다면서 웅얼거리더군요. 정말 잘 지내는 것 같진 않았어요. 물론 제가 너무 말랐다는 건 알죠. 이제는 인정할 수 있어요. 그래도 그렇지, 어떻게 사람이 두 달 만에 거의 20킬로그램이나 찔 수 있죠? 스티브가 절 차버리고 사귄 여자와는 닮은 구석이 하나도 없을 정도였어요. 그런데 제 옆에 서있기만 하던 엄마가 갑자기 출산 예정일이 언제인지 묻는 거 아니겠어요!”

"어머, 진짜요?"

"네. 여자는 신경질적으로 발소리를 내면서 가버렸고, 스티브는 임신한 거 아니라면서 웅얼거렸죠. 그런 모습을 보면 의기양양할 줄 알았는데, 의외로 불쌍하더라고요. 이유는 모르겠어요. 여자는 스티브가 유부남인 걸 알면서도 그 사람이랑 잤고, 그것 때문에 제가 완전히 무너지기 직전까지 가긴 했지만, 불쌍하다는 마음이 들었다니까요, 글쎄. 얼마나 잘된 일이에요?"

클레어와 타샤는 서로 껴안으며 여고생처럼 깔깔거렸다.

나도 공감의 의미로 야옹 하고 울었다. 아는 게 많지 않은 고양이인 나라도 관계가 사람의 삶을 얼마나 망칠 수 있는지는 텔레비전으로 수없이 봐왔다. 사람들도 고양이 같다면 세상이 더 나아지지 않을까 생각하게 될 정도였다.

물론 우리도 사랑을 알긴 하지만, 연인 관계에 관해서라면 한 마리의 고양이에게 모든 사활을 다 걸 만큼 멍청하지는 않다. 우리는 필요성과 실용성을 따진다. 나도 매력적으로 생각하는 암컷 고양이가 있다. 하지만 나는 고양이들이 평생 한 마리의 암컷 또는 수컷하고만 지낼 수 있다고 생각할 만큼 순진하지 않다. 고양이들은 고작 며칠이나 몇 주 동안만 관계를 맺는다. 운이 좋다고 해도 몇 개월이 최대다. 하지만 그 후에는 새끼를 낳든지 다른 짝을 찾아 떠난다. 인간들도 평생 한 명의 사람과 지내는 것에 대한 집착을 조금 버린다면 삶이 조금은 더 나아진다는 사실을 알게 되지 않을까?

"그럼 집에 가는 걸 망설이긴 했지만 결국 집에 간 게 좋았던 거네요?"

"그렇죠. 두 사람을 만나서 그런 것도 있지만, 그랬어도 예상처럼 속상하지 않았고, 더는 런던으로 이사한 게 도망쳐 온 것처럼 느껴지지 않게 돼서 그런 것도 있어요. 전 제 의지로 런던에 있는 거예요. 런던의 직장이 더 좋고, 가능성도 더 열려있으니까요. 집도 작지만 사랑스럽고, 알피도 있고, 새로운 친구도 사귀었으니까요. 물론 고향에 있는 시간이 즐겁긴 했지만, 돌아오고 싶었어요. 기분이 전혀 상하지 않았다고는 말 못 하겠지만, 그래도 어느 정도의 두려움이 사라졌다는 건 인정할 수 있어요."

"그럼 축하해야죠. 주말에 여자들끼리 나가서 놀아요. 시내에 들렀다가 런던 최고의 술집은 다 돌아다녀 보자고요. 칵테일도 양껏 마시고, 잘생긴 남자들도 만나고요."

"이젠 그럴 준비가 된 것 같아요."

"정말 20킬로그램이나 쪘어요?"

타샤가 물었다.

"저도 정확히는 모르겠지만 확실히 많이 찐 건 맞아요. 게다가 저랑은 달리 살이 더 쪄야 했던 것도 아니었고요."

이제 나는 식탁 밑에서 클레어의 다리에 몸을 꼭 붙였다. 이렇게까지 변한 클레어가 자랑스럽다고 말하고 싶었다. 이제 음식도 더 잘 먹고 와인 마시는 것도 줄인다면 나만큼 달라질 수 있을 거라는 생각이 들었다. 이제 클레어는 그녀의 새로운 시작을 위한 준비를 마친 것 같았다.

"새로운 시작을 위하여."

클레어가 잔을 들며 말했다. 나는 식탁 위로 뛰어올라 발을 잔으로 갖다 대며 건배에 함께하고 싶은 내 마음을 클레어가 알아주기를 바랐다.

클레어와 타샤가 와인 두 병을 거의 다 비운 후 앞뒤가 안 맞는 대화를 나눌 무렵, 나는 살짝 빠져나가 조녀선을 확인하러 가기로 마음먹었다. 이제 클레어는 행복해졌으니, 조녀선의 미소를 되찾는 데 조금 더 집중할 차례인지도 몰랐다. 나는 클레어와 같은 상황을 겪어본 적이 있어서 그녀에게 필요한 것이 뭔지 알 수 있었다. 클레어가 나 덕분에 편안해지고 차분해졌다는 생각도 들었다. 이제는 조녀선에게도 같은 영향을 줄 차례였다. 발전이 있긴 했지만, 갈 길은 아직 멀었다. 분명 나만이 할 수 있는 일이 있을 거라는 확신이 들었다.

고양이 문으로 들어가니 거실에 있는 조녀선이 보였다. 그는 여전히 소파에 누워있었다. 조녀선은 나를 보고도 아무 말도 하지 않았다. 그답지 않은 행동이었다. 모욕도, 인사도 없는 그의 모습에 나는 마치 투명 고양이가 된 기분이었다. 조너선은 다시 텔레비전을 향해 시선을 돌렸다. 확실히 그의 상태가 좋아보이지는 않았다. 머리는 엉망이었고, 파자마 차림이었다. 그 자리에 꼼짝도 않고 오래 머무른 것 같은 행색이었다.

나는 어떻게 해야 하는지 알 수 없었지만 조너선에게로 다가가 그의 옆에 앉아서 부드럽게 야옹거렸다.

"배고파도 어쩔 수 없어. 난 안 움직일 거니까."

조너선의 목소리에는 짜증이 가득했다. 하지만 짜증 나지 않은 듯 몸을 숙여 나를 쓰다듬었다. 내 상식으로는 말과 행동이 일치하지 않아 혼란스러웠다. 나는 조너선에게 방금 맛있는 식사를 했고, 그저 그를 보러 왔을 뿐이라고 말하고 싶었다. 야옹거리는 소리만으로 그 뜻이 전달됐는지 확신할 수는 없었지만, 그래도 야옹 소리를 냈다.

조너선은 내가 이해하기에 쉬운 인간이 아니지만 어쩌면 나도 그가 이해하기에 쉬운 고양이가 아닐지도 몰랐다. 하지만 거칠어 보이는 조너선의 외모 뒤에 외롭고 무서워하는 진짜 그가 숨겨져 있다는 사실만큼은 확실히 알 수 있었다. 나는 그의 안에 숨겨진 두려움을 느낄 수 있었다. 나도 내 안에 두려움을 품고 있었으니까.

나는 한쪽으로 고개를 기울이며 다시 배가 고픈 건 아니라
고 말하려 애썼다. 그저 그가 걱정될 뿐이라고 말이다. 나는
곁에 있어주고 싶다는 의미로 그에게 몸을 바짝 붙인 채 머
리를 비볐다. 곧 눈가에 눈물이 맺힌 채 나를 바라보는 조녀
선의 모습에, 나는 내 의도가 전달됐다고 확신할 수 있었다.

"왜 네가 내 영혼을 꿰뚫어 보는 것 같다는 기분이 들까?"

조녀선의 목소리에는 다시 짜증이 묻어있었다. 나는 어떻
게 대답해야 할지 몰랐다.

"만약 그럴 수 있다면 블랙홀만 보일걸. 아무것도 안 보
이거나. 어쨌든 내일 일하러 가야 해. 망할 놈의 새로운 직
장으로."

조녀선은 한숨을 쉬었다.

"그래도 새 직장이긴 하니까. 여기서 가만히 썩어가는 것
보다는 낫겠지. 어쨌든 따라와. 여기 있을 거면 나랑 같이 자
도 돼."

놀랍게도 조녀선은 나를 안아 들고 위층으로 올라가 침실
의자에 나를 내려놓았다. 의자를 덮은 이불은 내가 지금껏
경험해 본 것 중 가장 부드러웠다.

"내가 미쳤지. 최고급 캐시미어 이불인데."

조녀선은 나를 내려놓으며 한숨을 쉬었다. 그는 침대로 들
어가자마자 거의 바로 아주 큰 소리로 코를 골기 시작했다.

16

다음 날 아침, 나는 조너선의 집에서 일어났다. 날은 어두 웠지만, 그는 새로운 직장으로의 출근 준비를 서두르고 있 었다. 조너선은 뭔가를 궁시렁거리며 샤워를 하러 들어갔다. 그리고는 여전히 젖은 몸에 수건을 두르고 나와서 커피를 내렸다. 식사는 전혀 하지 않았다. 하지만 재빠르게 나를 위 한 우유 그릇을 놓아주었다. 다시 위층으로 뛰어 올라간 조 너선은 아주 말끔한 옷차림으로 내려왔다. 하지만 넥타이를 쉽사리 매지 못해서 또다시 작게 중얼거렸다. 조너선과 함께 집을 나온 나는 그를 응원하는 마음으로 뒤따라 걸어갔다. 그는 욕을 내뱉으며 숨을 씩씩대고 있었다. 신경이 과민할 때마다 하는 행동이었다.

"안녕, 알피."

조너선은 말했다.

"난 현실 세계로의 첫 복귀 날을 맞이하러 가볼게. 행운을 빌어줘."

나는 행운을 비는 뜻으로 그의 다리에 몸을 비볐다.

"끝내주는 응원이군. 내 옷에 네 망할 털 묻었기만 해봐."

투덜거린 조너선은 몸을 굽혀 내 머리를 부드럽게 쓰다듬어 주고는, 길을 달려 내려갔다. 조너선이 나를 사랑하는 건 분명했지만, 그의 여린 면을 드러내고 싶어 하지는 않는 것도 분명했다.

나는 짧은 다리로 최선을 다해 조너선을 쫓아갔다. 내가 응원한다는 사실을 그가 알아줬으면 했다. 그는 속도를 높이며 고개를 젓더니 웃었다. 우리는 숨을 헐떡이며 길 끝에 도착했다. 조너선이 길을 건너기 시작하자, 나는 인제 그만 따라가야 한다는 사실을 알아차렸다. 에드거 로드를 너무 많이 벗어나면 마음이 불편할 터였으니까.

조너선과의 달리기 때문에 여전히 살짝 지친 상태긴 했지만, 나는 서둘러 클레어에게로 달려갔다. 때마침 클레어는 샤워를 끝낸 모습으로 나타났다.

"거기 있었구나."

클레어는 나를 안아들며 내게 키스했다.

"대체 어디 있었던 거니? 걱정했잖아."

나는 클레어가 화낼까 싶어서 그녀에게 몸을 바짝 붙였다.

"밤에는 다른 고양이처럼 여기저기 돌아다니기라도 하는 거니?"

그녀의 얼굴은 혼란스러워 보이기는 했지만 다행히 화난 것 같지는 않았다.

"그런 거라면 조심해."

그녀는 덧붙였다.

나는 그녀의 침대 옆 의자에 앉았고, 클레어는 출근 준비를 했다. 인간들은 재미있다. 청결을 유지하기 위해 침 안의 성분으로 그루밍하는 고양이와 달리 씻는 행위를 하고, 그런 다음 수건이나 옷으로 몸을 감싸는 게 말이다. 고양이로 사는 게 훨씬 더 쉬웠다. 우리는 항상 몸에 털을 두르고 있고, 원할 때면 언제나 씻을 수 있으니까. 정확히는 털을 깨끗이 닦는 동시에 빗질까지 할 수 있다. 고양이는 인간보다 더 잘 설계돼 있는 생물이다.

게다가 우리는 일하러 갈 필요가 없다. 인간들은 일에 집착하느라 지나치게 많은 시간을 보내는 것 같다. 물론 내가 새로이 찾은 가족을 지키느라 들이는 공을 생각하면 그런 마음이 조금 더 이해되는 것도 사실이다. 클레어는 공감이 필요했고, 조너선은 인내심이 필요했다. 두 사람 모두 내 사랑과 도움을 필요로 하고 있다. 그 와중에 나는 22번지의 두 집에 사는 가족의 환심을 사려 시도하고 있었다. 아! 생각난 김에 두 집을 다시 확인해 봐야겠다.

운동이 부족한 건 더 이상 문제가 아니었다. 나는 즐거운 고양이가 된 기분으로 22A와 22B로 향했다.

맑은 아침의 공기에서는 거의 따스한 느낌의 향이 나는 것 같았다. 더운 날이 될 것 같다는 직감이 들었다. 사랑스러운 내 털옷이 있었으니, 볕이 잘 들면서도 너무 덥거나 춥지 않은 곳을 찾아야겠다는 생각이 들었다. 나를 포함한 고양이들은 거의 햇볕을 좋아한다. 하지만 더위 먹는 걸 좋아하는 고양이는 한 마리도 없었다. 나는 그늘진 곳에 자리 잡고 자는 걸 이 세상에서 가장 좋아했다.

22B의 현관문 앞, 작은 잔디밭에서 놀고 있는 두 명의 아이를 본 나는 마음이 설렜다. 22A와 공유하는 잔디밭이긴 했지만, 폴리나 우는 아기의 모습은 보이지 않았다. 하지만 잔디밭에서 노는 두 남자아이들에게 다가가니 꼭 폴리네 아기 울음소리가 들리는 것만 같았다. 아기의 울부짖는 소리는 내가 낼 수 있는 그 어떤 소리보다 더 크다. 내가 가슴이 찢어지도록 슬플 때였더라도 말이다.

두 남자아이는 체구가 서로 다르긴 했지만 둘 다 꽤 작은 편이었다. 그중 한 명은 혼잣말을 중얼거리고 있었는데, 내가 알아들을 수 없는 언어였다. 갑자기 그 아이가 날 발견하고는 다가왔다.

"고양이다."

아이는 아주 분명하게 말하며 웃었다. 아이와 친구가 되고 싶었던 나는 그의 다리에 머리를 비볐다. 그러자 아이는 깔깔거렸다. 자리에 앉아서 장난감 자동차를 가지고 놀던 더 어린아이도 따라 웃었다. 전에 만난 적 있던 프란체스카가 문가에 나타났다.

"안녕, 알피 고양이야."

그녀가 인사했다. 아이가 그녀에게 뭐라고 말하자, 프란체스카는 부드러운 목소리로 "영어로 말해야지, 알레스키."라고 했다. 나는 그들이 어디에서 온 걸까 궁금해졌다.

"엄마, 고양이."

아이는 다시 말했고, 프란체스카는 그에게 다가와 뽀뽀했다.

"똑똑하구나."

그녀는 더 작은 아이를 안아들었다.

"우리가 먹을 걸 줄까?"

"응, 엄마."

알레스키는 집으로 달려들어 갔고, 프란체스카는 뒤에 남았다.

"들어와라, 알피."

나는 프란체스카가 집 안으로 나를 초대한 것 때문에도, 내 이름을 기억한 것 때문에도 감동을 받았다. 프란체스카의 억양은 다소 거칠었지만 나는 그녀가 마음에 들었다. 그녀의 태도에는 사랑스럽고 부드러운 부분이 있었다. 확실히 조너선에게서는 풍기지 않는 분위기 같은 게.

나는 더 작은 아이를 안아든 프란체스카와 함께 계단을 올라 집 안으로 들어갔다. 집 하나를 두 개로 나누다니 참 이상하다 싶었다. 나는 도저히 이해할 수 없는 부분이었다.

집 자체는 꽤 괜찮았다. 밝고 현대적이었지만, 각지고 작은 공간이었다. 계단을 올라가니 작은 복도가 나왔고, 돌아다니다 보니 두 개의 작고 부드러워 보이는 소파가 있는 거실로 들어오게 됐다. 소파만으로도 거의 꽉 차보이는 거실에는 장난감이 여기저기 널려있었고, 커피 테이블이 놓여있었다. 거실 끝에는 식탁이 있었고, 식탁을 지나니 작은 부엌이 보였다. 클레어의 집과는 달리 물건이 여기저기 흩어져 있어 다소 지저분했고, 사람이 오래 산 것 같은 모양새였다. 그리고 조너선네와 달리 거의 발 디딜 틈이 없었다.

인간들은 참 이상하다는 생각이 들었다. 조너선은 그렇게 큰 집에서 혼자 사는데, 이 네 가족이 이렇게 좁은 집에서 살다니. (물론 가족 중 두 명은 아직 작은 아이들이지만.) 나는 그걸 이해할 수도 없었거니와, 공평하지 않다는 생각이 들었다.

프란체스카가 아이들을 돌보느라 정신이 팔려있는 동안 나는 집 안을 기웃거렸다. 계단에서 멀어지는 방향으로 난 작은 복도를 따라간 나는 두 개의 침실을 찾았다. 그중 하나에는 아기 침대와 침대 하나가, 다른 하나에는 더블베드가 있었다. 침실 밖에는 작고 아주 하얀 화장실이 있었다. 아기 침대가 있는 침실은 바닥에 널려있는 장난감 때문에 꽤 지저분해 보였다. 다른 침실은 더 깨끗했고 꽤 평범했다. 집에 문제가 있는 건 아니었지만 4인 가족에게 너무 작은 것 아닌가 싶어 걱정이 됐다.

염탐을 끝낸 후, 나는 다시 그들에게로 돌아갔다. 남자아이들은 소파 중 하나의 양 끝에 앉아있었다. 더 어린아이는 축축한 비스킷을 손에 꼭 쥐고 있었다. 알레스키는 나를 보고 기뻐하며 나를 쓰다듬고 내 목을 간질이기 시작했다. 기분이 좋았다. 많은 고양이 친구들이 아이들을 칭송하곤 했던 것이 생각났다. 알레스키의 작은 손과 따뜻한 미소를 보니, 그 이유를 이해할 수 있었다.

프란체스카가 거실로 돌아왔다.

"알피한테 물고기를 주고 나서, 점심, 먹자."

그녀의 말에 설렌 나는 귀를 쫑긋 세웠다.

"그런 다음에는 알피랑 영어 연습하자. 엄마도 같이."

그녀는 웃었다.

"이름표 전화번호로 전화도 해야겠다. 혹시 길을 잃은 거면 안 되니까."

나는 눈을 가늘게 떴다. 클레어와 조너선이 아직 내 이름표를 바꾸지 않아서, 내 이름표에는 여전히 마거릿의 옛 번호가 적혀있었다. 내 계획은 일단은 안전했다.

"알피 여기서 살아요?"

알레스키가 물었다.

"안 돼. 다세대 주택이잖니. 금지 반려동물이야."

세상에. 나는 깜짝 놀랐다. 어디를 가는 게 금지되리라는 건 상상조차 하지 못했다. 너무 불공평한 일이었다.

"쉽지 않아."

프란체스카가 부엌으로 돌아간 후, 알레스키는 슬픈 목소리로 말했다.

"옛날 집에서 폴란드어 말했어. 오기 전에 영어 배웠어. 그런데 어려워."

나는 알레스키에게 몸을 파묻었고, 그는 꼭 울 것 같은 표정을 지으며 나를 안았다. 꽉 끌어안는 손길에 숨을 쉬는 게 힘들 정도였지만, 나는 그대로 안겨있었다. 그러다 결국 참을 수 없게 되자 몸을 꼼지락거리며 벗어났다. 또다시 날 필요로 하는 인간들을 찾아낸 거다. 그들은 집에서 먼 곳까지

왔다. 아마 나보다 훨씬 더 먼 거리를 이동했을 것이다. 게다가 요즘 들어 더욱 발달한 고양이의 직감으로 파악해 보자면 그들은 왠지 슬퍼하고 있었다.

다시 현재로 돌아와서, 더 작은 남자아이는 지저분한 손으로 나를 마구 만져대고 있었다. 싫은 건 아니었지만, 이곳을 벗어나면 몸을 제대로 씻어야겠다는 생각이 들었다.

나는 작은 아이들을 상대한 적이 많지 않았다. 마거릿과 같이 살 때 가끔 우리를 보러 오던 여자아이가 있긴 했다. 재미있는 아이였다. 나와 놀아주고 자기 그릇에 담긴 음식을 먹여주기도 했는데, 어린아이와의 경험은 그게 전부였다.

그러다 떠돌이 생활을 시작하고 다른 고양이들을 만나기 시작했을 때, 그들에게 들은 조언 중 하나는 아이들이 있는 가족을 찾으라는 것이었다. 그 작은 인간들은 친구가 생긴 것처럼 아주 즐겁게 해주고, 먹여주고, 사랑해 주고, 돌봐주며, 놀아주기까지 한다고. 이 집에선 그걸 얻을 수 있을 터였다.

클레어와 조너선이 좋다. 하지만 그들에게서 내가 원하는 모든 것을 다 얻을 수는 없다. 음식도 얻어먹고 귀여움을 받기도 했으나 결국 혼자 남겨질 때도 있었다. 그제야 나는 막연하게나마 마당냥이가 되기로 한 터무니없는 행동 때문에 곤경에 처한 것일 수도 있다는 생각이 들었다. 하지만 내게도 어느 정도까지는 계획이 있었다.

클레어에게만 의지할 수는 없었다. 그녀의 집에 오기로 결정했을 때, 그녀가 혼자 살고 있으리라는 사실은 미처 알지 못했다. 적어도 두 명이 살 것이라 예상했다. 조녀선네 집에 갔을 때도 툴툴대는 미혼 남성 대신 가족이 살고 있기를 기대했으니, 그것도 내 계획대로 돌아가지 않았다. 나는 내 가정생활이 여전히 너무 불안정한 것 같아 걱정되는 마음에 이곳으로 왔다. 나로서는 이치에 꼭 들어맞는 일이었다. 22번지의 집에서 낮을 보내고, 클레어와 조녀선의 집에서는 저녁을 보내면 될 터였다. 그렇게 할 수 있을 것 같았고, 어떻게든 그렇게 되도록 만들겠다고 굳게 결심했다.

그래서 나는 몸을 뒹굴어 바닥에 등을 대고 알레스키의 간지럽히는 손에 내 배를 맡겼다. 그러다 마침내 네 발을 제대로 딛고 설 수 있게 되자 기쁜 마음에 꼬리를 팅겨 올렸다. 그 후 알레스키는 내가 의자 아래에 숨었다가 그를 향해 튀어나오길 바랐다. 왜 그 일이 알레스키와 토마츠를 그렇게까지 행복하게 만들었는지 알 수는 없었지만 기꺼이 그들을 위해 원하는 대로 행동했다. 나는 보이지 않는 새를 쫓는 척했고, 그걸 본 남자아이들은 꺅꺅거리며 웃었다.

아이들과 어느 정도 놀아주고 나자, 프란체스카가 돌아와 토마츠를 안아들었다.

"전화가 안 되네. 전화번호 바꾸고 이름표 안 바꿨나 봐."

그녀는 생각에 잠긴 듯했다.

"토마츠, 잘 시간이야."

프란체스카는 작은 아이를 데리고 복도를 내려가더니, 잠시 후 혼자 나타났다. 토마츠는 잠깐 울음을 터뜨렸지만 곧 조용해졌다. 알레스키는 커피 테이블에서 그림을 그렸고, 나는 소파에 앉았다. 이제 뭘 해야 할지 확신은 없었지만, 소파는 꽤 편안했다.

"자, 알레스키. 토마츠 자. 우리 영어 해."

프란체스카가 말했다.

"응, 엄마."

"몇 살이니?"

프란체스카가 물었다. 나는 서로 대화를 나누는 프란체스카와 알레스키를 번갈아 쳐다보았다.

"여섯 살. 토마츠는 두 살."

"잘하네. 어디 사니?"

"런던. 폴란드에서 왔어. 이제 폴란드 엄청 멀어."

알레스키는 약간 슬퍼보였고, 프란체스카의 눈빛도 어두워졌다.

"언젠가 집에 가."

프란체스카는 조용히 말했다.

"아빠는 여기, 집이라고 했어."

알레스키가 대답했다.

"그래. 아마 우리 집은 두 개일지도 몰라."

프란체스카는 밝은 목소리를 꾸며내며 말했다. 나는 그게 아주 좋은 생각이라는 생각이 들어 동조의 의미로 야옹거렸다.

"이것 봐! 고양이가 큰 소리 내."

"고양이 이름 알피야."

"알-피?"

알레스키는 제대로 발음하려 노력하는 듯 천천히 따라 말했다. 먼 곳까지 와서 다른 언어를 배우는 게 얼마나 어려울까 궁금해졌다. 특히나 알레스키는 말을 뗀 지도 얼마 안 된 것 같았으니 말이다.

"그래. 아마 자주 올 거야?"

프란체스카는 궁금한 듯 나를 쳐다보았고, 나는 자주 들를 거라는 의미로 고개를 기울였다.

"엄마, 나 학교 안 좋으면 어떡해?"

알레스키의 커다란 갈색 눈망울에 눈물이 차올랐다.

"좋을 거야. 처음에는 힘들 수도 있지만, 괜찮을 거야."

"알았어."

"우리 모두 용기를 내야 해. 아빠, 여기에 좋은 직장 있어. 우리가 열심히 노력하면 아빠도 잘할 거야."

"응. 아빠 보고 싶어."

"아빠 일 많이 해야 돼. 그래도 좀 있으면 아빠 더 많이 볼 수 있어. 아빠 우리 위해서 열심히 해."

프란체스카는 알레스키에게로 다가가 그의 옆에 앉았다. 알레스키는 집을 그렸다. 지금 우리가 있는 집은 아니었다. 창문이 아주 많고 독특하게 생긴 건물이었다.

"엄마도 옛날 집 그리워."

프란체스카는 알레스키의 머리를 쓰다듬으며 부드럽게 말했다.

"그래도 여기가 아주 좋아질 거야. 용기를 내자."

나는 프란체스카가 알레스키를 설득하려고 하는 것인지, 아니면 그녀 자신을 설득하려 하는 것인지 궁금해졌다.

나는 움직일 수 없었다. 함께 있는 엄마와 아들을 보고 있자니 속으로 울고 싶은 기분이 들었다. 나는 인간의 삶이 고양이의 삶만큼이나 어렵고 속상하다는 사실을 배웠다.

프란체스카는 갑자기 자리에서 일어났다.

"자, 음식 만들자. 알레스키, 와서 도와줘. 네가 알피한테 음식 줘도 돼."

알레스키는 그 말에 기운을 차리고 엄마를 따라 부엌으로 들어갔다. 나도 그들을 따라 들어가 냉장고에서 정어리를 꺼내 그릇에 담는 프란체스카를 지켜봤다.

나는 속으로 '맛있겠다'라고 생각했다. 특식이 아닐 수 없었다. 연어에, 새우에, 이제는 정어리까지. 에드거 로드는 내 예상대로 살기에 완벽한 곳이었다.

17

나는 22번지 집의 구조에 대해서 충분히 고민하지 않았다는 걸 떠올렸다. 고양이 문은 없고 출입구도 하나뿐인 구조 말이다. 작은 뒷마당이 있긴 했지만, 옆으로만 들어갈 수 있었고, 바로 옆집과 공용으로 쓰이고 있었다. 22B에서 나가는 유일한 방법은 내가 이곳으로 들어올 때 통과한 정문뿐인데, 쉽지 않은 일이었다. 정문이 닫혀있었기 때문이었다. 방법을 알아내야 했다.

일단은 정어리를 배불리 먹고, 물을 마시고, 아까보다 조금은 밝아진 알레스키와 놀아주었다. 알레스키의 장난감들이 고양이 전용은 아니었지만, 우리는 함께 작은 공을 쫓아다녔고, 알레스키는 아주 즐거워했다. 시간이 지날수록 나는 다른 고양이들이 왜들 그리 아이들에 대해 난리들을 떨어댔는지 더욱 이해하게 됐다. 아이들이 웃음을 터뜨리면 나도 웃고 싶은 기분이 들었다. 아이들의 행복은 지금껏 내가 경험한 어떤 것보다도 전염성이 있었다.

물론 단점도 있었다. 알레스키는 내게 많은 것을 요구했고, 쉴 틈을 주지 않아서 꽤 피곤해졌다. 내게 있어서는 새로운 경험이었고, 즐거웠지만 한편으로는 지쳐가고 있었다.

알레스키의 동생인 토마츠는 곧 잠에서 깨더니 울음을 터뜨렸다. 프란체스카는 토마츠를 데리고 거실로 나와 젖병의 우유를 먹이고 그와 함께 소파에 앉았다. 클레어와 조너선의 집에 들러 두 사람의 안부를 확인하고 싶은 마음은 더욱 간절해졌다. 그러려면 내가 이곳에서 나가야 한다는 것을 이해시켜야 했다. 토마츠가 우유를 다 마신 것을 본 나는 크게 야옹 소리를 낸 후 계단을 내려가 현관문 옆에 섰다.

"오, 저런. 못 나가고 있었구나."

프란체스카는 토마츠를 안고 나를 따라 내려오며 말했다. 알레스키도 따라왔다. 프란체스카는 현관문을 열어줬고, 나는 그들에게 제대로 작별 인사를 하기 위해 그들을 돌아봤다. 나는 눈빛으로 다시 돌아오겠다는 의지를 전달했고, 가르랑거리는 소리를 내며 덕분에 즐거웠다는 말을 전했다.

알레스키는 몸을 굽히며 내 머리에 뽀뽀했다. 나는 보답으로 알레스키의 코를 핥았고, 그는 까르르 웃었다. 지금껏 한마디도 하지 않았던 토마츠도 "고양이!" 하고 외쳤다. 그러자 프란체스카와 알레스키는 웃음을 터뜨렸다.

"아빠한테 토마츠가 처음으로 말한 영어 단어는 고양이라고 말해줘야겠네."

프란체스카는 말했다.

"알피는 똑똑하구나. 토마츠한테 영어도 가르쳐 주고."

프란체스카가 기뻐하니 나도 스스로 뿌듯해졌다.

그들은 나와 함께 밖으로 나왔다. 햇빛은 여전히 밝았고, 앞마당은 딱 좋게 더웠다. 22A와 공용으로 쓰이는 대문을 향해 걷기 시작한 바로 그 순간, 22A의 현관문이 열리더니 폴리가 나타났다. 그녀는 좁은 문 사이로 유모차를 끌어내며 허둥댔다. 유모차에 탄 아기의 울음소리가 들렸다.

"저기, 도울게요."

프란체스카는 토마츠를 내려놓았다. 그러자마자 토마츠는 벌떡 일어나 알레스키를 향해 걸어갔다. 프란체스카는 접어도 문을 통과하기에는 너무 큰 유모차를 끌고 나와 한 번에 부드럽게 펼쳐 세워놓았다.

"고마워요."

폴리가 말했다.

"여기서는 유모차 움직이는 게 힘드네요."

폴리는 약간 슬픈 미소를 지었다.

"너무 커서요."

"크네요. 프란체스카예요."

프란체스카는 손을 내밀었고, 폴리는 망설이듯 그녀의 손을 맞잡았지만, 제대로 악수를 하지도 않고 재빨리 손을 뺐다.

"폴리예요. 안에서 좀 가져올 게 있어서······."

폴리는 다시 안으로 사라지더니 헨리와 커다란 가방을 안아들고 나왔다. 그녀가 헨리를 유모차에 태우자, 아이는 다시 울부짖기 시작했다. 폴리는 유모차를 살짝 흔들었고, 프란체스카는 안을 들여다보며 아기의 뺨을 쓰다듬었다. 폴리는 두려워하는 것 같았다. 나를 처음 봤을 때의 표정이었다. 프란체스카도 아기를 죽일 거라는 생각을 하는 걸까?

"아가야, 안녕. 이름이 뭐예요?"

프란체스카는 폴리를 보며 미소 지었다.

"헨리요. 죄송한데 방문 간호사를 만나기로 했는데 늦어서요. 다음에 또 봐요. 안녕히 계세요."

나는 몸을 돌려 현관문을 닫으려는 폴리 몰래 살짝 집 안으로 들어갔다.

잠에서 깼을 때는 여기가 어디인가 싶었다. 하지만 차츰 여전히 폴리네 집이라는 사실을 깨달았다. 조용히 집 안을 돌아봤지만, 여전히 아무도 없었다. 나는 그들의 커다란 회색 소파에 있었다. 아무래도 정어리를 먹어서 배부른 데다 아이들과 놀아줘서 지친 바람에 거기서 잠든 모양이었다. 집 안을 돌아보는 도중에 폴리가 내 뒤로 문을 닫은 것이다.

주택은 위층과 같은 크기였지만, 그만큼 아늑하거나 편안하지는 않았다. 그곳에는 소파와 안락의자가 있었고, 커피 테이블로 쓰이는 나무 몸통이 있었다. 또 바닥에는 달랑거리는 게 달린 매트 같은 게 있었는데, 헨리를 위한 것 같았다. 그리고 벽에는 아주 큰 텔레비전이 있었다. 그것만 빼면 벽에 걸린 건 하나도 없었다. 사진이 하나도 없는 건지, 아니면 아직 사진을 걸지 않은 건지 궁금해졌다.

가장 큰 침실에는 커다란 침대와 두 개의 작은 협탁이 있었지만 그뿐이었고, 모든 게 아주 새하얗게 꾸며져 있었다. 그보다 더 작은 침실은 아기에게 맞춰져 있었다. 사방에 밝은색으로 칠한 동물들이 가득했고, 아기 침대 위에도 동물들이 매달려 있었다. 바닥에는 여러 가지 색이 섞인 러그가 깔려있었고, 말랑말랑한 장난감들이 여기저기 널려있었다. 이토록 단조로운 집에 그나마 색이 있는 거라곤 그뿐인 것 같았다.

참 이상도 하지. 이곳에는 보이는 것보다 더 많은 일이 있다는 느낌이 들었다. 그게 뭔지는 모르겠지만.

지금 몇 시지? 이제 움직일 때가 됐는지 궁금해졌다. 하지만 나갈 방법을 찾으려던 나는 갑자기 당황해서 얼어붙고 말았다. 또다시 탈출구 없이 갇혀버렸다는 걸 그제서야 깨달은 것이다. 날 도와줄 사람도 없었다. 그럼 어떻게 나가야 하지? 거실 창문이 조금이라도 열려있었다면 어떻게든 그 사이로라도 나갔을 텐데. 하지만 에드거 로드에 사는 사람 중 창문을 열어놓고 집을 비우는 사람은 아무도 없었다.

내 공황은 커져만 갔다. 만약 다들 이곳을 떠나버린 거라면 어쩌지? 내가 여기 있는 걸 아는 사람은 아무도 없는데. 여기에서 죽는 건가? 그렇게 고되고 오랜 여정을 겪고도 살아남았는데, 겨우 이렇게 죽는다고? 두려움에 호흡이 거칠어졌다.

음식도, 물도, 친구도 없이 이곳에 영원히 갇혀버린 내 모습을 상상하고 있는데 문이 열리는 소리가 들렸다. 그리고 맷, 폴리, 그리고 유모차가 들어오는 모습이 보였다. 집만큼 큰 유모차 때문에 폴리가 먼저 들어온 후 맷이 들어왔고, 그다음 유모차가 들어왔다.

"유모차가 너무 커서 제대로 움직이지도 못하겠네."

폴리는 울 것처럼 소리를 빽 질렀다.

"자기야, 주말에 더 움직이기 편한 거 사면 돼. 괜찮아."

헨리는 유모차 안에서 잠들어 있었고, 두 사람은 복도에 유모차를 놔둔 후 부엌으로 들어갔다. 현관문은 내가 빠져나가기 전에 빠르게 닫혀버렸고, 이왕 호기심이 생긴 김에 나는 두 사람을 따라갔다.

"맙소사, 어떻게 들어온 거니?"

폴리는 기분이 상한 표정으로 말했다.

"또 보네."

맷은 몸을 굽혀 나를 쓰다듬었다.

"마실 거 줄까?"

맷은 입맛을 다시는 나를 보며 웃고는 우유를 따라주었다.

"왜 잘해주는 거야?"

폴리는 물었다.

"언제든 와도 된다고 생각하게 만들고 싶진 않단 말이야."

"우유 좀 주는 것 가지고 왜 그래. 여기 자주 오는 것도 아니고, 손님인데 환영해 주면 좋지, 뭘."

"자기 생각이 그렇다면야."

폴리는 설득당한 것 같진 않았지만, 싸움을 크게 만들지도 않았다.

"주인이 있으면 어쩌려고?"

"겨우 두 번 왔으니까 너무 걱정하지 마. 우리 집에서 나가면 주인한테 돌아가겠지. 그건 그렇고, 방문 간호사랑은 어뗐어?"

맷이 말했다.

"원래 간호사랑은 달랐어. 너무 불친절했고, 너무 바빠서 내 말은 듣지도 않더라. 어떻게든 날 못 쫓아내서 안달이었어. 헨리가 조산아란 것도 알고, 그래서 연약한 아이라는 것도 알았으면서 날 그냥 무시해 버리더라니까."

"그래도 지금은 헨리가 괜찮아졌잖아. 자기도 알지?"

맷은 위로하듯 부드러운 목소리로 말했다.

"도무지 견딜 수가 없겠더라. 그래서 당신이 퇴근할 때까지 헨리랑 공원에서 기다린 거야. 어쩔 줄 몰랐거든."

폴리가 울음을 터뜨리자 그녀의 아름다운 얼굴은 엉망이 됐다. 맷도 한 대 얻어맞은 듯한 표정을 지었다.

"괜찮아질 거야, 폴리. 정말이야. 원하면 직장 동료 아내들을 소개해 줄게. 어쩌면 아기 키우는 사람들 커뮤니티가 있는지 찾아볼 수 있을지도 모르고."

"그럴 수 있을지 모르겠어, 맷. 가끔은 숨을 못 쉬겠다는 생각이 든다고."

폴리는 그 말을 증명해 보이듯 거친 숨을 쉬었다. 폴리의 눈에는 눈물이 가득했다. 마음이 상한 것 같았다. 폴리에게 뭔가 문제가 있는 건 확실해 보였다. 맷은 그걸 눈치채지 못한 것 같았지만 말이다. 아니면 그런 척하는 것이었을 수도 있었다. 폴리가 그렇게 속상해하는 이유를 정확히 알 수는 없었지만, 본능적으로 헨리와 관련된 이유라는 생각이 들었다. 고양이 세계에서는 새끼를 낳은 후 새끼와 유대감을 느끼기 어려워하는 고양이들이 간혹 있었다. 폴리도 그런 경우인지도 몰랐다. 내 생각이 틀렸다고 하더라도, 폴리에게 도움이 필요하다는 생각만큼은 확실했다.

"이런저런 변화가 많아서 그래. 정리되면 괜찮아질 거야."

바로 그때 복도에서 시끄러운 울음소리가 들려왔다. 폴리는 손목시계를 내려다봤다.

"젖 먹일 시간이야."

그녀는 유모차를 향해 걸어갔고, 나는 현관문 사이로 나갈 수 있기를 바라며 폴리의 다리 사이로 빠르게 달려갔다.

그녀는 나를 쳐다보더니 몸을 기울여 어색한 몸짓으로 유모차 뚜껑을 열었다. 나는 최대한 따뜻한 표정을 지으며 그녀를 쳐다봤지만, 그녀는 눈치채지 못한 듯했다. 폴리는 이미 녹초가 된 듯한 몸짓으로 헨리를 꺼내 안았다. 그러고는 나를 쳐다보지도 않고 문을 닫았다. 적어도 밖으로 나올 수는 있어서 다행이었다.

18

거리를 내려가면서 나는 누구를 먼저 보러 갈지 고민했
다. 몇 시인지 알 수가 없었다. 날은 아직 밝았지만, 맷이 일
을 마치고 돌아온 걸 보면 다른 사람들도 집으로 돌아왔을
법했다. 조너선이 너무 보고 싶었다. 오늘 집을 나서던 모습
이 영 별로기도 했고, 오늘이 새로운 직장에서의 첫날이었으
니 말이다. 또다시 아무 선물 없이 조너선을 보러 가려니 속
상했다. 죽은 쥐와 새 덕분에 조너선과 가까워졌으니, 나중
에 나가서라도 새로운 직장에서의 출발을 응원해 주기 위한
작은 선물을 구해와야겠다는 생각이 들었다.

조너선네 집에 달린 고양이 문으로 들어가니, 부엌에 있
는 그의 모습이 보였다. (늘 생각하는 거지만 집집마다 고양이 문이

"안녕, 알피."

조너선은 놀랍게도 따뜻한 목소리로 나를 맞이했다. 나는 가르랑거렸다.

"맞아. 생각했던 것만큼 오늘이 나쁘진 않더라. 거지 같다고 생각한 업무도 그렇지만은 않고, 회사도 괜찮아. 그래서 축하하는 의미로 너랑 내가 먹을 초밥을 샀어. 아, 고양이가 밥을 먹을 수 있는지는 몰라서 네 건 회로 샀어."

나는 조너선이 대체 무슨 얘기를 하는 건지 알아듣지 못했다. 그러다 그가 갈색 종이 가방에서 쟁반을 꺼내는 모습을 봤다. 생선이 담겨있었다. 요리하지 않은 생선 말이다. 조너선은 그중 몇 점을 접시에 담아 내게 주고, 나머지는 냉장고에 넣었다. 나는 궁금해하는 표정으로 그를 바라보았다.

"난 헬스장 갔다 와서 저녁 먹으려고."

나는 감사하다는 표시로 야옹 하고는 식사를 시작했다. 정말 맛있는 회였다. 조너선이 또 사주면 좋겠다는 생각이 들었다. 조너선과 같이 지내면 고급스러운 식사를 할 수 있다는 게 마음에 쏙 들었다. 부디 조너선이 갑자기 마음을 바꾸고는 클레어처럼 똑같은 통조림만 주지 않기를 바랐다.

"너무 익숙해지진 마."

조너선은 말했다.

167

"축하할 일이 있을 때나 먹는 특식이니까."

와! 조너선이 이제는 정말 내 마음을 읽을 수 있는 모양이었다.

내가 식사를 하는 동안 조너선은 옷을 갈아입고 헬스장으로 갔다. 그동안 나는 재빨리 클레어네 집으로 달려갔다.

클레어는 거실에서 텔레비전을 보고 있었다. 더는 슬퍼 보이지 않는 얼굴이었다. 어쩌면 그게 새로운 클레어의 모습일지도 몰랐다.

"안녕, 알피. 안 그래도 또 어디 갔나 걱정하던 참이었어."

그녀는 나를 보자마자 마구 얼러줬고, 나는 즐겁게 그녀의 손길을 받으며 가르랑거렸다. 클레어와 나는 우리 둘 다에게 좋은 영향을 주는 조화로운 관계를 쌓았다. 클레어네 집이 내 1호 집인 것은 여전했다. 단지 처음으로 방문한 집이었기 때문도 있지만, 클레어와의 깊은 유대감을 아주 빨리 쌓았기 때문이었다. 솔직히 조너선과의 관계는 정확히 어디까지 온 건지 확신할 수 없었다. 물론 속으로는 그가 나를 좋아한다고 생각했지만 말이다. 그리고 22번지의 집에 사는 사람들과는 아직 갈 길이 멀었다. 하지만 클레어와 나는 가족이었고, 나는 그래서 그녀를 사랑했다.

"그럼 알피, 난 옷 갈아입으러 가볼게."

나는 궁금한 표정으로 그녀를 바라보았다. 어디 가려고?

168

"헬스장에 갈 거야. 이제 나를 더 잘 챙겨보려고 해."

클레어는 미소를 지으며 위층으로 올라갔다.

인간들은 왜 헬스장이라는 데를 가는 걸까? 그녀도 조녀선이 가끔 들르는 헬스장과 같은 곳에 가는 걸까 궁금해졌다. 내심 그녀가 조녀선과 마주치지 않기를 바랐다. 적어도 아직은 아니었다. 두 사람 다 나를 그들 소유의 고양이로 여기고 있으니 어색해질지도 모른다.

나는 잠시 그 걱정은 접어두기로 했고, 오늘 먹은 음식을 소화하려면 산책이라도 해야겠다 싶었다. 그래서 밖으로 나오는데 타이거와 마주쳤다.

"같이 산책할래?"

나는 그녀에게 물었다.

"오늘 저녁은 좀 게으르게 보내고 나중에 나갈 생각이었는데."

타이거는 대답했다.

"부탁이야. 조녀선한테 줄 선물을 구해야 해."

타이거는 우리가 잡을 첫 제물을 그녀가 선택해도 좋다는 약속을 받아낸 후에야 나를 따라왔다. (정말 까탈스럽다니까!)

경치를 즐기며 동네 공원까지 걸어가던 우리는 몇 마리의 친근한 고양이들과 몇 마리의 살갑지 않은 개들을 마주쳤다. 나보다 거의 두 배는 커보이는 개 한 마리는 목줄조차

달고 있지 않았다. 그 개는 요란하게 짖으며 나를 향해 달려와 공격적으로 날카로운 이빨을 드러내 보였다. 나보다 거침없던 타이거는 그를 향해 하악거렸지만, 나는 그를 상대하지 않으려 노력했다. 재빨리 몸을 돌린 나는 타이거를 부르고 작은 다리로나마 최대한 빨리 달려 나무 위로 올라갔다. 다행히 타이거도 금세 나를 쫓아왔다. 개는 나무 밑에 서서 분노에 찬 소리로 짖어댔다. 결국 개 주인이 그를 끌고 가자, 우리는 지친 표정으로 숨을 가다듬었다.

"알피, 그러니까 집에 있자고 했잖아."

타이거는 원망하듯 말했다.

"알아. 그래도 도망쳐 다니는 게 운동은 되잖아."

나는 뻔뻔하게 대꾸했다.

다시 돌아가던 길에 조녀선을 위한 선물을 구하기로 한 계획이 기억났다. 다행히 돌아가던 방향의 집 근처 쓰레기통 옆에서 두 마리의 통통한 쥐를 발견했다. 지금 내가 전혀 배고프지 않은 상태라 다행이었다. 그렇지 않았다면 잡아먹었을지도 모른다. 타이거는 거의 단번에 한 마리를 낚아챘다.

나는 조녀선의 현관문 앞에 쥐를 갖다 놓고 정처 없이 떠돌아다녔다. 그러다 타이거의 정원에서 그녀와 느긋한 휴식 시간을 보낸 다음 클레어네 집으로 돌아갔다.

집으로 돌아온 클레어는 빨갛게 달아올라 반짝거리고 있

었다. 최상의 상태도 아니었고, 냄새도 그리 좋은 건 아니었지만 표정은 행복해 보였다.

"세상에, 알피. 너무 피곤해. 그래도 운동했더니 기분이 더 나아졌어. 엔도르핀 효과가 진짜 있긴 한가 봐. 엔도르핀에 뭐가 들어있기라도 한 건가."

클레어는 나를 안아들고 휙 돌면서 계속 깔깔거렸다. 나는 제발 클레어가 샤워하기를 바랐다. 그녀가 내게 사랑을 쏟아붓고 있는 만큼 신경 쓰지 않으려 했지만 말이다.

"그럼 샤워하러 갔다 올게."

나는 안심했다. 이렇게 된 김에 나도 온몸을 구석구석 씻어야겠다고 생각하며, 열심히 털을 핥아올렸다.

19

다음 날 아침, 클레어와의 아침 식사를 마친 나는 그녀가 출근 준비를 하는 동안 조녀선을 보러 갔다.

아침 일과는 바쁘게 돌아가지만, 나는 두 사람 다 출근하기 전에 만나고 싶었다. 그래서 재빨리 식사를 마쳤다. 조녀선네 집에 들르기 전에 수염을 깨끗이 정리할 틈도 없었다. 클레어와 조녀선 모두에게 충분한 관심을 쏟고 싶었다. 나는 두 사람이 나를 '그들의' 고양이로 여겨주길 바랐다. 조녀선의 집에 들어가는 순간, 나는 막 외출하려던 그를 마주쳤다.

"아, 안 그래도 어디 갔나 했어. 선물은 고마운데, 정말 안 줘도 돼. 진심이야. 고양이들이 길거리의 모든 쥐를 없애준다면 좋아할 사람이 많기야 하겠지만, 그렇다고 쥐를 죽여서 현관문에 가져다놓는 건 안 했으면 좋겠거든."

조녀선이 나를 꾸짖긴 했지만, 마음속 아주아주 깊은 곳으로는 그가 내 선물을 고마워하고 있단 걸 알았다. 어쨌든 또다시 날 쫓아내진 않았으니까, 그게 어디야! 마거릿은 친구들에게 꽃을 선물하는 걸 좋아했다. 나는 고양이라서 사람들처럼 선물을 구할 수는 없었다. 나는 내가 할 수 있는 최선을 다했다. 아마 조녀선도 마음속으로는 더 잘 이해하고 있을 것이다. 나는 조녀선을 쳐다보며 입맛을 다셨고, 야옹 소리를 냈다.

"어젯밤에 먹고 남은 거 그릇에 담아놨어. 이제 출근하러 가야 해. 퇴근하고 볼 수 있으면 좋겠네."

그는 아래로 손을 뻗어 내 턱 밑을 긁어주었다. 기분이 너무 좋았다. 나는 아주 큰 소리로 가르랑거렸고, 조녀선은 만족한 듯 미소 지었다. 조녀선이 밖으로 나가자, 나는 음식을 먹는 대신 몸 구석구석을 다시 한번 그루밍한 후 곧바로 22번지의 집들을 보러 갔다. 오늘은 안에 갇히지 않을 방법을 찾길 바랐다. 돌아오면 맛있는 음식이 날 기다리고 있을 텐데, 그걸 상하게 둘 수는 없지.

행운은 내 편이었다. 아직 이른 시간이었지만, 앞마당에 있는 프란체스카와 두 남자아이가 보였다. 남자도 그들과 함께였다. 이제 막 외출하려던 참인 것 같았다.

"알피!"

알레스키는 소리를 꽥 지르며 나를 향해 달려왔다. 나는
바닥에 대고 몸을 굴리며 알레스키의 간질이는 손길에 배를
내어주었다.

"애가 고양이를 좋아하네."

프란체스카의 남편이 말했다.

"응, 알피를 아주 좋아해."

"난 일하러 가야 해. 오늘 밤교대 근무하기 전에 돌아오도
록 노력할게."

"사랑해, 토마츠. 오늘은 너무 안 힘들었으면 좋겠네."

세상에. 프란체스카의 남편 이름도 토마츠인 모양이다.
작은 아기랑 똑같다!

"내 말이. 그런데 식당 일이 원래 그렇잖아. 일하는 시간도
길고, 음식도 많고."

토마츠는 웃으며 배를 두드렸다.

"그냥 집 그리워, 토마츠."

"나도 알아. 그래도 괜찮아질 거야."

"정말이지?"

프란체스카는 물었다.

"그럼, 코차니. 그래도 지금은 돈 벌러 가야 해."

"코차니는 영어로 달링이라고 한대."

"그건 뭔가 이상한걸. 자기는 내 코차니야."

큰 토마츠는 웃으며 프란체스카와 두 아이에게 뽀뽀한 뒤 집을 나섰다. 프란체스카는 피곤해 보이는 얼굴로 계단에 앉아 놀고 있는 두 아들을 지켜봤다. 나는 프란체스카 옆에 앉았다.

"그래도 날씨는 좋네. 영국 이사 오기 전에는 매일 비 오는 줄 알았는데."

나는 프란체스카에게 몸을 바짝 붙였다. 우리는 잠시 조용히 다정한 순간을 즐겼다. 알레스키는 뭔가 농담을 해 작은 토마츠를 웃게 만들었다. 참 사랑스러운 모습이었다. 물론 슬픔도 있는 것 같았다.

내가 선택한 가정들은 서로 다른 형태의 공통점이 있었다. 클레어네도, 조녀선네도, 폴리네도, 이곳도 각자의 외로움을 가지고 있다. 그래서 그토록 그들에게 끌리는 모양이었다. 나는 알고 있었다. 그들 모두에게는 내 사랑과 다정함이 필요했고, 내 지지와 애정이 필요했다. 하루하루가 지날수록 내 자신감은 더욱 커졌다.

나는 폴리네 집의 현관문을 쳐다보다가 등잔 밑의 정답을 놓치고 있었다는 사실을 깨달았다. 클레어! 클레어는 타샤를 만나 더욱 행복해졌다. 인간들 사이에서는 꽤 효과적인 방법인지도 모른다. 프란체스카에게도, 폴리에게도 친구가 필요한 거다. 세상에. 이렇게 단순한 해결책이 있을 줄이야. 둘을 어떻게 만나게 하면 좋을지 방법만 알면 될 일이었다.

내가 머리를 굴리고 있는 사이, 프란체스카는 자리에서 일어나 아이들을 모았다.

"이리 와. 신발 가지고 공원에 갈 거야."

그들은 집 안으로 들어갔고, 나는 어쩔 줄 몰라 허둥댔다. 빨리 뭐라도 해야 할 텐데! 나는 폴리네 집 문을 긁으며 아주 큰 소리로 야옹댔다. 나는 고함을 지르고 울부짖었다. 폴리가 눈치채지 못한다면 금방이라도 목이 쉴 것 같았다.

폴리는 한참 후 문을 열더니 놀란 표정으로 나를 보았다.

"왜 그러니?"

그녀는 걱정이 가득한 눈으로 물었다. 나는 계속해서 울부짖었다. 그녀는 몸을 굽혔다.

"다친 거야?"

나는 프란체스카가 서두르길 바라며 멈추지 않고 울어댔다. 폴리는 확실히 어쩔 줄 모르는 듯한 눈치였다. 그녀에게 이렇게까지 스트레스를 주다니. 나는 죄책감이 들었지만, 다 이유가 있었다.

"세상에. 뭘 어쩌라는 거야. 제발 조용히 좀 해."

나는 폴리의 절박함에 거의 그만둘 뻔했지만 그러지 않았다. 더 떼를 쓰기는 힘들겠다고 생각할 때쯤 문이 열리며 드디어 프란체스카와 두 아이가 밖으로 나왔다.

"대체 무슨 소리죠?"

프란체스카가 물었다.

"뭐가 문제인지 모르겠어요."

폴리가 대답했다.

나는 조용해졌다. 소리를 지르느라 가빠진 숨을 가다듬으려면 잠시 누워있어야겠다 싶었다. 알레스키는 내게 다가와 나를 간지럽혔고, 나는 고마운 마음으로 그에게 파고들었다.

"이제 괜찮은 것 같은데요?"

프란체스카는 불확실한 표정으로 말했다.

"그렇지만 너무 끔찍한 소리를 내던데요. 고문이라도 받는 줄 알았어요."

나는 '고마워요'라고 말하고 싶었다. 텔레비전에서 보던 배우만큼이나 연기를 잘했다는 뜻이었으니 말이다.

"당신 고양이인가요?"

"아뇨, 가끔 우리 집을 찾아와요. 목걸이에 있는 전화번호로 연락해 봤는데, 안 받더라고요."

"난 고양이가 필요하지 않아요. 이미 감당하기 버거운 것 천지거든요."

폴리는 갑작스레 울음을 터뜨렸다. 곧 안에서 울부짖는

소리가 들렸다.

"세상에. 헨리가 유모차에서 자고 있는데. 아니, 자고 있었는데."

폴리는 안으로 들어가 지나치게 큰 유모차를 집 밖으로 잡아당기려고 낑낑댔다. 프란체스카는 그녀를 도와주려 다가갔다. 그 후 프란체스카와 함께 밖으로 나온 폴리는 또다시 울기 시작했다.

"괜찮아요. 잠깐 앉아요."

프란체스카는 앞 계단에 폴리를 앉혔다.

"알레스키, 아기 유모차 좀 잠깐 밀어줘."

알레스키가 프란체스카의 말대로 하자, 아기는 갑작스레 울음을 그쳤다.

"엄마, 아기 조용하게 내가 했어."

알레스키는 기뻐하며 말했다. 그 모습에 폴리마저 웃음을 터뜨렸다.

"미안해요."

그녀는 다시 사과했다.

"잠들지 못하나요?"

프란체스카가 물었다.

"절대로요. 맙소사. 한숨도 못 자요. 얘가…… 헨리가 잠을 안 자서요. 밤에는 잠을 안 자고 낮에만 낮잠을 자고, 계속 울기만 하고요."

"폴리라고 했죠?"

폴리는 고개를 끄덕였다.

"괜찮아요. 원래 그래요. 애가 둘이거든요. 알레스키도 절대 안 자요. 토마츠는 좀 나아요."

"어디에서 왔어요?"

"폴란드요."

"우린 맨체스터에서 왔어요."

프란체스카는 멍해보였다.

"영국 북쪽에 있어요. 남편인 맷이 여기에 일자리를 얻었는데, 거절하기엔 너무 좋은 직장이라고 해서 이사 오게 됐어요. 좋은 직장이긴 하지만 맨체스터가 그리워요."

"저도요. 제 남편도 똑같아요. 요리사인데 런던에 일자리 얻었어요. 아주 좋은 레스토랑이에요. 우리가 더 좋은 삶을 살기 위해서라고 했고, 저도 어느 정도 이해해요. 그렇지만 무섭고 외로워요."

"맞아요. 정말 외롭죠. 맷은 항상 늦게까지 일해요. 여기온 지 겨우 일주일밖에 안 됐는데도요. 헨리를 데리고 공원에 가기도 하고, 방문 간호사도 보러 가지만, 맨체스터와는 상황이 전혀 다르죠. 누굴 제대로 만나본 적이 없으니까요."

"방문 간호사가 뭔가요?"

"아, 여기에선 애가 있는 사람이 건강이 걱정될 때 방문 간호사를 요청할 수 있어요. 맨체스터에서는 참 다정한 사람들이었는데, 런던의 방문 간호사는 제대로 시간을 내주지도 않더라고요. 너무 바빠보이기도 했고, 헨리가 안 잔다고 말했는데도 어떤 아기는 잠을 안 자기도 한다는 말만 하는 거 있죠."

"그런 아기, 있을 수 있죠. 그래도 당신의 고민에 도움이 안 되는 사람 같아요. 알레스키 안 자요. 그래도 결국 너무 배고파서 그런 걸 알아요. 항상 젖을 먹여요. 그래서 아기가 밤에 먹는 우유를 사서 먹여요. 그러면 더 잘 자요."

"헨리는 항상 배고파하는데, 전 한 살이 될 때까지는 분유를 안 먹이고 싶었거든요. 모유만 먹이고 싶어서요."

"아, 저도 그래요. 그런데 제 생각에는, 표현이 뭐더라. 미쳐요."

"미칠 것 같다고요. 진짜 그래요. 제가 딱 그렇게 느껴요."

"누가 그러더라고요. 아이를 위한 최선은 제대로 돌봐주는 거라고요. 그러려면 엄마도 자야 해요. 그래서 저는 낮에 알레스키 먹여요. 그리고 밤에 이거 줘요."

나는 두 사람의 대화에 집중했다. 그들은 서로 다른 방식으로 연약한 면이 있었다. 프란체스카는 낯선 나라에 있었기 때문에 아는 사람이 아무도 없었고, 폴리도 이사해서 마찬가지인 상황인 데다 잠도 부족한 상태였다. 두 사람 사이에 우정이 샘솟는 게 느껴졌다. 감히 말하지만 내 덕분인 것 같았다. 그러기 위해서 폴리에게 스트레스를 조금 주기는 했지만 말이다. 두 사람은 아들이 있고, 외로워하며, 오갈 데도 없다는 공통점이 있으니 서로에게 완벽한 친구가 될 수 있을 것 같았다. 이제 내가 여기 있다는 사실을 상기시켜도 괜찮을 타이밍이라는 생각이 든 나는 야옹 소리를 냈다.

"오, 알피. 아직 있었구나."

프란체스카는 말했다. 폴리는 멍하니 손을 뻗더니 나를 쓰다듬었다. 힘이 하나도 없는 손길이었다.

"저번엔 우리 집 안에 있더라고요. 걱정이 됐어요. 고양이가 아기를 죽인다는 얘길 들었거든요."

나는 다시 사색이 됐다. 다른 사람들한테까지 내가 사람을 죽인다는 말은 왜 하는 거람?

"전 그런 얘기 들은 적 없어요. 전 고양이 좋아해요. 알피는 아주 똑똑하고요."

"어떻게 알아요?"

"우리를 서로한테 소개시켜 준 셈이니까요. 다 같이 아기 우유도 사고, 공원 산책도 갔다 오는 거 어때요? 그럼 헨리도 잘 잘 거예요. 그렇죠?"

"세상에! 너무 좋을 것 같네요. 정말 고마워요. 여자친구

가 필요했어요. 그리고 당신 말이 맞아요. 분유도 한 번 먹여
봐야죠. 이젠 정말 잃을 게 없는 것 같다는 기분이 들 정도
예요."

"잘됐네요. 저도 친구 필요해요. 우리 아이들을 사랑하지
만, 어른 친구 필요해요. 미안해요. 영어를 잘 못해요."

"무슨 소리예요! 너무 잘하는데. 난 영어 하나밖에 못 하
는걸요."

대화를 계속하는 걸 보니, 두 사람은 확실히 친구가 된 것
같았다.

나는 그들이 외출 준비를 하는 모습을 지켜봤다. 작은 토
마츠는 마지못해 유모차에 올랐고, 알레스키는 그 옆에서 걸
었다. 폴리는 그녀의 커다란 유모차를 밀었고, 헨리는 여전
히 울지 않았다.

폴리는 키가 아주 컸고, 말랐으며, 금발이었다. 반면 프란
체스카는 건장해 보였다. 폴리는 내가 다리를 쓸며 지나가기
만 해도 쓰러질 것처럼 생긴 반면, 프란체스카는 어떤 폭풍
도 견딜 수 있을 것 같았다. 하지만 그녀의 어둡고 짧지만 윤
기 나는 머리는 그녀에게 무척 잘 어울렸고, 그녀의 눈은 그
녀가 미소 지을 때마다 빛났다. 그녀의 미소는 지금껏 내가
본 미소 중 가장 근사했다.

그들은 정원을 떠나기 전에 멈춰서서 내게 작별 인사를

했다. 알레스키는 조만간 또 보러 오라고 말했다. 나는 사랑스러운 알레스키를 다시 보러 오겠다는 의미로 가르랑거렸다. 그도 내 친구가 될 수 있을 것 같았다.

거리로 나간 폴리와 프란체스카는 확실히 대조돼 보였다. 한 명은 창백했고, 다른 한 명은 그을린 피부였다. 한 명은 컸고, 한 명은 작았다. 하지만 본능적으로 두 사람이 잘 어울릴 거라는 걸 알 수 있었다. 그 시작을 도운 건 나였다. 방법이 조금 무식했을지라도 말이다. 으스대려는 건 아니었지만, 분명히 내 덕이다.

나는 두 여자의 이야기가 궁금했고, 두 사람이 함께 더 많은 시간을 보내길 바랐다. 언젠가 우리가 다 함께 앞마당에서 노는 모습을 상상해 보니 기분이 좋았다. 절대 지루해지지 않을 법한 일이었다. 알레스키 형제와 더 깊은 우정을 다질 수 있을 거라는 점도 좋았다. 모든 아이에겐 고양이가 필요하니까. 어떻게 보나 장점뿐이었다. 싹트기 시작한 이 우정은 과연 우리를 어디로 데려갈까?

20

약한 고양이는 마당냥이가 될 수 없다.

시간이 지날수록 나는 네 곳의 집을 오가느라 바빠지기 시작했다. 덕분에 네 가정의 고양이가 되는 건 처음에 짐작했던 것보다 어렵다는 사실을 깨닫고 있었다. 물론 보람찬 일이었지만, 힘들기도 했다. 시간 관리를 위한 스케줄을 나름대로 철저하게 짰음에도 불구하고 그걸 지키는 게 어려워지고 있었다.

클레어는 하루하루가 지날수록 더 편안해졌다. 나도 클레어와 비슷한 경험을 했기 때문에, 그게 상처를 회복하는 과정이라는 것은 알고 있었다. 나 스스로에게서 느낀 것을 클레어에게서도 느낄 수 있었으니까.

물론 사람도, 고양이도 완벽히 상처로부터 치유될 수는 없다. 그저 이해하게 되는 것뿐이다. 한편으로 회복 중이더라도 한편으로는 여전히 상처 입은 상태일 것이다. 하지만 그것은 성격의 일부가 되고, 결국 함께 살아가는 방법을 배우게 된다. 적어도 내가 생각하기에 회복은 그렇게 진행된다. 왜냐하면 내가 그렇게 느꼈으니까.

클레어가 미소를 짓기도 하고, 예전보다 훨씬 더 나아진 모습을 보이니 정말 마음이 놓였다. 살도 좀 쪄서 더는 뼈만 앙상한 참새처럼 보이지 않았다. 볼에는 혈색이 돌았고, 매일매일 더 건강해지고 있었다.

조녀선의 집에는 수많은 여자가 들락거렸다. 조녀선의 집에 여자들이 방문하는 주기가 예전보다 줄어들긴 했지만, 내가 보기엔 아직 걱정될 정도로 꽤 잦았다. 하지만 인정할 건 인정해야 했다. 이제는 직장도 있었고, 시간 관리도 잘하고 있었으니까. 일찍 자고, 저녁에는 일을 하거나 헬스장에 가는 식으로 말이다. 그 덕에 보기에는 더 나아진 것 같기도 했다. 애초에 잘생긴 사람이긴 했지만, 무서운 표정이나 눈빛이 없어진 만큼 그의 외모는 더 두드러져 보였다.

지금까지 나는 클레어와 조녀선네를 오가며 저녁 시간을 보냈다. 두 사람은 저녁 시간 중 한 번이라도 내 얼굴을 보면 만족했다. 대체로 클레어가 조녀선보다 일찍 일을 마치고 돌아오기 때문에 나는 클레어와 함께 저녁을 먹고 시간을 보냈다. 클레어는 나와 껴안은 자세로 책을 읽거나, 텔레비전을 보거나, 와인 한 잔을 마시며 전화 통화를 했다. 보통 나는 클레어가 전화 통화를 시작하면 조너선을 보러 갔다.

나는 조너선의 집으로 가 퇴근하고 돌아온 그를 마중했다. 조너선은 저녁에도 자주 일을 했기에, 지루해진 나는 밤마다 긴 산책을 나가거나 달리며 운동을 하곤 했다. 여러 사람에게 밥을 얻어먹다 보니 살이 찌긴 했지만, 몇 집 너머에 사는 적갈색 고양이에 비하면 한참 마른 편이었다. 그 고양이는 거의 움직이지 않았고, 쥐가 공격해도 꼼짝없이 당할 것처럼 생겼으니 말이다.

그 다음에 나는 타이거를 보러 가거나 가끔은 이웃의 다른 고양이들과 함께 놀기도 했다. 못된 수컷들마저도 이제는 내게 익숙해진 것 같았다. 이웃 고양이들과 어울린 후에는 어디에서 잘지 결정했다. 보통은 클레어네와 조너선네 집에서 번갈아 가며 잤지만, 문제는 둘 다 아침에 일어나자마자 내 모습을 보는 걸 좋아한다는 거였다. 나는 클레어네에서 잠들면 그녀가 일어나는 시간에 같이 일어났다가 조너선이 출근하기 전에 그를 보러 갔고, 조너선네 집에서 잠들면 그가 일어나는 시간에 같이 일어나서 클레어가 출근하기 전에 그녀를 보러 가기를 반복했다. 지칠만한 일정이었지만, 모두를 만나기 위해 최선을 다했다. 하지만 모두를 행복하게 해 주는 건 무척이나 어려운 일이었고, 내 삶은 너무나도 복잡 했다.

클레어와 조너선이 출근한 낮에는 22번지의 두 집으로 향 했다. 더없이 완벽한 타이밍이었다. 어느 정도 프란체스카네 문 앞에서 야옹거리고 있다 보면 프란체스카나 알레스키가 나를 들여보내 줬다. 그들은 내게 생선을 대접했는데, 대체 로 정어리였다. 나는 생선을 좋아하기는 하지만 그보다 알레 스키와 노는 게 최고였다. 그와 노는 건 정말 재미있었다. 내 가 몸을 뒹굴며 배를 내주면 알레스키는 내 배를 간지럽혔 다. 이제는 그게 가장 좋아하는 놀이가 됐다.

프란체스카네 가정은 대체로 행복했다. 가끔은 작은 토마 츠가 낮잠을 자고 알레스키가 혼자서 노는 동안 부엌 카운 터에 기대어 서서 수천 킬로미터 너머를 보는 듯 허공을 응 시하던 프란체스카의 모습을 보기도 했다. 그녀가 고향을 그 리워하고 있다는 사실은 알고 있었다. 하지만 워낙 굳건한 그녀는 그 사실을 드러내지 않았고, 그 덕에 언제나 그녀의 집은 웃음이 흘러넘쳤다.

하지만 가끔은 프란체스카의 몸은 런던에 있을지라도 그 녀의 영혼은 폴란드에 있는 것 같다는 생각이 들었다. 길거 리에서 살던 시절, 내 마음도 아주 먼 곳에 마거릿과 아그네

스와 함께 있었으니까. 물론 그들이 정확히 어디 있는 건지
는 몰랐지만.

어느 주말, 나는 프란체스카의 집에 있었다. 클레어는 타
샤와 함께 외출했고, 조너선은 친구들을 만나러 갔다. '브런
치'인가 뭔가를 한다고 했다. 그래서 나는 프란체스카네 집
으로 갔고, 그의 남편인 큰 토마츠가 나를 들여보내 줬다. 프
란체스카네 가족은 평소처럼 나를 잔뜩 귀여워해 줬다. 큰
토마츠는 아주 다정한 남자 같아 보였다. 그는 프란체스카가
성대한 점심을 요리하는 동안 아이들과 놀아주었다. 그는 아
내에게도, 아이들에게도 애정이 넘치는 사람이었다. 프란체
스카의 삶이 가끔 힘들지라도, 그녀는 확실히 사랑이 넘치
는 사람들에게 둘러싸여 있었다. 그 사실을 알게 되니 기분
이 한층 나아졌다. 프란체스카는 그만큼의 사랑을 받을 자격
이 있었다. 따뜻하고 사랑이 흘러넘치는 이 가정을 보며 나
는 수염 끝까지 짜릿함을 느꼈다.

가끔은 폴리와 헨리, 프란체스카가 같이 있는 모습을 보
기도 했다. 여름이었기 때문에 그들은 자주 앞마당으로 나
왔다. 아이들은 모두 담요에 앉았고, 두 사람은 함께 커피를
마셨다. 헨리도 담요에 누웠지만 평소만큼 많이 울지 않았
고, 알레스키와 작은 토마츠 덕분에 차분해 보였다. 두 아이
는 헨리에게 장난감 뱀을 흔들어 보이기도 했고, 꽤 자주 헨

리를 깔깔대며 웃게 만들기도 했다. 그럼에도 폴리는 초조해 보였고, 거의 미소 짓지 않았다. 왠지는 몰라도 그녀는 항상 불안해 보였다.

프란체스카와 폴리는 너무 다른 외모만큼이나 엄마로서의 성향도 달랐다. 프란체스카는 아이들을 대할 때 침착했고, 알레스키와 작은 토마츠도 그녀의 영향을 받아 아주 행복한 아이들이었다. 반대로 폴리는 항상 바짝 긴장해서 헨리를 다룰 때도 유리를 만질 때처럼 조심스러웠다. 폴리는 헨리에게 분유를 먹일 때조차도 너무 어색해 보였고, 클레어가 처음에 그랬듯 자주 울 것 같은 표정을 지었다.

프란체스카는 피곤해서 그렇다고 했다. 그래서 그토록 감정적인 거라고 말이다. 하지만 정말 그게 다일까? 헨리는 분유를 먹기 시작한 후로 확실히 더 잘 자는 것 같았다. 아직 많이 자는 건 아니었지만, 달라진 걸 느낄 수 있을 정도는 됐다. 그럼 폴리도 더 나아져야 하지 않나?

프란체스카는 자주 폴리와 헨리를 집으로 들여 알레스키와 토마츠에게 먹을 것을 준 후 헨리에게 분유를 먹이려 노력했다. 헨리는 그리 많이 울지 않았고, 미소 짓거나 웃었다. 가끔은 폴리도 그걸 눈치챘을까 궁금했다. 폴리가 워낙 슬퍼했기에, 나는 대체 뭐가 문제인 건지 반도 짐작할 수 없었다.

나는 다른 누구보다 폴리가 가장 걱정됐다. 그렇지만 폴리네 집에 가는 건 그만두기로 했다. 계속 그녀를 보러 가는 건 좋지 않은 생각 같았다. 폴리는 나를 참아주긴 했지만, 여전히 나를 의심했다. 클레어나 조너선, 프란체스카 같은 다른 가족보다 나를 더 필요로 하는 것 같다는 생각이 드는데도. 도통 이유를 알 수 없다.

내 새로운 가족을 보고 있자니, 마거릿과는 너무나도 다르다는 생각이 들었다. 훨씬 어린 나이와 적은 주름 때문만은 아니었다.

클레어는 훨씬 아름다워지고 있었다. 처음에 만났을 때의 마르고, 허름하며 항상 울던 모습과는 완전히 달라져 있었다. 물론 나와 단둘이 있을 때면 여전히 슬퍼하는 모습을 보이기도 했다. 하지만 그녀가 슬퍼하는 날은 점점 더 줄어들고 있었다.

조너선은 여전히 복잡한 사람이었지만, 그 또한 더 행복해지고 있었다. 새로운 직장 때문만은 아닌 것 같았고, 직장에서 만든 새로운 친구 덕분인 것 같기도 했다. 수없이 오고 가는 가슴이 크고 머리가 반짝이는 여자들 대신 말이다.

그렇지만 내 생각에 조너선은 여전히 지나치게 고독했다. 그의 크고 텅 빈 집에는 여자들을 제외하면 아무도 오지 않았다. 물론 외출을 할 때도 있었지만 클레어처럼 자주 나가지는 않았고, 여전히 가끔은 뭔가를 잃어버린 듯한 표정을 지었다. 아그네스가 죽은 직후, 아침에 일어날 때마다 내가 짓던 표정과 비슷했다. 당시 나는 아침에 일어날 때마다 아그네스를 찾다가 그녀가 죽었다는 사실을 떠올리곤 했다. 조너선도 그곳에 없는 누군가를 찾고 있는 듯해 보였다.

프란체스카는 다른 사람들에 비해 마거릿과 더 비슷해 보였다. 단단하며 분별력 있어보였기 때문이다. 물론 고향을 그리워하고 있기는 했지만, 다른 사람들보다 마음을 다잡은 것 같아 보였다.

폴리는 반대였다. 폴리는 너무 연약해서 언제라도 부서질 것 같았다. 가끔은 이미 부서진 게 아닐까 싶을 때도 있었다.

그들은 각자 서로 다른 방식으로 나를 필요로 했다. 나는 그들 곁에 있어주면서 그들 모두를 도와주겠노라고 굳게 맹세했다. 나는 살아남았으니, 이제는 다른 사람들이 살아가도록 도와줄 차례였다.

문제는 내 일상이 너무 바빴고, 네 곳의 집에 동시에 있을 수는 없는 노릇이라는 거였다. 하지만 내 계획을 성공시키려면 그 방법밖에 없다.

"힘들어."

나는 타이거에게 토로했다.

"집을 네 군데나 오가려면 그렇지. 네 가정을 행복하게 해줘야 하니까."

타이거는 몸서리쳤다.

"나는 한 곳만으로도 족해. 네 상황도 이해는 가지만."

"또다시 혼자가 될 수는 없어. 무슨 일이 생기든 날 돌봐줄 누군가가 있으면 좋겠어, 타이거."

"나도 알아. 고양이한테 충성심은 과대평가된 것 같지."

"그렇지만 난 충성심이 강한 고양이인걸. 네 가정에 모두 충실할 수 있게 내 몸을 길게 늘일 수 있으면 좋겠어."

"알피, 오버 좀 그만해. 내 주인들은 결혼했고 아이는 없지만 만약 그들에게 무슨 일이 생긴다면…… 어떨까. 널 만나기 전에는 한 번도 생각 안 해봤던 거야."

"내가 겪었던 일을 너도 겪지 않기를 바라지만, 넌 운이 좋은 고양이야. 만약 네 주인에게 무슨 일이 생긴대도 내가 널 챙겨줄 테니까."

"고마워, 알피. 넌 좋은 친구야."

"타이거, 난 그 누구도 나처럼 힘들지 않기를 바라. 인간이든 고양이든 말이야. 난 연민의 중요성을 아주 어렵게 배웠어. 아무도 날 동정해 주지 않을 때의 기분이 어떤지 아니까. 새롭게 찾은 가족이 그걸 채워줘서 참 다행이지. 연민이 살아남는 데 얼마나 중요한지 이제는 알아. 사람이든 고양이든 말이야."

"넌 이제 다시는 혼자가 되지는 않겠구나."

타이거는 다정하게 말했다. 그 말이 맞았다. 연민을 느끼려면 먼저 타인과의 관계를 쌓아야 했다. 새로운 가족을 통해 배운 게 있다면 그거였다.

마거릿이 죽은 후 내가 살아남은 것은 다른 고양이와 다른 사람에게 느끼는 연민 덕분이었다. 덕분에 나는 묘생이 참 재미있다는 걸 깨달았다. 어서 아그네스와 마거릿을 다시 만나고 싶기도 했지만, 한편으로는 살아남고 싶었고, 계속 살아가고 싶었다. 오락가락하는 내 마음이 이해되지는 않았지만 말이다.

21

나는 클레어네 거실에 있는 소파에서 잠들었다. 클레어는 내가 소파에서 자도 화를 내진 않았지만, 내 고양이 침대에서 자달라고 다정하게 부탁하긴 했다. 하지만 창문으로 쏟아지는 오후의 햇빛이 내가 자리 잡은 곳을 적당히 따뜻하게 비춰서 그곳을 벗어나기가 너무 힘들었다. 힘든 오후를 보낸 내게는 완벽한 일광욕이었다.

나는 배고픈 상태로 프란체스카네 집에서 클레어네 집으로 돌아왔다. 프란체스카의 집에서 몇 시간이나 알레스키와 놀아주었지만 정어리도, 마실 것도, 아무것도 입에 넣지 못했다. 프란체스카는 평소처럼 활발하지 않았고, 어딘가에 정신이 팔린 것 같았다. 프란체스카와 단둘이 시간을 보내려

해봤지만, 그녀는 내 기척조차 느끼지 못한 것 같았다. 무시당했다는 생각에 살짝 속상한 기분이 들었다. 인간들에게 다양한 문제가 있다는 건 알고 있었지만, 그렇다고 나를 무시해도 된다는 건 아니었다. 애초에 내가 그녀를 찾아온 이유도 다 힘들 때 도와주려는 건데!

더욱이 폴리나 헨리는 인기척도 없었다. 폴리와 헨리는 내가 막 그곳을 떠날 때쯤 맷과 함께 돌아왔다. 맷이 유모차를 밀고 있어서인지 폴리는 평소보다 편안해 보였다. 하지만 그들은 진지한 대화에 깊게 빠져있어서 나를 눈치채지 못한 듯했다. 22번지의 어른들은 전부 나를 투명 고양이 취급이라도 하려는 모양이었다.

그건 시작일 뿐이었다. 오후가 지나고 저녁이 되자, 상황은 더 악화됐다.

클레어는 집에서 외출 준비를 하고 있었다. 그래서 나를 위한 음식과 우유를 놓아두긴 했지만 나와 대화를 나눌 시간도, 내게 애정 표현을 할 시간도 없었다. 클레어는 아주 행복해 보였고, 옷을 차려입느라 정신없는 듯했다. 그녀는 아주 근사한 검은색 드레스를 입고 있었고, 현관문에 놓여있던 하이힐을 신었다. 클레어가 그렇게 높은 신발을 신는 걸 보는 건 처음이었다. 일하러 갈 때마저도 신은 적이 없는데 말이다. 머리 단장도 아주 오래 걸렸고, 얼굴에도 뭔가를 잔뜩 발랐다.

외출 준비를 마친 클레어는 내가 알던 클레어와는 완전히 다른 모습이었다.

"알피, 기다리지 마. 여자친구들이랑 놀러 나갈 거거든."

클레어는 미소를 지었지만, 나를 안아들거나 쓰다듬어 주지는 않았다. 내가 고양이 털로 드레스를 망칠 거라고 생각한 모양이었다. 그럴 생각은 꿈에도 없는데! 다시 상처받은 기분이 들었다. 하지만 그건 이기적인 생각이었다. 나는 클레어가 행복하길 바라니까. 그래서 나는 그녀를 위해 기뻐해 주려 노력했다. 하지만 가르랑거리는 소리를 내지도 않았고, 그녀가 나갈 때 수염을 올려 보이지도 않았다. 입꼬리를 올리기에는 너무 속상했다.

나는 지루하기도 했고, 조금은 외롭기도 해서 조너선네로 갔다. 하지만 그의 인기척은 전혀 느껴지지 않았다. 아직 퇴근하지 않은 듯했다. 나를 위해 준비된 음식도 없었다. 내가 아침을 먹은 접시는 여전히 내가 놔둔 그대로 텅 빈 채 바닥에 놓여있었다. 충분한 식사를 하긴 했지만, 실망스러웠다. 단순히 먹을 게 부족해서가 아니라, 충분한 애정을 받지 못해서.

나는 모름지기 고양이란 언제나 재치가 있어야 한다는 사실을 깨달았다. 더는 집 없는 고양이 신세가 아니라는 이유로 모든 것을 당연하게 여길 수는 없다고 위로하면서. 사람들은 안정이나 의지할 수 있는 신뢰감과는 거리가 멀었다. 물론 과장하려는 건 아니었다. 나를 돌봐줄 만큼은 됐으니까. 내가 자립심을 더 키워야 하고, 더 세심해져야 하는지도 모른다. 오랜 길거리 생활을 청산한 만큼 다시 부드러워지지 않을 이유가 없었다.

하지만 나는 여전히 그대로였고, 오갈 데 없는 듯한 기분이 들었다. 나는 산책을 나갔지만 다른 고양이들과 수다를 떨 기분이 나지는 않았다. 심지어 타이거에게도 말을 붙이고 싶지가 않았다. 스스로가 불쌍해졌다.

나는 조너선의 집 구석구석을 돌아다니며 그가 쓰지 않는 방도 탐색했지만, 별 재미가 없었다. 조너선을 위한 사냥감을 구해볼까 고민도 했다. 하지만 곧 그러고 싶지 않아져서 포기했다. 나를 무시하는 조너선한테 잘해줄 필요가 있나? 그렇게 조금 슬퍼진 상태로 클레어네 집으로 돌아갔고, 거실 소파의 따뜻한 지점에서 그대로 잠들었다. 나는 현관문을 여는 열쇠 소리와 깔깔거리는 소리에 잠에서 깼다. 밖을 내다보니 아직 칠흑처럼 어두웠다.

클레어는 난생처음 보는 남자의 부축을 받으며 거실로 들어왔다. 나는 황급히 일어서서 의심스럽게 꼬리를 세우며 클레어를 구할 준비를 했다. 곧 불이 켜졌다.

"오, 알피, 여기 있었구나. 우리 사랑스러운 알피."

클레어는 즐거운 듯 혀를 꼬았고, 클레어가 취했다는 걸 알아차린 나는 그녀를 위해 길을 피해줬다. 길거리에서 만난 술 취한 사람들만큼 상태가 안 좋거나 나쁘게 굴지는 않았지만, 분명히 그들과 비슷한 모습도 있었다. 만약 클레어가 날 안아들게 내버려뒀다면, 나를 떨어뜨렸을 가능성이 컸을 것이다.

"그럼 클레어, 집에 안전히 도착했으니 이제 전 가볼게요."

남자는 어쩔 줄 모르는 눈치로 서성거렸다.

"아니에요오오, 조. 커피 마시고 가요."

클레어는 살면서 가장 웃기는 말이라도 했다는 것처럼 웃음을 터뜨렸다. 나는 전혀 재미없었는데 말이다.

"고마워요. 근데 정말 가봐야겠어요. 내일 아침에 일어나면 나한테 고마워할 거예요."

남자는 제법 괜찮아 보였지만, 머리카락 색이 길 아래쪽에 사는 뚱뚱한 적갈색 고양이와 똑같았다.

클레어는 조를 향해 거의 달려들다시피 덤볐고, 그 바람에 두 사람은 소파에 주저앉았다. 나는 재빨리 자리에서 벗어났고, 간신히 짓눌리는 걸 피했다. 클레어는 다시 깔깔거렸고, 조는 그녀의 손아귀에서 벗어나려 애쓰는 것 같았다.

"클레어, 당신 좀 취한 것 같아요."

그는 제법 화난 듯한 목소리로 고집을 부렸다. 사실 좀 취한 정도가 아니라고 생각하는 듯했다.

"진짜 가야 돼요. 나중에 전화할게요."

"제발 가지 말아요."

클레어의 혀 꼬인 애원에도 남자는 자리에서 일어나 그녀의 볼에 뽀뽀한 후 밖으로 나갔다.

"세상에. 나 정말 형편없다."

클레어는 현관문이 닫히자마자 울음을 터뜨렸다. 예전처럼 흐느끼기 시작하는 클레어의 모습에 걱정이 됐다. 클레어는 침대로 가지도 않고 소파에 웅크려 누운 채 코를 골기 시작했다.

클레어가 이러는 모습을 본 적이 있긴 했지만, 나는 어쩔 줄을 몰랐다. 사실 그녀의 옆에 웅크려 누워 그녀와 함께 코를 고는 것 말고는 할 수 있는 일이 없었다.

다음 날 아침, 여전히 소파에 누운 채 잠에서 깬 클레어는 엉망진창이 된 모습이었다.

"맙소사."

그녀는 머리카락을 움켜잡았다.

"대체 내가 무슨 짓을 한 거지?"

클레어는 나를 쳐다봤다.

"오, 알피. 미안해. 괜찮니?"

클레어는 자리에서 일어나려 했다.

"아, 머리 아파."

그녀는 다시 주저앉았다.

"세상에. 세상에."

클레어는 머리카락을 움켜잡은 채 신음소리를 내며 계속해서 중얼거렸다. 나는 배고프다는 의미로 야옹거리기 시작했다.

"맙소사, 알피. 조용히 해주면 안 되겠니? 꼭 경적 소리 같단 말이야."

나는 경적이 뭔지 몰라서 계속 야옹거렸다. 클레어가 왜 이러는지 이해할 수 없었다. 만약 술에 취한 결과가 이런 거라면 인간들은 도대체 왜 술에 취하는 걸까?

결국 그녀는 다시 자리에서 일어나 부엌으로 갔다. 그녀는 물 한 잔을 마시고 곧바로 한 잔을 더 마셨다. 그러고는 냉장고로 가 나를 위한 음식을 꺼내줬다. 그릇에 음식을 담던 클레어는 또다시 이상한 낯빛이 되어 입을 막았다.

"맙소사. 토할 것 같아."

클레어는 그릇을 바닥에 내려놓자마자 달려갔다. 나는 아침을 먹으며 어떡해야 할지 고민했다. 클레어가 출근할 날이 아니라 다행이었는지도 모른다. 상태가 제법 좋지 않아 보였으니까. 부엌으로 돌아온 그녀는 창백해 보였다. 전날 밤에

200

화장한 흔적이 얼굴 여기저기 남아있긴 했지만 말이다. 냄새도 고약했다. (길거리에서 만난 술 취한 사람들만큼은 아니었지만.) 내가 고양이라 후각이 예민한 것일지도 모른다.

"오, 알피. 어젯밤에 조가 나랑 같이 왔니?"

나는 그렇다는 의미로 야옹거렸다.

"기억이 안 나. 이젠 날 보고 싶지 않을지도 모르겠네. 난 그 사람이 꽤 좋았는데. 세상에. 나이 먹고 그렇게 철이 없을 수가 있나. 너무 부끄럽다."

나는 큰 소리로 울부짖었다. 클레어가 인제 와서 자신감을 잃는 것은 원치 않았다.

"좀 과장해서 말한 거야."

클레어는 내 마음을 이해하기라도 한 듯 말했다.

"미안해, 알피. 난 자러 가볼게. 오늘 하루는 계속 집에 있는 게 낫겠어."

그녀는 부엌에서 나갔다. 나는 아쉬운 표정으로 클레어를 바라봤다. 확실히 내 인간 가족들은 복잡한 사람들이었다. 이번 생에서는 절대로 그들을 완전히 이해할 수는 없을 것 같았다.

오늘 클레어에게서 재미를 얻기는 글렀다는 생각에 나는 조너선네 집으로 갔다. 하지만 그는 여전히 집에 없었다. 나는 조너선이 곧 집에 오긴 할까 궁금해하다가, 여전히 바닥에 놓여있는 아침 식사 그릇을 발견했다. 날 위한 먹을거리를 남겨놓을 생각을 전혀 하지 않은 게 분명했다. 나는 잠깐 그를 걱정해야 하나 싶었지만, 조녀선은 걱정할 만한 사람 같지는 않았다. 나도 나 스스로는 챙길 수 있는데, 조녀선이라고 스스로를 챙기지 못할 리가 없었다. 하지만 조녀선이 아침에 출근한 후로 지금껏 집에 들어오지 않았다는 사실이 마음에 들지는 않았다. 그리고 특히나 잠깐이라도 날 생각하지 않았다는 사실이 속상했다. 조금이라도 날 생각했다면 두 끼나 챙겨주지 않았을 리가 없었으니까. 나는 이 속상하고 화난 마음을 그에게 전달할 방법이 뭘까 고민했다.

나는 이만 포기하고 조녀선네 집에서 나가기로 마음먹었다. 날 무시한 그에게 선물을 준다든가 하는 보상을 해줄 필요가 없었다. 그러니 조녀선이 날 두고 나가버린 것처럼 나도 그를 두고 나가버려야지 싶었다. 그럼 그도 내 기분을 이해할 수 있겠지! 그런데 조녀선의 집을 나가려던 바로 그 순간, 조녀선은 집으로 돌아왔다. 여전히 출근복 차림이었지만, 꽤 깔끔해 보였다. 확실히 클레어와는 달랐다.

"미안, 알피."

조녀선은 나를 쓰다듬으며 전에는 본 적 없던 미소를 지어보였다.

"굶은 건 아니지? 이렇게 오래 나가있을 줄 몰랐어."

나는 왜 나를 위해 있어주지 않았느냐고 야옹 하고 화를 냈다. 어쨌든 그는 내가 이미 식사를 했다는 사실을 몰랐으니 말이다.

"오, 알피. 넌 세상 물정에 밝으니까 알겠지. 운이 좋으면 어떤지 말이야."

나는 윙크를 하는 조너선을 바라보며 눈을 가늘게 떴다. 운이 좋으면 어떤지 알 리가 있나. 난 그런 고양이는 아니었다. 조너선은 웃음을 터뜨렸다.

"내가 고양이 말은 모르지만 지금 네가 못마땅해하는 건 알겠네."

조너선은 다시 웃음을 터뜨렸다. 그의 휴대폰이 삑삑거렸다. 그는 휴대폰에서 뭔가를 읽더니 미소 지었다. 어쩐지 조너선은 그답지 않아 보였고, 그래서 나는 그도 어젯밤 클레어가 그랬듯 술에 취한 것 아닐까 싶었다. 확실히 행복해 보이긴 했지만, 한편으로는 정신이 나간 것 같기도 했다.

"미안해. 당연히 배고프겠지. 먹을 걸 좀 줄게."

조너선은 반쯤 얼떨떨한 얼굴로 내 빈 접시를 집어들고는 새우 몇 마리를 담았다. 물론 내가 새우를 워낙 좋아하긴 했지만 그런 걸로 쉽게 넘어가고 싶지는 않았다.

내가 새우를 먹는 동안, 조너선은 휴대폰에 집중했다. 그가 휴대폰에 뭔가를 입력하면 삑삑거리는 소리가 났고, 그럼 조녀선은 미소를 지으며 또다시 뭔가를 입력했다. 조녀선이 계속 그러고 있으니 짜증이 났다. 나는 조용한 분위기에서 식사하는 게 좋았는데 말이다.

"알피."

조녀선은 마침내 입을 열었다.

"어젯밤에 괜찮은 여자랑 데이트를 했거든. 제법 오래 알고 지냈지만 잘 모르는 사이였는데, 지난주에 다시 만났어. 어쨌든 예쁘고, 재미있고, 똑똑한 데다 직장도 좋은 여자야. 어쩌면 그 여자한테 '호감'이 있는 것 같기도 해."

나는 조녀선을 쳐다보지도 않고 새우 먹기에만 열중했다.

"이러지 마. 죽을 때까지 화 안 풀 것도 아니잖아. 날 위해서 기뻐해 줄 수는 없는 거야?"

온몸의 털이 곤두서는 느낌이었다. 나를 잊어버려 놓고 자길 위해서 기뻐해 달라고? 그러고 싶지 않았다. 진심으로 그가 더는 슬프지 않게 된다면야 기뻐해 줄 수는 있겠지. 하지만 그런 진심을 이 타이밍에 말하고 싶지는 않은걸!

"내가 이래서 고양이가 싫다니까. 나는 자유롭고, 게으르고, 원할 땐 언제든지 외박하는 사람이라고. 나도 네가 밤새도록 집에 없어도 아무 불평 안 하잖아. 난 성인이라고, 알피."

나는 여전히 그를 돌아보지 않았다.

"세상에, 알피. 그만 좀 토라져. 다음에는 그 여자 데려올 거란 말이야."

나는 조녀선을 돌아보긴 했지만, 미소 지어보이진 않았다.

"애초에 내가 왜 망할 고양이한테 사과하고 있는 건지."

조녀선은 어이없는 표정을 지었다.

나는 분개하는 표정으로 조녀선을 쳐다본 후 성큼성큼 걸어 고양이 문으로 나가버렸다. 하지만 밖으로 발을 내딛던 그 순간, 나는 비가 내리고 있다는 사실을 알아차렸다. 너무 화가 난 나머지 날씨가 어떤지 확인할 생각도 못 한 것이다. 이렇게 나 스스로를 궁지에 몰아넣고 말다니. 클레어는 잠들어 있었고, 조녀선은 날 화나게 했으니 나는 싫어도 비에 젖을 수밖에 없었다. 나는 22번지의 두 집을 향해 내려갔다.

나는 클레어와 조녀선에게 아주 큰 실망감을 느꼈다. 마거릿은 절대로 그렇게까지 우스꽝스러운 모습을 보이지 않았다. 프란체스카와 폴리에게 내 매력을 더 발산할 때가 된 것 같았다. 어쩌면 두 사람에게 더 의지할 구석이 있을지도 몰랐다.

운이 좋게도, 나는 완벽한 타이밍에 도착했다. 마침 폴리의 남편인 맷이 유모차를 밀고 들어가고 있었고, 나는 그 틈을 타 몰래 숨어 들어갈 수 있었다.

"오, 안녕, 알피."

기분이 훨씬 나아졌다. 맷이 내게 말을 걸어서도 그랬지만, 건조한 실내에 있게 되었기 때문이기도 했다. 맷은 신발을 벗고 유모차를 문 바로 안쪽에 세워뒀다. 나는 가르랑거렸다.

"쉿."

맷은 조용히 말했다.

"방금 헨리를 재웠거든. 폴리도 좀 누워있어야 하고. 들어와. 수건 가져와서 말려줄게. 우유도 있어."

나는 맷을 따라 작지만 깔끔한 부엌으로 들어갔다. 맷은 작은 행주를 가져와 다정한 손길로 나를 닦아줬고, 냉장고에서 우유를 꺼냈고 주전자에 물을 올렸다. 조용한 몸짓으로 그릇에 우유를 따라주고 나를 부드럽게 쓰다듬어 주는 맷의 손길에 나는 그와의 우정이 쌓이고 있다는 기분이 들었다. 나는 맷이 차를 끓이는 동안 최대한 조용히 우유를 핥아먹었다. 나는 찻잔을 들고 거실로 나가는 맷을 따라갔다. 우리는 소파에 나란히 앉았다. 맷은 책을 집어들어 읽기 시작했고, 나는 조용히 앉아있었다. 좋은 고양이라는 사실을 보여주고 싶었다. 나는 몸을 웅크렸고, 서서히 졸기 시작했다. 그러다 폴리가 나타나 잠에서 깼다.

"나 얼마나 잔 거야? 헨리는 어디 있어?"

폴리는 잔뜩 겁을 집어먹은 것 같았다.

"괜찮아, 자기야. 헨리는 유모차에서 자고 있어. 자기가 낮잠 잔 것도 두 시간 정도밖에 안 돼."

"그렇지만 밥 먹일 때 된 거 아니야?"

"아침도 먹였고, 아직 점심 먹을 때는 안 됐어. 자기야, 헨리가 벌써 6개월이 넘었어. 이제 다른 아기들이랑 비슷한 주기로 먹여도 될 거야."

"방문 간호사도 그렇게 말하더라. 프란체스카도 그랬고."

"그럼 그 사람들 말이 맞겠지. 차 줄까?"

"고마워. 차 한잔하면 좋겠네."

맷은 자리에서 일어났고, 폴리는 내 옆에 앉았다.

"안녕, 고양아."

폴리의 딱딱한 말투에 나는 눈썹을 올려보이고 싶었다. 이름을 알면서 고양이라고 부르다니!

"미안해. 알피였지?"

폴리는 다시 말했다. 어떻게 봐도 나는 이 사람들과 말이 꽤 잘 통했다. 그들과의 대화를 연습할 기회가 많았던 것도 한몫했을 것이다. 폴리는 손을 뻗더니 가볍게 내 털을 만졌다. 나는 가만히 있었다. 폴리는 나를 무서워하는 듯했다. 하긴 애초에 그녀가 안 무서워하는 건 없는 것 같았다. 내 훌륭한 관찰력으로 보아, 폴리는 자기 아들조차 무서워했다. 그토록 작은 헨리에게조차 겁을 냈으니.

맷은 찻잔을 가지고 돌아와 폴리 앞의 커피 테이블에 내려놓았다. 그는 나를 안아들어 무릎 위에 올려놓았다.

"헨리한테 고양이 털 알레르기가 없어야 할 텐데."

폴리가 말했다.

"당연히 없지. 고양이 키우시는 엄마 댁에 자주 갔었는데
별일 없었잖아."

"아, 맞아. 잊고 있었네."

폴리는 멍하니 대답했다. 맷은 눈썹을 찡그렸다. 어딘가
석연치 않은 표정이었다.

"폴리, 정말 괜찮은 거 맞아? 런던까지 이사 온 게 정말 큰
변화란 건 알지만, 이사 오자마자 내가 너무 바로 일을 시작
한 거 아닌가 싶어. 당신 걱정이 되네."

"괜찮아."

폴리는 자기가 대체 어디 있는지 모르겠다는 표정으로 거
실을 둘러봤다. 거실은 그들이 처음 이사 왔을 때처럼 여전
히 휑한 모습이었다. 거실에는 소파와 의자, 나무 몸통 테이
블뿐이었다. 아기용 깔개와 장난감이 바닥에 널브러져 있긴
했지만, 집 같은 분위기는 전혀 풍기지 않았다. 프란체스카
네 집과는 차원이 달랐다.

"그냥 힘들고 피곤해서 그래."

폴리는 덧붙였다.

"피곤하고, 고향도 그립고. 프란체스카가 있긴 하지만, 그

래도 외로워. 가족들도 보고 싶고."

폴리가 그렇게 많이 말하는 건 처음 있는 일이었다. 프란체스카에게도 그렇게까지 많이 말하진 않았는데 말이다.

"자기를 돕기 위해서라면 뭐든지 할게."

맷이 말했다.

"고향에라도 한 번 갈까? 그럼 좋겠어? 아니면 일주일 정도 헨리랑 같이 어머님 댁에 있는 건 어때? 일요일에 데려다주고, 그 다음 주 주말에 데리러 갈게."

맷은 자기 아이디어에 흡족해하는 표정을 지었다.

"우릴 보내버리고 혼자 있고 싶다는 거야?"

폴리는 발작하듯 물었다.

"아니, 당연히 둘 다 보고 싶을 거야. 자기가 어머님이랑 시간 좀 보내면 좋아할 것 같아서 그랬어."

폴리는 맷을 이글거리는 눈빛으로 바라봤다. 두 사람의 대화는 헨리가 요란하게 우는 소리에 중단됐다.

"내가 밥 먹일게."

"내가 이유식 만들까? 아님 분유 탈까?"

맷은 아주 슬픈 듯한 목소리로 물었다. 거의 낙담한 듯한 느낌이었다.

"아니, 젖몸살이 있어서, 내가 젖 먹일게."

폴리가 사라지자, 침실에서부터 헨리의 울음소리가 요란

하게 들려왔다.

　문이 닫히는 소리가 들리자, 사방이 조용해졌다. 맷은 한숨을 쉬더니 먼 곳을 응시했다. 가끔 프란체스카에게서 보이는 표정과 비슷했다. 맷은 멍하니 나를 쓰다듬기 시작했다. 맷이 내게 집중하는 건 아니었지만, 그래도 나는 그의 쓰다듬는 손길을 즐겼다.

　얼마 후, 폴리는 헨리를 데리고 나왔다. 그녀가 헨리를 깔개에 눕히자, 헨리는 장난감을 손에 쥐기 시작했다.

　"슬슬 자기 혼자서 일어나게 해야 할 텐데."

　"그럼 헨리한테 쿠션 좀 받쳐줄게."

　맷은 할 일이 생겨 마음을 놓은 듯한 얼굴로 쿠션을 집어 들기 시작했다.

　맷은 헨리의 몸을 쿠션에 받쳐 일으켜 세운 후, 헨리의 눈앞에서 장난감을 흔들며 헨리 혼자 앉도록 구슬렸다. 헨리는 그 놀이가 좋았는지 깔깔거리기 시작했다. 맷은 웃음을 터뜨렸고, 폴리마저도 미소를 지었다. 나는 그들이 이 순간을 사진으로 남겨 그들이 행복한 가족이라는 사실을 추억할 수 있기를 바랐다. 적어도 이 순간만큼은 행복한 가족처럼 보였으니까.

　헨리는 앉기 놀이에 지쳐 다시 드러누워선 발을 쳐다보기 시작했다.

"그럼 자기야, 우리 여기에 더 작은 안락의자 사서 두는 거 어때? 저 망할 몬스터 트럭 좀 치우게."

그러자 맷이 말했다.

"그래. 저번에 프란체스카랑 찾았던 가게로 가면 되겠다."

폴리는 조금 기운을 차렸다.

"헨리는 포대기에 안고 갈까?"

폴리는 고개를 끄덕였고, 두 사람은 바삐 준비하기 시작했다. 나도 이 타이밍에 나가야겠다고 생각했다.

나는 거리를 따라 내려가는 그들을 지켜본 후, 프란체스카네 집 앞에서 큰 소리로 야옹거렸다. 아무래도 다들 외출한 모양이었다. 나를 빼고 모든 사람이 어딘가 가버리기라도 한 걸까?

그래서 나는 타이거를 보러 갔다. 나는 인간들뿐만이 아니라 동료 고양이들과도 관계를 맺고 있었다. 그리고 마침내 필요할 때 의지할 만한 공동체를 만들 수 있었고, 그 공동체는 시간이 지날수록 단단해지고 있었다. 내가 다시 어려운 상황에 부닥칠 것 같지는 않았지만, 혹시 모르는 거니까…….

"그래서 뭘 하고 싶은데?"

타이거가 물었다.

"공원 옆 연못에 가서 우리 모습 비춰보는 거 어때?"

그건 내가 가장 좋아하는 새로운 여가 활동 중 하나였다.

타이거와 나는 연못과 최대한 가까운 둑에 서서 마치 뛰어들 것처럼 물에 비친 우리의 모습을 바라보곤 했다. 물에 비친 우리의 모습은 잔뜩 찌그러져 보여서 너무 재미있었다. 오후 시간을 보내기에 참 즐거운 방법이었다.

그 후 우리는 거리의 울타리와 헛간을 넘나들며 뒷마당을 탐방했다. 덕분에 최근 내가 당해야만 했던 말도 안 되는 상황으로부터 벗어나 예전처럼 즐거운 시간을 보낼 수 있었다.

"오, 저 웃기게 생긴 작은 개 좀 봐."

타이거가 말했다. 우리는 울타리 위의 전망이 좋은 지점에 서서 개를 향해 큰 소리로 쉬익거렸다. 그러자 개는 요란하게 짖으며 뒷마당 안을 빠르게 맴돌았다. 순수한 재미였다. 타이거와의 시간은 언제나 즐거웠지만, 오늘의 그녀는 특히 좋은 친구가 되어주었다. 내 말을 잘 들어주고, 너무 시끄럽지도 않으며 함께하기에도 즐거운 친구.

22

며칠 후 어느 날 저녁, 나는 조너선네 집에 들렀다. 집에 들어가자마자 맛있는 냄새가 풍겼다. 조너선은 부엌에서 요리를 하고 있었는데, 난생처음 보는 모습이었다. 부엌 한쪽에는 열린 와인 병이 있었고, 조너선의 곁에는 그가 항상 마시던 맥주가 있었다.

"안녕, 알피. 이제 화 좀 풀렸어?"

조너선의 물음에 나는 가르랑거렸다.

지난 이틀간 조너선을 거의 보러 오지 않았다. 그래도 나는 그를 용서하기로 했다. 맛있는 저녁을 얻어먹을 수만 있다면야. 다른 사람들도 좋긴 했지만, 가장 좋은 음식을 대접하는 건 조너선이었다. 조너선은 냉장고로 가 뜯겨있는 봉지에서 연어 몇 점을 꺼내 접시에 담으며 내게 따뜻하게 미소 지어보였다. 나는 눈을 가늘게 뜬 채 그를 바라보았다. 조녀선의 행동은 평소와 달랐다. 정확히 뭐가 다른지 정확히 짚어내긴 어려웠지만 말이다. 그러는 대신 나는 연어를 먹은 후 부엌 창틀에 자리를 잡았다. 조녀선을 지켜보면서도 밖을 내다볼 수도 있는, 아주 좋은 자리였다.

나는 조녀선이 요리하는 모습을 즐겁게 지켜봤다. 그는 아주 멋있어 보이는 하얀색 셔츠와 청바지로 갈아입었다. 좋은 냄새도 났다. 그는 요리를 하면서 휘파람을 불었다. 조녀선에게서는 새로운 에너지가 느껴졌다. 봄 내음을 맡으며 산책하는 고양이에게서 느껴질 법한 에너지였다.

초인종이 울리자 조녀선은 거의 껑충거리다시피 현관문으로 달려갔다. 잠시 후 여자 한 명을 끌고 오는 조녀선을 본 나는 그의 기분을 이해할 수 있었다. 여자는 키가 크고 호리호리했으며, 긴 적갈색 머리를 가지고 있었다. 그녀도 조녀선과 비슷한 흰색 셔츠와 청바지 차림이었다. 확실히 내가 지금껏 본 여자들과는 달라보였다. 매력적이긴 했지만, 지금껏 조녀선이 데려온 여자들 같지는 않았다. 더 깔끔히 그루밍한 모습이었고, 당장이라도 입은 옷이 미끄러져 벗겨질 것처럼 생기지 않았달까.

"필리파, 와인 한 잔 줄까?"

"그거 좋지. 고마워."

그녀의 목소리는 아주 우아했다.

"레드? 화이트?"

"레드와인으로 할게."

조너선은 여자를 부엌 테이블에 앉힌 후, 와인 한 잔을 갖다줬다.

"고마워."

나는 여전히 창틀에 앉아있었지만, 그녀는 날 쳐다보지도 않았다. 나는 그녀에게 나 좀 보라며 야옹거렸다.

"고양이야?"

그녀가 물었다.

당연히 고양이지. 무슨 저런 바보 같은 질문이 다 있담!

"응. 이름은 알피야."

조너선이 대답했다.

"고양이 키우는 남자 같지는 않았는데."

여자의 건조한 말에, 나는 모욕당한 기분을 느꼈다.

"이사 올 때부터 여기 있었어. 고양이는커녕 반려동물은 키우려는 생각도 없었어. 그런데 썩 괜찮은 고양이더라고."

나는 우쭐해졌다. 못된 여자 같으니. 똑똑히 들어두라고! 조너선은 정말 나를 좋아했다.

"난 고양이 싫어해."

여자가 말했다. 나는 내 귀를 믿을 수 없었다. 그녀를 할퀴어버리고 싶은 마음이 들기까지 했지만, 그러면 안 된다는 걸 알았다.

"쓸모가 있는 것도 아니잖아."

나는 조너선이 그녀의 말에 반박하고 날 두둔해 주길 기다렸다.

"뱀이나 도마뱀을 키웠으면 더 쓸모 있어 보였겠네."

조너선은 농담을 했다.

"개만 있었어도 그랬을 거야. 근데 고양이라니."

"괜찮은 고양이야. 너도 익숙해질 거야. 와인 더 마실래?"

나는 완전히 토라져서 창틀에서 뛰어내려 아주 큰 소리로 쉬익거린 다음, 부엌을 성큼성큼 나가버렸다.

"저것 봐. 너 때문에 기분 상했대."

조너선은 화내지 않고 웃음을 터뜨렸다. 당연히 화내면 안 되는 일이었다.

"망할 고양이일 뿐이잖아. 기분이 상하든 말든."

그 말을 끝으로, 나는 집 밖으로 나왔다.

다음 며칠 동안은 클레어네 집에서 저녁 시간을 보냈다. 잔뜩 취해서 돌아온 날 이후로, 클레어는 그녀답지 않은 모습을 보였다. 여전히 매일 출근했지만 저녁에 집에 돌아오면 슬픈 얼굴을 했다. 왜 그러는지는 알 수 없었지만, 나는 며칠 동안 그녀에게 더욱 주의를 기울였다. 클레어에게 뭐가 필요한지 정확히는 알 수 없지만 내가 곁에 있다는 사실만큼은 확실히 알려주고 싶었다. 클레어가 괜찮을 수만 있다면 뭐든 하겠다는 걸 말이다.

클레어와 함께 저녁을 먹고 있는데, 그녀의 휴대폰이 울렸다. 그녀는 화면을 쳐다보고 눈을 한 번 깜빡이고는 전화를 받았다.

"여보세요."

클레어는 살짝 당황한 눈치였다.

"오, 조. 안녕하세요."

정적이 흘렀다. 조가 클레어에게 무슨 말을 하는지는 들리지 않았다.

"그날 밤은 정말 미안해요. 너무 취했어요. 평소엔 그렇게까지 취하도록 마시지 않거든요."

글쎄. 내 생각은 다른데. 그렇게 와인을 마셔놓고도 그렇게 생각하나? 물론 그렇게까지 심하게 취한 적은 없긴 했다.

그녀의 통화는 조금 더 이어졌다. 통화가 길어질수록 클레어의 얼굴에는 커다란 미소가 피어올랐다. 전화를 끊은 클레어는 나를 들어올리더니 헝겊 인형마냥 끌어안았다.

"오, 알피. 내가 일을 망친 건 아닌가 봐. 내일 밤 저녁을 먹으러 온대. 정말 이상한 사람처럼 보였을까 봐 걱정했는데. 맙소사, 뭘 입지? 뭘 요리하지? 데이트 안 한 지 몇 년은 됐는데. 몇 달도 아니고 몇 년이나 됐다고! 안 되겠다. 타샤 한테 전화해야겠어."

클레어는 팔짝 뛰어오르고 춤추며 집 안을 돌아다녔다.

잘 알지도 못하는 남자의 전화가 나보다 훨씬 더 도움이 되었다니! 클레어를 돕는 건 내가 되고 싶었는데. 인간들이 란. 아무리 노력해도 고양이인 나는 그들을 제대로, 완벽히 이해할 수는 없는 모양이다.

나는 클레어가 잔뜩 흥분한 모습으로 타샤에게 전화를 거 는 걸 보고 밖으로 나왔다. 조너선네로 향하는 동안, 나는 그 의 집에서 어떤 상황을 맞이하게 될까 상상해 봤다. 고양이 문으로 들어가니 부엌은 깨끗했고, 아무도 없었다. 거실로 들어가니 통화를 하는 조너선의 모습이 보였다.

"괜찮아. 너한테 요리해 주는 거 재미있었어."

잠시 정적이 흘렀다.

"나도 일 때문에 바쁜데, 수요일은 어때?"

또다시 정적이 흘렀다.

"잘됐네. 내가 식당 예약할게. 그때 봐, 필리파."

전화를 끊은 조너선은 거실에 있는 나를 발견했다.

"알피, 요 녀석."

그는 애정 어린 손길로 나를 들어올려 무릎 위에 앉혔다.

"나 지금 너무 행복해. 필리파와는 아주 옛날부터 알고 지낸 사이야. 싱가포르로 가기 전부터 말이야. 당시 우리는 서로 다른 애인이 있었어. 필리파는 내 예전 직장동료랑 동거하고 있었지. 그런데 둘 다 애인이 없는 상태에서 필리파와 다시 마주친 거야. 내 기분이 어땠을지 이해돼? 물론 고양이가 남자들한테 어울리는 반려동물은 아니지만 네가 내 행운의 부적인 건 확실한 것 같다."

조녀선은 웃고는 또다시 '헬스장'이라는 곳으로 갈 준비를 했다.

다시 클레어네로 향하면서, 난 던지면 제자리를 찾아오는 '요요'가 된 것 같은 기분이 들었다. 클레어는 부엌에서 뭔가를 적고 있었다.

"안녕, 아가."

나는 순간적으로 아기가 어디 있나 싶어 주변을 돌아볼 뻔했지만, 날 말하는 거라는 사실을 알아차렸다. 나는 클레어 곁의 의자에 앉아 그녀가 뭔가를 적는 모습을 지켜봤다. 글을 읽을 수 있었다면 참 좋았을 텐데. 초인종이 울리자 클레어는 현관문으로 향했고, 타샤를 데리고 돌아왔다.

"와줘서 고마워요. 타샤만 한 친구도 없을 거예요."

"뭘요. 그날 먼저 가버릴 게 아니었는데. 같이 집에 가자고 하지 않아서 미안했어요."

타샤는 나를 끌어안았다.

"제가 너무 취했잖아요."

"저도 마찬가지였는걸요. 그래서 다른 사람들한테 맡기고 가버린 거죠. 어쨌든 잘됐어요. 조도 확실히 당신을 좋아하는 것 같고, 당신도 조를 좋아하니까요. 내일 조랑 데이트도 할 거고."

"떨어지는 낙엽만 봐도 깔깔대는 고등학생이 된 것 같아요. 겁이 나서 어쩔 줄 모르겠다는 기분도 들고요. 세상에. 어쨌든 당신이 있어서 다행이에요. 이걸 만들려 했는데요."

클레어는 방금 적은 것을 타샤에게 보여줬다.

"조가 이탈리아 음식을 좋아하는지도 모르지만, 직접 만든 라자냐와 그린샐러드면…… 좀 진부해도 괜찮겠죠?"

"아주 좋은데요? 조는 뭘 먹든 상관없을걸요? 어차피 당신이 입은 옷만 볼 테니까요."

"그렇지만 뭘 입을지도 모르겠는걸요!"

클레어는 투덜댔다.

"위층으로 가요. 옷쯤이야 금방 고를 수 있을 거예요."

두 사람은 깔깔댔다.

나는 두 사람을 따라 클레어의 침실로 들어갔다. 클레어와 나는 침대에 털썩 주저앉았고, 타샤는 옷장을 열어 대대적으로 탐색하기 시작했다.

"뭐 입을 생각이에요?"

타샤가 물었다.

"드레스를 입을까 했어요. 드레스가 잘 어울리거든요. 하지만 집에서 데이트하는데 너무 힘준 것처럼 보이고 싶지는 않아요."

"청바지로 하죠. 청바지에 딱 붙는 섹시한 상의면 딱 좋을 거예요."

타샤는 상의를 마구잡이로 꺼내기 시작했다.

"청바지랑 상의를 잘 매치하면 원하는 메시지를 던질 수 있죠. 게다가 지금 당신 몸매가 얼마나 예쁜데요. 조는 정신을 못 차릴걸요."

"그랬으면 좋겠네요. 조가 정말 좋아요."

"기억이 잘 안 나는데, 빨간 머리 남자였던가요?"

"네, 머리 스타일도 멋지고 재미있는 사람이에요."

"당신은 재미있는 사람을 만날 자격이 있어요."

"맞아요. 저도 그렇게 생각해요."

클레어는 깔깔거렸다.

"이거 한번 입어봐요. 어떤지 봐줄게요."

나는 침대에 앉아 웃음을 터뜨리며 패션쇼를 펼치는 두 사람을 구경했다. 최근 며칠 절망하는 클레어의 모습을 봐서 그런지, 그녀가 다시 웃는 소릴 들으니까 마음이 놓였다. 하지만 걱정이 되기도 했다. 클레어가 잘 알지도 모르는 남자가 저렇게까지 그녀를 웃게 만들 수도 있는 건가? 클레어가 정말 다시 데이트할 준비가 된 걸까? 내가 전문가는 아닐지 몰라도, 잠깐이지만 다시 처음 이곳으로 이사 왔을 때의 모습으로 돌아왔었는데. 감히 내 의견을 말하자면 클레어는 여전히 아주 불안정했다. 계속 그녀를 지켜볼 필요가 있었다.

두 사람은 마침내 클레어가 입을 옷을 결정했고, 아래층으로 내려갔다.

"차 한 잔 마실래요?"

클레어가 물었다.

"괜찮아요. 이만 가봐야겠어요. 데이브가 오늘 저녁은 꼭 같이 먹자고 했거든요."

"오, 이런. 여기까지 오게 해서 미안해요."

"무슨 소리예요. 재미있었는데요. 어쨌든 회사에서 봐요. 조랑 데이트하기 전에 둘이서만 얘기할 기회가 없을까 봐 지금 하는 말인데, 데이트는 재미있자고 하는 거예요. 꼭 조가 당신의 '반쪽'일 필요는 없어요. 그냥 즐겨요. 그냥 데이트일 뿐이라는 거 명심하고요."

"맞아요. 너무 심각하게는 생각하지 말아야죠. 아직 콩깍지가 씌어서 그래요. 노력할게요."

타샤가 떠난 후, 나는 클레어와 함께 소파에 몸을 파묻었다.

"요즘 내가 너무 엉망이었지? 미안해. 사랑해, 알피."

나는 클레어에게 최고의 고양이 미소를 지어보였다.

"너도 보다시피 상황이 나아지고 있어."

나는 동의의 의미로 가르랑거렸다. 클레어의 말이 맞기를 바랐다. 어째선지 자꾸 의구심이 들긴 했지만 말이다.

23

나는 22B에서 황급히 뛰쳐나왔다. 이미 늦어버렸지만. 프란체스카와 알렉스가 몇 시간 동안 내게 온갖 옷을 입혀 사진을 찍으며 즐거워했고, 작은 토마츠는 웃음을 멈추지 않아 내게 실컷 창피를 준 후였으니까. 그들은 내게 선글라스를 씌우거나 스카프를 두르는 등 집 안에서 찾을 수 있는 건 뭐든 내게 걸쳐봤다. 그러고는 프란체스카의 휴대폰으로 사진을 찍은 후 다 같이 웃음을 터뜨렸다. 내가 그런 취급 당할 정도는 아닌데! 하지만 그들 생각은 다른 것 같았다. 처음에는 씩씩거리며 도망쳤지만, 결국 얼마 못 가 감당할 수밖에 없었다. 다행히 나는 이미 그들을 사랑하고 있었기 때문에 언젠가는 용서해 줄 수 있으리라는 걸 알았다. (아마 내일쯤이면 용서하겠지?) 그렇지만 또 정어리를 주지 않는다면 용서고 뭐고 없다는 걸 명심하기를 바란다!

고양이 옷 입히기 놀이는 오후 내내 계속됐다. 클레어를 보러 가고 싶었기 때문에 폴리와 헨리는 미처 만나지 못했다. 클레어가 조와 저녁 식사를 하기 전에 그녀의 기분이 괜찮은지 확인하고 싶었다.

고양이 문으로 달려 들어온 나는 그녀의 다리를 마주쳤다. 클레어는 근사해 보였고, 음식 냄새는 맛있었다. 나는 클레어의 다리에 몸을 비비며 인사했다.

"거기 있었구나. 안 그래도 걱정하던 차였어. 저녁 먹을래? 빨리 와. 좀 있으면 조가 올 거거든."

클레어는 서둘러 접시에 나를 위한 음식을 담았다. 그녀는 내 그릇 전용 깔개를 마련해 뒀다. 나는 조용히 저녁 식사를 한 후, 내 몸 구석구석을 그루밍했다. 나도 조에게 최대한 잘 보이고 싶었다.

클레어는 요리를 하고, 내 그릇을 씻고, 머리를 단장하느라 바삐 움직였다. 하지만 그것 때문에 스트레스받는 것 같진 않았고, 오히려 여느 때보다도 가장 흥분한 모습이었다. 나도 덩달아 설레기 시작했다.

초인종이 울리자, 우리는 둘 다 펄쩍 뛰었다. 클레어는 다시 한번 머리에 볼륨을 넣고, 나는 발바닥으로 털을 가다듬었다. 그러고는 현관문으로 향하는 클레어를 따라갔다.

조는 커다란 꽃다발 뒤에 서있었다. 나는 클레어가 취해서 들어온 날 밤 그를 잠깐 만난 적이 있어서 그를 알아봤다. 얼굴은 꽃다발로 숨겨도 그 빨간 머리는 잊기 어려웠다.

"조, 들어와요."

그는 안으로 들어와서 클레어의 뺨에 뽀뽀한 뒤 꽃다발을 건넸다. 와인 한 병도 함께였다.

"고마워요. 예쁘네요. 거실로 와요. 와인 따라줄게요. 화이트 와인 괜찮아요?"

"좋죠. 아, 길 잃을 걱정은 마세요. 거실이 어디인지 잘 기억하고 있으니까요."

조는 클레어에게 윙크해 보였다. 나는 나를 무시하는 조에게 화를 내는 대신 두 사람을 뒤따라 거실로 들어갔다. 조는 소파에 앉았고, 나는 조 앞의 바닥에 앉았다.

"저번에 알피를 만나셨던가요?"

클레어가 물었다.

"만난 적 없는 것 같네요. 안녕, 알피."

조는 손을 뻗어 나를 쓰다듬었다.

"귀여운 고양이네요."

조는 미소 지으며 말했다. 하지만 나는 그게 진심이 아니란 걸 알았다. 그런 티가 났다. 우선 지난번에 클레어를 부축하며 들어왔을 때 거의 내 위에 앉을 뻔한 것부터가 그랬다. 분명히 나를 봤으면서도 말이다. 게다가 나는 사람들이 쓰다듬는 손길의 느낌만으로 그들의 성격을 파악할 수 있었다. 물론 성격을 파악하는 다른 방법들도 많지만, 정말 고양이를 좋아하는 사람이라면 진심을 담아 쓰다듬기 마련이다. 고양이를 쓰다듬는 건 인간들끼리의 악수와 비슷하다고 볼 수도 있다. 상대방의 손을 잡고 정중하고 단단한 악수를 하는 사람도 있지만, 상대방의 손을 거의 만지지 않는 사람도 있다. 조의 성의 없는 손길에서는 진심이 느껴지지 않았고, 그래서 슬펐다. 조녀선의 친구도 대놓고 나를 싫어하던데, 조도 마음속으로는 날 싫어하다니. 상황이 별로 좋지 않았다.

와인을 따르기 위해 클레어가 자리를 비운 동안, 조는 거실을 둘러보면서도 내게는 눈길조차 주지 않았다. 내 짐작이 맞다는 것을 확인할 수 있는 순간이었다. 나는 그에게 다가가려 했지만, 그는 나를 못된 눈빛으로 쳐다봤다.

"꺼져, 고양이 새끼야."

그는 조용히 속삭였다. 나는 모멸감을 느끼며 슬그머니 멀어져 의자 밑에 앉았다. 저녁 시간 동안 두 사람의 모습을 지켜봐야겠다는 생각이 들었다. 어차피 저녁 식사에 초대받을 수는 없을 게 뻔했으니 말이다.

클레어는 행복해 보였고, 조도 클레어에게 좋은 모습을

보이긴 했지만 나는 곧바로 그가 행동을 꾸며내고 있다는 사실을 알아챘다. 단순히 나를 대할 때의 행동 때문만은 아니었다. 조는 클레어를 웃게 만들었다. 정말 이해가 안 됐다. 그의 말은 한마디도 웃기지 않았으니까.

"저는 광고 일이 정말 좋아요."

그는 말했다.

"창의적인 일이기도 하고, 광고주 응대하는 것도 좋아요. 특히 다른 사람들과 직접 얼굴을 맞댈 수 있는 게 제일 좋아요."

"그럴 수도 있겠네요. 전 광고주 응대할 일이 없을 때가 더 좋지만요. 그냥 주어진 일을 완수하는 게 저한테는 더 쉽더라고요."

"무슨 뜻인지는 알아요. 그래도 도전적이잖아요. 나한테 아주 좋은 아이디어가 있지만, 광고주가 그걸 싫어한다고 생각해 봐요. 간절히 원하는 아이디어라서 계속해서 주장을 하다 보면 광고주가 설득당할 때가 있죠. 그럴 때 느끼는 짜릿함은 말도 못 하잖아요."

"아무래도 마케팅 일은 당신 적성에 더 맞는 것 같네요. 어쨌든 런던에 온 후로 저도 그 일에 익숙해지고 있긴 해요."

"그래도 엑서터랑은 다르죠?"

"엄청 달라요. 그래도 이사 와서 정말 행복해요."

"그걸로 건배해요. 새로운 출발과 친구들을 위하여."

두 사람은 서로의 잔을 부딪쳤다.

"그럼 새로운 친구분, 같이 저녁 먹어요. 부디 식중독에 걸리지 않으면 좋겠네요."

두 사람이 저녁 식사를 하는 동안 나는 식탁 아래에 앉아 둘의 대화를 엿들었다. 내 음식에는 관심이 전혀 가지 않았다. 조는 외모로만 볼 때는 썩 괜찮은 남자였다. 밝은 빨간 머리에 파란 눈까지. 하지만 지루한 남자였다. 그는 자기 얘기만 잔뜩 늘어놨고, 나는 클레어가 조의 한마디 한마디에 매달리는 모습에 화가 났다. 재미있고, 똑똑하며, 사랑스러운 클레어가 조와의 저녁 식사 자리에서 멍청해지다니. 조녀선이 예전에 만나고 다니던 여자들 같았다.

클레어는 조의 모든 말에 동의했다. 조가 사냥을 좋아한다고 말했을 때마저도 그랬다. 클레어가 사냥을 싫어한다는 건 나조차도 아는 일이었는데! 클레어는 내가 처음 이곳에 들어왔을 때부터 죽은 동물은 절대 가져오지 말아 달라고 했다. 아무런 이유도 없이 뭘 죽이는 건 싫다고 하면서. 내가 인간의 말을 할 수만 있었다면, 죽은 동물을 갖다주는 건 고양이에게 있어서 사랑과 애정을 표현하는 방법이라고 대답했을 것이다. 그러는 대신 나는 클레어의 부탁을 존중했다. 하지만 클레어는 맞은편에 앉아 총 쏘기 좋은 계절이나 꿩의 털을 뽑는 데에 대해 이야기하는 멍청한 남자 앞에서 내게 한 말을 그대로 하지도 않았다. 괘씸해서 죽은 새라도 갖다주고 싶은 마음이 들 정도였다.

나는 아무런 관심도 못 받은 채 식탁 밑에서 토라져 있었다. 두 사람은 소파로 돌아가더니 보기 힘들 정도로 깊은 키스를 나누기 시작했다. 마치 레슬링이라도 하는 것처럼 말이다. 나는 두 사람 사이를 떼어놓아 클레어를 구해주기라도 해야 하나 싶었지만, 그녀가 내는 소리를 들으니 도움이 필요할 것 같지는 않았다.

"너무 아름다워요."

조는 잠시 입술을 떼고 말했다.

"당신도 멋져요. 침실로 가요."

두 사람은 뒤를 돌아보지도 않고 거의 달리다시피 빠른 발걸음으로 위층으로 올라갔다. 둘 다 내 존재는 까맣게 잊어버린 듯했다.

거리에 앉아 밤하늘을 올려다보고 있자니 불안감이 점점 커져갔다. 클레어에게도, 조너선에게도 버림받는 건 아닐까 걱정이 됐다. 두 사람이 부디 나를 버리지 않기를 바랐다. 나는 네 군데의 집을 오가면서도, 내 묘생은 여전히 위태로운 것처럼 느껴졌다. 특히나 클레어와 조너선에게 나를 좋아하지 않는 '친구'가 생긴 것 같으니 말이다. 그런 건 미처 예상하지 못했다.

너그러운 주인을 만나는 것과 다른 고양이들과 가까워지는 것은 한 가지 문제이기도 했지만, 서로 다른 문제이기도 했다. 아그네스마저도 처음 만났을 때 내게 차갑게 굴긴 했지만 실은 착한 고양이라는 사실을 알 수 있었다. 조너선도 마찬가지였다. 비록 괴팍한 사람이긴 했지만, 그에게도 착한 본성이 있다는 건 알 수 있었다. 하지만 필리파나 조에게서는 좋은 점을 단 한 가지조차도 찾을 수 없었다. 그래서 두 사람 때문에 다치게 될까 봐 겁이 났다.

24

보기 드문 광경이었다. 프란체스카가 울고 있었다. 큰 토마
츠는 일을 쉬는 날이라 프란체스카에게 '어디에 발이라도 올
려놓고 푹 쉬라'고 말하며 두 아들을 모두 데리고 나갔다. 하
지만 프란체스카는 그러지 않았다. 그녀는 노트북을 꺼냈고,
진한 커피를 만들었고, 화면 속의 누군가와 이야기를 나눴다.
그녀의 엄마인 것 같았다. 회색 머리와 더 많은 주름만 제외
하면 프란체스카와 닮아보였기 때문이었다. 내가 프란체스
카의 무릎 위에 앉자, 두 사람은 웃음을 터뜨렸다. 그녀가 내
이름을 말하는 게 들렸다. 아마 날 소개하는 모양이었다.

폴란드어로 오랜 대화를 나눈 뒤, 프란체스카는 울음을
터뜨렸다. 프란체스카의 무릎에서 벗어나 있던 나는 다시 재

빨리 그녀에게 가까이 다가갔다. 그러자 프란체스카는 나를 들어올리고 끌어안았다. 나는 에드거 로드의 그 어떤 누구보다도 프란체스카를 향한 뜨거운 감정을 느꼈다. 사람들을 차별하는 걸 그리 좋아하지는 않지만 말이다.

"오, 알피."

프란체스카의 흐느낌은 내 심장을 찢어놓는 것만 같았다.

"엄마가 너무 보고 싶어. 아빠도, 여동생들도. 가끔 다시는 모두를 못 볼 것 같다는 생각이 들어."

나는 이해한다는 말을 전하고 싶어서 그녀를 빤히 쳐다봤다. 그녀의 마음이 정말 이해됐다. 어디를 가든 나는 온몸으로 마거릿과 아그네스를 잃은 상실감을 느꼈다. 내 털로, 내 발바닥으로, 내 심장으로 절절하게.

"토마츠도, 우리 애들도 사랑하지. 더 잘 살려고 여기 왔지. 토마츠도 직장 아주 좋아해. 실력 좋은 셰프고, 여기에 기회 있어. 결혼할 때 욕심 많은 거 알았어. 직접 식당 차리고 싶어 하고, 정말 언젠가는 그럴 수 있을 것 같아. 그러니 지지해 줘야 해. 물론 지지해. 그렇지만 너무 외롭고 무서워."

나는 그게 무슨 기분인지 잘 알았다.

"애들이 여기 있을 때는 기분 숨겨. 하지만 혼자 있을 때면 갑자기 전부 느껴져. 토마츠는 몰랐으면 좋겠어. 너무 열심히 일하고, 피곤해하고, 우리 생활 잘 이끌려고 노력해. 여기 직장이 좋기는 하지만, 물가 더 비싸. 그래서 걱정도 많아. 가끔은 우리 모두 걱정하고, 나는 그럴 가치가 있나 싶기도 해. 계속 고향에 있으면 안 돼? 하지만 토마츠가 더 많은 걸 원하는 거 알아. 토마츠를 위해서도, 애들을 위해서도."

그리고 프란체스카는, 내 사랑스럽고 멋진 친구는 손바닥에 얼굴을 파묻고 흐느끼기 시작했다.

우리는 잠시 그대로 있었다. 마치 영원처럼 느껴지는 시간이었다. 마침내 프란체스카는 부드러운 손길로 나를 내려놓은 뒤 자리에서 일어나 화장실로 갔다. 그러고는 얼굴을 씻은 뒤 클레어가 그랬듯 뭔가를 발랐다. 프란체스카는 몸을 꼿꼿이 세우며 거울을 보고 미소 짓는 연습을 했다.

"이러는 건 그만해야지."

그 말에 나는 그녀가 자주 이랬던 건지 궁금해졌다. 그리고 그러지 않았기를 바랐다. 프란체스카와 단둘이 있어본 건 처음이었다. 언제나 그녀의 눈빛에서 멍하니 먼 곳을 보는 듯한 느낌을 받기는 했지만, 그건 혼자서 숨을 돌릴 수 있는 찰나에만 그럴 뿐이었다.

프란체스카가 기운을 차리자마자 초인종이 울렸다. 그녀는 맨발로 카펫이 깔린 계단을 내려갔다. 현관문 앞에는 폴리가 와인 한 병을 들고 서있었다.

"안녕하세요!"

프란체스카는 놀란 것 같았다. 나도 마찬가지였다. 거의 미소를 짓지 않는 폴리가 지금껏 본 것보다 가장 편안한 미소를 지어보였기 때문이었다.

"그거 알아요? 방금 퇴근한 맷을 마중 나가서 같이 집으로 돌아오다가 토마츠랑 마주쳤지 뭐예요. 당신 남편 말이에요."

폴리는 신나서 숨을 몰아쉬고 있었고, 그 어느 때보다 더 아름다워 보였다.

"어쨌든 맷하고 토마츠가 이런저런 얘길 하다 보니 축구 얘기가 나왔는데, 맷이 큰 텔레비전으로 같이 경기 보자고 제안하더라고요. 엄청 큰 텔레비전이 맷의 자랑이거든요. 거기다 남자들이 애들 먹이는 것까지 해주겠대요. 덕분에 우리 둘은 와인이랑 자유시간 즐길 수 있고요! 여기요."

프란체스카는 혼란스러운 표정을 했다가 곧 미소 지었다.

"들어오세요, 남편들 마음 바뀌기 전에."

두 사람은 웃음을 터뜨렸다.

"물론 평소 같았으면 헨리가 절대 제 눈 밖을 벗어나지 못하게 했겠지만 이제 헨리가 이유식도 잘 먹고 있고, 유축해 둔 모유도 있거든요. 그래서 맷이 저더러 혼자만의 시간을 못 가질 이유가 뭐냐고 하더라고요. 와인 한잔 즐기는 게 대수냐고요."

폴리는 프란체스카를 따라 부엌으로 들어갔다. 그곳에서 프란체스카는 두 사람의 잔에 와인을 따랐다.

"나 즈드로비에."

프란체스카는 잔을 들어올리며 말했다.

"건배라는 뜻이겠죠?"

폴리가 말했다.

두 사람은 거실에 앉았고, 나도 그들을 따라 앉았다. 나는 내게 아는 척해 주지 않은 폴리에게 속상해하지 않으려 노력했다. 애초에 나한테 아는 척을 잘 하지 않는 사람이었으니까. 내가 보기에 폴리는 나를 언제나 뒷전으로 여기는 것 같았다. 하지만 내가 특별히 싫어서라기보다는 좋아하는 것도, 좋아하는 사람도 딱히 없어서 그런 것 같았다. 폴리가 조나 필리파와는 달리 진심으로 나쁜 사람은 아니라는 것은 잘 알고 있었다.

"그래서, 괜찮으세요?"

프란체스카가 물었다.

"그런 것 같아요. 헨리가 태어난 후로 떨어져 본 적이 없거든요. 단 한 시간조차도요. 그러면 안 되는 걸 알지만요. 물론 맷이 헨리를 돌봐줄 때는 잠을 자기도 했지만, 항상 같은 공간에 있었죠. 오늘이 헨리랑 가장 멀리 떨어져 본 날이에요."

"우리 엄마들도 때로 휴식 필요해요."

"맞아요. 그렇지만 벌써 죄책감이 들어요."

신나보이던 폴리의 눈가에는 그늘이 지기 시작했다.

"엄마의 죄책감요. 그거 임신하면 바로 생겨요."

프란체스카는 약하게 웃었다.

"그런 것 같아요. 우리 엄마도 그러더라고요. 엄마 보고 싶네요."

폴리의 눈빛에 슬픔이 아른거렸다.

"저도요. 저도 엄마 너무 보고 싶어요."

"우리 공통점이 많은 것 같네요."

폴리는 미소 지었다. 그녀의 치아는 하얗고 완벽하게 가지런했다. 예전에 모델이었다고 해도 믿을 수 있을 정도였다.

"그럼 슬픈 건 그만하고, 즐겨요. 한 시간밖에 안 되니까 최선을 다해 아껴 써야죠."

"좋아요. 폴리가 제 첫 영국인 친구예요."

"당신은 제가 런던에서 처음으로 사귄 친구고요. 당신이 바로 옆집에 살아서 정말 좋아요."

두 사람의 벅찬 모습에 나도 조금은 울컥해졌다. 오늘은 여러모로 종일 감정적인 날이다.

두 사람이 마신 와인은 두어 잔밖에 되지 않았는데도 벌써 폴리가 떠날 시간이 됐다. 하지만 두 사람은 깔깔거리며 웃었고, 그 모습은 행복해 보였다. 큰 토마츠는 아들들을 데리고 집으로 돌아왔고, 폴리는 도착했을 때만큼이나 밝은 모습으로 돌아갔다.

"잘 있어요, 프랭키."

폴리는 프란체스카의 볼에 뽀뽀하며 그녀가 가르쳐 준 애칭을 불렀다.

"맷은 좋은 남자야."

프란체스카와 단둘이 남겨진 후, 큰 토마츠가 말했다.

"좋은 가족이지. 친구가 될 수 있을 것 같아."

"응. 근데 우리가 폴란드인이라 무시받는 것 같아."

큰 토마츠의 얼굴이 어두워졌다.

"나도 알아. 다들 그러잖아. 옆집 사람들은 안 그래서 다행이야."

프란체스카의 눈빛도 어두워졌다.

"그렇지만 다른 사람들은……."

"그 얘기는 하지 말자, 토마츠. 안 하면 좋겠어."

프란체스카의 얼굴은 걱정으로 굳어졌다.

"미안해. 하지만 얘기해야 될 것 같아."

"겨우 여자 한 명이잖아. 곧 멈출 거야. 나이 든 여자라, 요즘 세상 이해 못 해."

"하지만 우리한테 돌아오는 게 없어. 여기 살면서 당신이 속상한 것도 싫고."

"제발 그만해, 토마츠. 쉬는 날도 거의 없으면서. 쉬는 날
까지 이러지 마."

프란체스카는 거실을 벗어나 아들들을 보러 갔다. 나는
프란체스카가 무슨 말을 하는 건지, 내가 뭘 이해 못 하는 건
지 고민했다. 누군가 프란체스카에게 나쁜 말을 한 모양이었
다. 만약 누가 그랬는지 알게 된다면, 내 프란체스카를 슬프
게 만든 그 사람에게 가서 쉬익거리는 소리를 내고, 침을 뱉
고, 할퀴어 줄 텐데.

나는 밖으로 나가려 현관문 앞에 앉아 누군가 문을 열어
주길 기다렸다. 답 없는 질문들이 더 많아졌지만, 우선은 클
레어와 조너선부터 확인하러 가고 싶었다. 내 저녁 식사 메
뉴가 뭔지 확인하러 갈 때가 되기도 했다.

25

상황은 더 나빠졌다. 나는 걱정 많은 고양이가 되고 있었다. 지금까지 내 계획은 차질 없이 진행되고 있었다. 아니, 오히려 전반적으로 아주 잘 진행되고 있었다. 하지만 지난 몇 개월 사이, 전부 망가지기 시작했다.

조녀선은 점점 더 자주 외박하기 시작하면서 날 위한 음식을 놓아두는 걸 잊는 날이 잦아졌다. 그러다 오랜만에 마주치면 엄청나게 미안해했다. 하지만 얼굴에는 미친 고양이 같은 미소가 서려있어서 나는 조녀선의 사과를 전혀 믿지 않았다. 끔찍한 필리파를 만난 후, 조녀선은 갑자기 아주 행복해했지만 필리파는 그다지 나를 좋아하지 않았다. 그녀는 조녀선의 집을 방문할 때마다 내가 가구 위에 올라가면 안 된다든가, 내가 아주 비위생적이라는 말을 하며 법석을 떨었다. 참 속 보이는 거짓말이었다. (나는 가장 깨끗한 고양이에 속한다고!) 나는 내 외모에 자신감이 큰 편이었다. 필리파는 그냥 날 좋아하지 않을 뿐이었다.

어제 저녁 식사 시간에 맞춰 조녀선네 집에 도착했을 때는 필리파가 소파에 앉아있는 걸 발견했다. 그것도 원래는 내가 앉는 조녀선 옆자리에! 조녀선은 커다란 신문을 읽고 있었고, 필리파는 잡지를 읽고 있었다. 둘 다 그 자리에 오래 앉아있었던 것 같았다. 짜증이 나서 온몸의 털이 곤두서는 느낌이었다. 조녀선은 시선을 들고 나를 쳐다봤다.

"알피, 어디 갔나 했어. 부엌에 먹을 것 좀 놔뒀는데."

나는 조녀선을 쳐다봤다. 음식이 놓여있는 걸 보지 못했기 때문이었다.

"내가 도로 냉장고에 넣어놨어. 어떻게 밑에다 음식을 놔둬? 더럽게."

필리파가 말했다. 나는 최대한 못된 표정을 지으며 그녀를 쳐다봤다. 조녀선마저도 눈썹을 치켜올렸다. 그는 말없이 자리에서 일어나 부엌으로 향했고, 나는 그를 따라갔다. 조녀선은 부엌에서 날 위해 남겨둔 음식을 찾아 꺼내서 내 앞에 내려놓았다.

"미안해, 친구."

조녀선은 거실로 돌아가며 말했다.

식사를 마친 나는 여전히 같은 자리에 앉아있는 두 사람을 발견했다. 나는 밥을 줘서 고맙다는 의미로 조녀선의 무릎 위로 뛰어올랐다.

"싫지 않아?"

필리파는 조녀선을 나무라듯 쳐다보며 물었다. 내가 보기엔 조금 오만하다고 느껴질 정도의 표정이었다.

"괜찮아. 착한 고양이야."

"애완동물이 가구로 올라가는 건 별로 안 좋은 것 같은데."

"알피는 털도 많이 안 빠지는데, 뭘."

조녀선이 내 편을 들다니, 기분이 이상했다. 처음 만났을 때만 해도 가구는 물론이고 아예 집에 들어오지도 말라며 나무라던 조녀선이 말이다.

"내가 보기엔 안 좋다는 거지. 너 출근했을 때도 이럴까? 밤에는 어디에서 자는데?"

나는 또다시 필리파를 할퀴고 싶어졌다. 뭐 이렇게 무례한 여자가 다 있지?

"다른 고양이랑 똑같겠지, 뭐. 사냥도 하고, 다른 고양이들이랑 어울리기도 하고. 행복해 보이기도 하고, 항상 집에 돌아오기는 하니까 상관없잖아. 왜 걱정해?"

"우리 같은 사람들한테 애완동물은 사치잖아."

필리파가 대답했다.

"그리고 쟤가 어디 있는지 모를 때 걱정할 정도면……."

"지금 고양이 얘기하는 거 맞아? 무슨 초등학생 애 키워?"

조너선은 웃었고, 필리파는 억지 미소를 지었다. 꼭 얼굴이 반으로 갈라질 것 같은 모습이었다.

"어쨌든 조너선, 집까지 태워줄래? 여기 머물면서 계속 고양이 얘기를 나누는 것도 좋지만 가서 내일 출근 준비 해야 하거든."

"물론이지, 자기야. 차 키 가지고 올게. 근데 태워주기만 하고 바로 돌아와야 해. 확인해야 할 자료가 좀 있거든."

조너선이 차 키를 가지러 간 사이, 필리파는 아주 못된 표정으로 나를 쳐다봤다. 나도 그녀를 향해 하악거렸다. 그러자 필리파는 코웃음을 쳤다.

"넌 나한테 한 입 거리도 안 돼."

필리파는 내게 으르렁거리고는, 조너선이 돌아오기 전에 다시 얌전한 척을 했다.

가장 슬펐던 것은 두 사람이 함께 잘 때면 날 위한 캐시미어 이불 따위는 없었다는 사실이다. 한 번은 그들을 따라 침실로 들어간 적이 있는데, 필리파는 내가 그녀를 죽이기라도 할 것처럼 소리를 질러댔다. 나는 그런 짓 따위 안 하는데! 조너선은 억울한 나를 안아들고 복도에 내려놓은 다음, 내가 다시 들어오지 못하도록 침실 문을 닫았다. 이제는 필리파가 없을 때만 그의 침실에 들어갈 수 있는 모양이었다.

필리파가 나를 비난할 때마다 조녀선은 그녀의 말에 반박해 줬다. 하지만 그가 진심으로 나를 위해 싸워준다는 느낌이 들지는 않아서 실망스러웠다. 조녀선은 한동안 그의 친구가 나뿐이었다는 사실을 잊어버린 것 같았다. 배신자!

클레어도 다를 바가 없었다. 내 사랑스럽고 다정한 클레어는 조에게 푹 빠진 나머지 그가 이 세상의 주인이라도 되는 것처럼 굴었다. 조가 무슨 말을 하든 클레어는 그의 말에 동의하거나 그의 말이 재미있다는 듯 웃었다. 사실은 전혀 재미가 없는데도 말이다.

두 사람 관계의 문제는 조가 언제나 클레어의 집으로 왔다는 것이다. 조는 자기 집은 별로 크지도 않고, 짜증 나는 룸메이트가 있다고 말했다. 그래서 두 사람의 첫 저녁 식사 후로 조는 클레어네 집에서 살다시피 했다. 클레어네 집에 이사 온 거나 다름없어 보였다.

그리고 조는 클레어에게 대놓고 내 흉을 보지는 않지만, 필리파보다 더 나쁜 사람이었다. 왜냐하면 나를 좋아하는 척하다가도 클레어가 자리를 비우기만 하면 나를 쓰레기 보듯 쳐다봤기 때문이다. 한 번은 자기 앞에 알짱거린다는 이유만으로 나를 차버릴 뻔한 적도 있었다. 내 순발력 덕분에 그의 발길질을 피할 수 있었던 게 천만다행이었다. 하지만 내가 잘 피하니 조는 당연하게도 더 화가 나보였다. 클레어 앞에서는 절대로 그런 티를 내지 않았지만 말이다.

클레어는 항상 내 식사를 챙겨주었으나 조와 함께 있을 때면 거의 나를 무시했다. 더는 환영받는 느낌이 들지 않았다. 나는 누군가 나를 거슬려하는 것을 금방 알아채는 아주 영리한 고양이였다.

마거릿은 참 든든한 사람이었는데, 조녀선과 클레어는 그렇지 않았다. 나는 타이거에게 조언을 구했지만, 그녀는 모르겠다고 답했다. 그녀의 주인들은 언제나 집을 나서기 전에 타이거를 보살펴 줬고, 나쁜 사람들이 아니었다. 두 사람 다 고양이를 좋아하니 당연한 일이었다. 조녀선과 클레어도 고양이를 좋아하는 사람과 함께라면 얼마나 좋을까? 안정적인 미래를 보장받으려면 조와 필리파는 내 인생에 끼어들 수 없었다. 즉, 두 사람을 클레어와 조녀선에게서 떨어뜨려 놓아야 했다. 하지만 도대체 어떻게 해야 그럴 수 있는지 방법을 알 수 없었다.

또 다른 문제는 날씨였다. 길고양이 신세가 되기 전까지 나는 언제나 날씨가 좋을 때만 외출했다. 날씨가 어떻든 나는 언제나 용기를 냈고, 또 잘 살아남았지만, 그렇다고 궂은 날씨가 좋은 건 아니었다. 비는 일주일 내내 그치질 않았다. 클레어는 여름이 일찍 찾아왔기 때문이라고 했지만, 나는 그 거랑 비가 내리는 거랑 무슨 상관인지 이해하지 못했다. 비는 거의 끊임없이 쏟아지듯 내렸다. 그래서 22번지까지 걸어가기는 아주 어려웠고, 그곳은 겨우 한 번만 들를 수 있었다. 그래서 프란체스카와 폴리네 가족을 며칠 동안 만나지 못했다. 나는 클레어나 조너선의 창가에 앉아 무거운 마음으로 창문을 때리는 빗방울을 지켜보았다.

클레어네 집에서 창밖을 바라보고 있는데, 조와 클레어가 아래층으로 내려왔다.

"미안해, 자기. 나 알피한테 밥만 주고 가야 해. 아침 일찍 회의가 있거든."

"나랑 커피도 같이 못 마셔?"

조가 물었다.

"자기 때문에 늦었잖아."

클레어는 깔깔거렸다.

"커피 마실 거면 알아서 나가야 할 것 같은데 괜찮겠어?"

"당연하지."

조는 클레어의 엉덩이를 꼬집으며 씨익 웃었다. 클레어는 부엌에서 내 식사를 챙겨준 뒤, 코트를 입고 집을 나섰다. 나는 그런 그녀의 모습을 믿을 수 없는 눈으로 바라봤다. 조는 클레어가 나가는 모습을 지켜본 뒤 나를 쳐다봤다.

"비 오는데 밖에 있긴 싫겠지?"

혼란스러운 조의 말에 나는 자신 없는 야옹 소리를 냈다.

"그러든지 말든지."

조는 내 목을 잡고 날 거칠게 들어올리더니 현관문 밖으로 내던졌다. 다행히 안전히 발로 착지하긴 했지만, 속상한 기분이 들었다. 목은 쓰라렸고, 몸은 비에 젖어들고 있었다. 나는 분노로 몸을 떨며 성큼성큼 걸어갔다.

나는 어차피 몸이 젖은 김에 용기를 내 22번지 사람들을 보러 가기로 마음먹었다. 22번지에 도착했을 때, 나는 물에 빠진 생쥐 꼴이 됐다. 나는 야옹거리며 프란체스카네 현관문을 긁어댔지만, 아무런 반응이 없었다. 폴리네 집에서도 아무런 소리가 들리지 않았다. 다들 어디 가기라도 했나 싶었다. 이렇게 궂은 날씨에 굳이 외출할 이유가 없을 것 같았지만 말이다. 나는 실의에 빠졌다.

비가 잦아들기 시작해, 나는 공원의 연못까지 걸어갔다. 이렇게 끔찍한 아침은 처음이어서 나비나 새를 쫓으며 기분 전환이라도 할 생각이었다. 나비나 새가 쏟아지는 장대비를 피해 숨어있을 거라는 생각은 미처 하지 못했다. 연못에 도착했을 때는 아무것도 찾을 수 없었다. 그래서 나는 연못에 비친 내 모습을 쫓는 걸로 만족하기로 하고, 최대한 연못 가까이 다가갔다.

그러나 얼굴을 물에 비춰보기 전, 나는 진흙으로 질척거리는 풀을 밟고 순식간에 미끄러지고 말았다. 나는 절박하게 발톱으로 연못 둑을 잡으려 했지만, 소용없었다. 나는 시커먼 물길을 빠져나가려 허우적거렸다. 그럴수록 바닥이 너무 미끄러워서 오히려 얼어붙을 듯 차가운 연못으로 가까워지기만 했다. 겁에 질린 나는 큰 소리로 울부짖었다. 완전히 연못에 빠져버리면 어떻게 되는 거지? 나는 수영을 못했고, 급히 주변을 둘러보아도 빠져나갈 방법이 없어보였다.

발톱으로 잡을 연못 둑을 찾아 헤매는 동안 내 아홉 개의 목숨이 스쳐 지나갔다. 나는 발바닥을 허우적대며 뭐든 잡아보려 애썼고, 온 힘을 다해 큰 소리로 울부짖었다. 하지만 더는 버틸 수가 없었고, 꼬리부터 연못에 잠기는 것이 느껴지자 나는 희망을 잃기 시작했다. 나는 아주 큰 '퐁당' 소리와 함께 연못에 빠졌다.

연못에 잠기자마자 가장 먼저 느껴진 것은 차가움이었다. 나는 수면 위로 올라오려 애쓰며 또다시 꽥꽥거렸지만, 내 머리는 계속해서 물에 잠기길 반복했다. 이대로면 모든 힘을 잃고 그대로 완전히 잠겨버릴 것만 같았다.

"알피? 너 알피니?"

익숙한 고함이 들렸다. 다시 수면 위로 고개를 내민 나는 맷의 목소리라는 사실을 알아차렸다. 나는 또다시 울부짖으려 했지만, 목소리가 나오지 않았다. 귓가에 들리는 소리라곤 내 머리가 수면 아래로 잠겼다 나오길 반복하면서 들리는 물소리뿐이었다.

"알피, 수영해 봐! 내가 잡아줄게!"

맷이 소리쳤다. 나는 젖 먹던 힘을 다해 발바닥으로 헤엄을 쳤다. 맷은 진흙 위에 무릎을 꿇고 앉아 몸을 앞으로 기울이고 있었다.

"이 나뭇가지 잡아 봐!"

맷이 나를 향해 나뭇가지를 흔드는 모습이 보였다. 나는 발바닥을 내밀었지만, 나뭇가지는 너무 멀리 있었다. 나는 또다시 물속으로 잠겼다. 다시 수면 위로 올라왔을 때, 맷은 거의 연못에 들어와 있었다.

"알피, 거의 다 왔어. 움직이지 말아 봐."

맷은 애걸하듯 말하며 팔을 뻗어 나를 잡으려 했지만, 거센 물길은 다시 나를 아래로 잡아당겼다.

더는 힘을 낼 수 없었다. 하지만 나는 다시 수면 위로 올라오려 절박하게 힘을 쥐어짰다. 눈을 감은 순간, 나를 잡는 손길이 느껴졌다. 나를 잡은 손아귀의 힘이 거세지자, 나는 또다시 꽥꽥거렸다. 그러다 갑자기 모든 게 멈췄다.

눈을 떠보니, 나는 둑 위로 올라온 맷 위에 누워있었다. 맷은 비 때문에 흠뻑 젖은 모습이었고, 그의 옷은 진흙투성이였다.

"세상에. 네가 죽는 줄 알았어."

맷은 나를 바짝 끌어안으며 말했다. 나는 너무 지쳐서 아무 말도 하지 못한 채, 그저 그의 품에 쓰러지듯 파묻혔다.

"집으로 가서 몸 좀 말리고 병원에 가든지 하자."

안심해서 긴장이 풀린 나는 몸에 힘이 하나도 없어서 조금도 움직이지 않았다.

나와 함께 집에 들어온 맷은 나를 화장실로 데려가 내 몸을 부드러운 수건으로 감싸줬다. 그러고는 화장실에서 나가더니 깨끗한 옷으로 갈아입은 모습으로 돌아왔다. 나는 수건에 몸을 바짝 파묻었다. 너무 지쳐서 꼼짝도 할 수 없었다. 맷은 나를 부드럽게 안아들고 거실로 간 다음 나를 소파에 내려놨다. 그러고는 그릇에 우유를 따라주었고, 나는 감사한 마음으로 마셨다.

"어쩌다 연못에 빠진 거야?"

맷의 물음에 나는 꽥 울부짖었다.

"이렇게 비가 많이 오고 바닥이 진흙투성이일 때는 연못에 가면 안 돼. 불쌍하기도 해라. 이제 괜찮니?"

나는 가르랑거렸다. 이제 힘도 돌아오고 있었고, 맷 덕분에 몸 상태도 나아졌다. 그런 위험을 감수한 나 자신에게 화가 났지만, 적어도 내겐 일곱 개의 목숨이 남아있었다.

"아, 다들 어디 갔는지 궁금하니? 폴리랑 프란체스카랑 애들 말이야."

나는 조용히 야옹거렸다.

"여기엔 없어. 프란체스카는 애들을 데리고 몇 주 동안 폴란드에 있을 예정이야. 토마츠가 깜짝 선물로 예약해 놨거든. 폴리는 몸이 심하게 아파서 나을 때까지 장모님 댁에서 지내기로 했고, 폴리가 회복해서 돌아오기 전까지는 주말마다 내가 그리로 갈 생각이었어."

그는 마르기 시작한 내 털을 쓰다듬었다.

"어차피 오늘 오후는 집에서 일할 예정이었거든. 그러니까 여기에서 나랑 있어도 돼!"

쾌활하고 다정한 맷 덕분에 나는 순식간에 기분이 좋아졌다.

거의 죽을 뻔한 나를 돌봐줄 프란체스카와 알레스키가 없긴 했지만, 맷이 있어서 참 다행이었다. 나는 스스로를 동정하고 있었다. 특히 끔찍한 조 때문에 이런 꼴이 되었으니까. 하지만 맷이 내 마음을 녹였다. 조금은 다시 외로워진 기분이었고, 프란체스카네 가족과 폴리가 보고 싶었다.

물론 궂은 날씨 탓에 최근 들어 계속 이곳을 방문하지 못

했으니, 그들이 내게 어디 간다고 말할 기회가 없긴 했다. 마지막으로 프란체스카를 만났을 때, 그녀에게 엄마가 필요하다는 건 알고 있었다. 폴리도 필요로 하는 게 있었다. 나는 이기적인 마음을 버리려 노력했다. 그들이 지금은 없을지라도 결국 돌아올 테니 그 사실에 감사하기로 마음먹었다. 어차피 몇 주만 기다리면 됐다. 언제나 불안해하는 고양이인 나에게도 그건 그리 긴 시간은 아니었다.

우유를 다 마신 후, 나는 맷과 폴리의 소파 위에서 몸을 웅크리고 잠들었다. 그리고 내가 사랑하는 모든 사람이 나오는 꿈을 꿨다. 과거의 사랑인 마거릿과 아그네스, 현재의 사랑인 클레어와 조너선, 프란체스카, 토마츠와 알레스키, 폴리, 맷, 그리고 헨리도. 모든 게 완벽하지 않다는 이유만으로 불평할 수는 없는 일이었다. 얼마 전만 해도 내게는 가족이 단 한 명도 없었다. 그러니 지금 내 상황에 더 감사할 필요가 있었다.

몇 시간 후, 잠에서 깬 나의 털은 뽀송뽀송했다. 컨디션도 좋았다. 나는 몸을 흔든 후 소파에서 내려왔다. 내 축축한 털 때문에 젖은 수건은 거기 그대로 뒀다. 나는 맷의 무릎 위로 올라가 그의 주의를 끈 다음, 현관문으로 다가가 그 앞에 섰다.

"이제 가고 싶구나?"

맷은 미소 지었다.

"그래도 나아진 것 같아서 다행이다. 다들 항상 네가 여길 나가면 어디로 가나 궁금했는데. 널 기다리는 가족이 있나 봐."

나는 한쪽으로 고개를 기울였다. 맷은 문을 열어줬다.

"잘 가, 알피. 언제든 또 오고."

나는 그대로 클레어네 집으로 가서 그녀가 퇴근하기를 기다렸다. 아침의 충격이 완전히 가시지는 않은 상태였기에, 나는 내 침대에 웅크려 누워 몸을 데우려 했다. 물론 이제 털이 다 마르긴 했지만, 물에 푹 젖은 후에 느껴지는 추위와 약간의 트라우마가 남아있었다.

곧 열쇠가 문을 여는 소리가 들리고, 클레어가 안으로 들어왔다. 다행히 혼자였고, 나는 그녀에게 다가가 야단법석을 떨었다. 그녀의 사랑이 필요했다. 그 어느 때보다 그녀의 사랑이 간절했다. 클레어는 나를 사랑스럽게 껴안은 후 나를 내려놓고 먹을 걸 내주었다.

"오늘따라 왜 그래?"

그녀는 음식 그릇을 내려놓으며 말했다. 나는 그녀의 다리에 거의 달라붙다시피 했다.

"싫은 건 아니야."

그녀는 웃었다.

"요즘 들어 네가 나한테 토라진 줄 알았거든. 타샤는 내가 너무 조한테만 관심을 줘서 질투하는 거 아니냐고 하더라."

나는 타샤의 말이 틀렸다고, 질투하는 게 아니라고 말하고 싶었다. 그냥 짜증이 난 것뿐이라고! 하지만 난 야옹 소리밖에 낼 수 없었고, 클레어가 내 뜻을 얼마나 알아들은 건지는 알 수 없었다.

"알피, 그래도 여전히 나한텐 네가 1순위 남자야."

그녀는 애정이 담긴 손길로 나를 간질였다.

"너한테 그런 확신을 줄 수 있게 내가 더 노력할게."

그녀는 다시 웃었다. 농담하듯 말할 게 아니라 정말 진지하게 생각해야 할 문제인데.

식사를 하고 있는데, 클레어의 휴대폰이 울렸다.

"오, 안녕하세요, 타샤. 전화해 줘서 고마워요."

클레어는 쾌활하게 말했다. 잠깐의 정적이 흘렀다.

"아뇨, 미안해요. 북클럽에 가려고 했는데 집으로 가는 길에 조한테 전화를 받았어요. 직장에서 너무 힘들었다고 하길래, 집으로 오라고 했거든요. 그래서 오늘은 못 갈 것 같아요."

또다시 정적이 흘렀다.

"물론 친구보다 조가 중요한 건 아니죠. 근데 조 목소리가 너무 낙담한 것처럼 들려서요. 광고주 한 명이 조에 대해서 불평했다나 봐요. 너무 딱하더라고요."

또 한 번 정적이 흘렀다.

"이해해 줘서 고마워요. 내일 밤 같이 한잔이라도 해요. 절대 약속 취소 안 할게요."

이제는 타샤에게 화가 났다. 왜 그렇게까지 이해해 주지? 클레어는 왜 다른 누구보다 조 같은 끔찍한 남자를 먼저 생각해 주는 거람? 조가 오늘 아침 나를 쫓아내지만 않았더라도 내가 익사할 뻔할 일은 없었을 텐데 말이다.

클레어는 조가 도착할 시간에 맞춰 옷을 갈아입고, 화장을 고치고, 이미 티끌 하나 없는 집을 청소했다.

"왔어, 자기?"

그녀는 조를 따뜻하게 안아주었다.

"맥주 있어?"

조는 그녀를 똑같이 안아주기는커녕 인사도 없이 물었다.

"응, 자기한테 주려고 좀 사다 놨지. 하나 갖다줄게."

클레어는 혼란스럽고 상처받은 것 같았다. 또다시 머릿속에 경고 스위치가 켜졌다. 조는 클레어를 처음 만났을 때만큼 다정하지 않았다. 조는 나를 좋아하지 않는 건 물론이고, 이제는 클레어마저 좋아하지 않는 것처럼 굴었다. 조는 클레어에게 어울리는 남자가 아니었다.

갑자기 조에 대한 안 좋은 느낌이 그저 내 약한 자존감 때문만은 아니라는 불안감이 들었다. 조는 소파에 앉아 리모컨으로 텔레비전을 켰다. 클레어는 그에게 맥주를 건네준 후 그 옆에 앉았다.

"무슨 일인지 얘기 안 해줄 거야?"

클레어는 머뭇거리며 물었다.

"축구나 보고 싶네. 곧 시작하거든. 저녁은 만들었어?"

"아니, 원래는 북클럽에 갈 예정이었거든. 그래서 저녁 준비는 미처 못 했어."

"그럼 중국 음식이라도 배달시키지?"

"어……. 알았어. 메뉴는?"

조의 차가운 태도에 속상해하는 클레어를 보니 나까지 속상해졌다. 조는 '부탁해'라든가, '고마워' 등의 엇비슷한 말조차 하지 않았다.

"돼지갈비랑 탕수육이랑 돼지고기계란볶음밥."

조는 다시 텔레비전 화면에 집중했고, 클레어는 거실에서 나갔다. 나는 그녀를 따라 부엌으로 들어갔다. 클레어는 서랍을 열어 배달 음식 메뉴를 꺼냈다. 나는 그녀의 다리에 몸을 비볐다.

"일이 힘들어서 저러는 거야."

클레어의 속삭임에 나는 쉬익거리는 소리로 대답했다. 무슨 소리야? 끔찍한 남자라서 저러는 거지! 내 짐작이 옳았다. 처음 조를 만났을 때부터 나는 그가 형편없는 사람이라는 것을 알아봤다. 고양이로서의 내 직감은 틀린 적이 없다.

조는 말 그대로 가식덩어리였다. 날 좋아하는 척, 클레어에게 다정한 척. 시간이 지날수록 그는 다정함의 허물을 벗고 있었다. 아무래도 클레어는 남자를 보는 눈이 없는 것 같았다. 물론 날 만날 만큼 운이 좋긴 했지만. 하지만 클레어는 내가 삶에서 가장 중요하게 생각하는 규칙을 알지 못했다. 고양이를 싫어하는 사람은 절대로 믿어서는 안 된다는 규칙 말이다.

나는 조녀선을 보러 가고 싶었지만, 클레어를 이렇게 취약한 상황에 내버려둘 수는 없었다. 그 어느 때보다도 지금 그녀에게 내가 필요하다는 생각이 들었다. 아무 말 없이 조 옆에 앉아 배달 음식을 기다리는 클레어는 충격을 받아 혼란스러운 듯한 표정을 지었다. 배달 음식이 도착했을 때, 조는 자리에서 일어나지도, 음식값을 내려 하지도 않았다. 결국 음식값을 치르는 것도, 음식을 접시에 담는 것도 클레어가 했다.

"밥 안 먹어? 차렸는데."

클레어는 모든 접시를 식탁에 올리며 말했다.

"경기 보고 있잖아. 여기에서 먹으면 안 돼?"

클레어는 아주 슬픈 눈으로 성질을 내는 조를 바라봤다.

"소파에서 먹는 건 싫은데."

그녀는 또다시 소심하게 말했다.

"텔레비전은 부엌에서도 볼 수 있잖아."

"아, 진짜."

조는 공격적으로 소리 질렀고, 클레어는 펄쩍 뛰었다. 나는 최대한 몸을 크게 부풀리며 조를 향해 하악거렸다.

"이게 지금 어디서 하악거려?"

조는 자리에서 일어나며 말했다. 클레어는 어쩔 줄 몰라 했지만, 나는 겁나지 않았다. 나는 그를 향해 침을 뱉고는 또다시 하악질을 했다.

"지저분한 벼룩투성이 털뭉치 주제에."

죽일 듯이 노려보는 조의 모습에 나는 겁에 질려 공처럼 움츠러들며 울부짖었다.

"조, 지금 뭐 하는 거야? 왜 알피한테 소리를 지르고 그래?"

클레어는 조용하지만 단단한 목소리로 말했다. 조는 그녀를 쳐다봤다. 어떻게 반응할지 고민하는 듯한 눈빛이었다.

"미안."

조는 진심이 담기지 않은 목소리로 말했다.

"미안. 소리 지른 건 너무했어. 미안해, 알피. 내가 알피를 다치게 하지 않을 거란 건 자기도 알잖아. 그냥 일이 지옥 같아서 그래. 클레어, 정말 미안해. 부엌으로 가자. 저녁 먹게. 내가 더 잘할게. 약속해."

클레어는 머뭇거렸지만 조를 따라 부엌으로 들어갔다. 두 사람은 식탁에 앉았고, 조는 팔을 뻗어 그녀의 손을 잡았다.

"정말 미안해. 진심이야, 자기야."

그렇게 말은 했지만, 그에게서는 전혀 진심이 느껴지지 않았다.

"괜찮아. 근데 말해주면 안 돼? 직장에서 무슨 일이 있었길래 그래?"

"내 광고주 한 명이 큰 실수를 쳤거든. 캠페인 예산을 완전히 잘못 계산한 거야. 그랬다가 우리 청구서를 받더니 불같이 화를 내더라고. 그러더니 자기 실수한 흔적을 덮고는 나한테 누명을 씌우려고 하더라."

"너무하네."

클레어가 말했다.

"문제는 우리한테 좋은 광고주였는데 이제는 계약을 끊겠답시고 협박하고 있다는 거야. 그래서 광고 대행사 입장에서는 내가 희생양이 돼야 하는 거지. 조사가 진행되는 동안 정직시킬 거라든가, 이러쿵저러쿵 말이 많아."

"그래도 나중에는 자기 탓이 아니라는 게 밝혀지겠지?"

클레어는 근심 가득한 표정을 지었다.

"당연하지. 괜찮을 거야. 사내 정치가 그렇지 뭐. 근데 문제는 다음 주 내내 일하러 갈 수 없다는 거야. 얼마나 창피한지!"

"자기 마음 이해해. 난 자기 응원하는 거 알지?"

"다시 한번 미안해. 내가 자기한테 얼마나 고마운지 몰라."

조는 미소 지었다. 조는 또다시 매력적인 모습의 가면을 썼고, 클레어는 우유 그릇을 바닥까지 핥는 고양이처럼 그런 조를 단숨에 용서했다.

나는 클레어에게 소리를 지르고 싶었다. 조가 얼마나 쓰레기 같은 인간인지 깨닫게 만들고 싶었다. 조가 원하는 건 뻔했다. 평생 공짜로 중국 음식 먹기, 소파에 앉아 건네주는 맥주를 마시며 축구 보기 같은 것들. 그런 남자에 관한 이야기는 익히 들었다.

내 고양이 본능으로 느끼기에 직장에서 일어나는 문제의 원인은 조였다. 그 어느 때보다 책임을 져야 할 것도 조였다. 나는 내 클레어에게 조가 어울리기는커녕 그녀의 발끝에도 미치지 못한다는 것을 깨달았다.

26

나는 조녀선의 집에서 그가 퇴근하기만을 목이 빠지게 기다렸다.

몇 주 사이에 상황은 더 악화됐다. 에드거 로드에 머무르기로 결심했을 때만 해도 모든 문제가 사라진 것 같은 기분이었는데 말이다. 함께할 가족을 찾는 과정에서의 즐거움은 사라진 지 오래였다. 걱정할 것들도, 불확실한 것들도 너무 많아졌다. 하지만 인제 와서 이곳을 떠나기에는 이곳 사람들의 삶에 너무 유대감이 깊어졌다. 당연하지만 오갈 데가 없어서 에드거 로드를 못 떠나는 건 아니었다.

22번지의 가족들이 그리웠다. 다들 멀리 떠나있었기 때문에 그곳을 방문한대도 별 소득이 없을 터였다. 그런데도 나는 나도 모르는 사이에 그곳까지 찾아가 그들을 그리워하곤 했다.

조녀선네 집에 들르는 것은 그리 나쁘지 않았다. 대부분 그 끔찍한 필리파가 있었지만, 그게 큰 문제가 되지는 않았다. 적어도 그녀와의 관계가 어느 정도인지는 확실히 알고 있었으니까. 그리고 필리파는 나한테는 못되게 굴어도 조녀선에게는 다정했다. 적어도 가끔은. 항상 조녀선에게 명령을 해대긴 했지만, 그는 싫어하지 않는 것 같았다. 어쩐지 인간이라는 존재는 이해하려 들수록 더 어려워지는 것 같았다.

그날 밤, 집에 돌아온 조녀선은 내가 깜짝 놀랄 정도로 나를 귀여워해 줬다.

"필리파는 출장 갔어. 앞으로 며칠 동안은 우리 둘뿐이야."

나는 기쁨에 젖어서 입맛을 다셨다. 이렇게까지 행복해하면 안 되는데. 그렇지만 조녀선이 내게 이렇게까지 잘해주는 유일한 이유는 그의 바보 같은 여자친구가 없어서일 뿐이었다. 그래도 나는 조녀선이 내게 보여주는 애정 자체에 감사했다. 나는 그와 단둘이 남겨진 시간을 최대한 잘 활용해 보기로 했다. 내가 얼마나 매력적인 고양이인지 다시 깨닫게 된다면 다시는 필리파가 나를 비난하거나 욕하게 두지는 않을 테니까.

조녀선과 단둘이 즐거운 남자끼리의 시간을 보내는 동안 우리는 촉각과 후각으로 서로 더욱 가까워졌다. 나는 그와 더 가까워진 내 마음을 표현하기 위해 그에게 몇 번 더 선물을 건넸다.

이상한 것은, 그녀가 곁에 없을 때 조녀선이 더 행복해하는 것 같았다는 사실이다. 밤마다 필리파와 통화하긴 했지만. 조녀선은 필리파와 함께 있을 때는 바짝 경계를 세운 모습을 보였다. 하지만 그녀가 없을 때는 헬스장 갈 때 입는 옷을 입었고, 음식 그릇을 밤새 한쪽으로 밀어두기도 했고, 더 편안해 보였다.

물론 나도 깨끗한 고양이인 편이라 지저분한 게 정말 좋은 건지 확신할 순 없었다. 그럼에도 나는 인간들이 왜 그리 바보 같은지 이해할 수 없었다. 클레어는 확실히 조가 없을 때 더 행복해 보였고, 조녀선도 필리파가 없을 때 더 행복해 보였다. 고향을 방문해 엄마를 만나고 돌아왔을 때, 클레어는 타샤와 친구가 되었고 북클럽에 가입해 다른 이들과 교류했으며 꽤 행복한 생활을 했다. 하지만 조와 만난 후, 클레어의 삶은 오히려 어딘가 부족한 모습이 됐다. 반짝거리던 그녀의 모습이 사라진 것이다. 조녀선도 필리파와 함께일 때는 긴장한 모습이었고, 그녀가 떠나있으니 오히려 기뻐하는 것 같았다.

정말 단 한 움큼도 그들을 이해할 수가 없었다.

그 후 며칠간, 조너선과 내게는 일종의 새로운 일상이 생겼다. 물론 클레어와도 충분한 시간을 보내려 노력했지만, 조너선과 보내는 시간이 현저히 많아졌다. 우리는 함께 식사를 했고, 나는 신선한 생선을 잔뜩 얻어먹을 수 있었다. 천국이 따로 없었다. 프란체스카의 정어리가 그립지 않을 정도였다.

우리는 함께 텔레비전을 봤다. 조너선은 맥주를 들고 소파에 푹 주저앉았고, 나는 그의 옆에 자리 잡았다. 그럼 그는 멍하니 나를 쓰다듬고는 했다. 우리는 다시 같은 침대에서 잠들었고, 캐시미어 이불도 돌아왔다. 조너선이 내게 말을 거는 일도 잦아졌다. 그는 이제 즐겁게 다니고 있는 직장에 관한 이야기나 주말에 친구들과 술을 마시러 갈 거라는 이야기, 자기가 다니고 있는 헬스장에 관해서도 나에게 다 이야기해 주었다. 그가 헬스장에 그렇게 자주 가는 이유는 '스스로를 완전히 놓아버리고 싶지 않아서'라고 했다. 그가 내게 말하지 않는 유일한 주제는 필리파였다. 그것만으로도 모든 게 설명됐다.

하지만 매일 저녁 조너선은 필리파와의 통화를 보고 싶다는 말과 함께 마무리했다. 사랑한다는 말까지 했다. 믿을 수가 없었다. 그의 말도, 그가 필리파를 보고 싶어 하며 사랑한다는 사실도.

그쯤 되자 나는 또 다른 계획을 세웠다. 그간 일어난 모든 일들이 내게 새로운 아이디어를 심어줬기 때문이다. 내가 뭘 해야 할지 이제는 확실해졌다. 조녀선은 필리파와 함께해도 정말 행복할 수 없었고, 조도 클레어에게 어울리지 않는 남자다. 그러니 클레어와 조녀선을 연결시켜 줘야겠다는, 아주 기발한 아이디어가 떠오른 것이다. 애초에 프란체스카와 폴리가 친구가 된 것도 다 내 덕분이니까! 클레어와 조녀선은 둘 다 나를 사랑했고, 아주 잘 어울렸다. 두 사람을 이어줄 방법만 찾을 수 있다면 되는 일이었다.

한 번은 조녀선이 날 따라 집 밖으로 나오게 하려고 애를 썼다. 근처에 클레어가 있을 법한 타이밍을 노려 무슨 문제라도 있는 것처럼 크게 야옹 하고 운 것이다. 하지만 하필이면 그때 조녀선의 휴대폰이 울렸고, 그가 전화를 끊었을 때는 두 사람이 만나기엔 이미 너무 늦어버렸다.

클레어에게 울부짖은 후 달려 나가며 그녀가 나를 따라 조녀선네 집으로 오게 만들려는 시도도 했다. 하지만 클레어는 내가 장난을 친다고 생각했고, '바보같이 굴지 말라'고 했다. 보다시피 두 사람을 만나게 할 계획은 어그러져 버렸다. 하지만 나는 결단력 있는 고양이로서 포기할 생각은 없었다. 포기할 수 없었다. 클레어가 진심으로 걱정됐으니까.

중국 음식을 함께 배달시킨 날부터 조는 계속해서 클레어의 집에 붙어있었다. 딱 한 번 클레어네 집에서 나온 적이 있는데, 그것조차 자기 물건을 담은 가방을 가져오기 위해서였다. 그는 하루 종일 앉아서 텔레비전을 보며 클레어의 음식을 먹었고, 클레어가 일을 마친 후 돌아오면 그녀에게 못되게 굴었다가 사과하며 직장에서의 스트레스 때문이라는 핑계를 댔다.

조는 몇 번이나 나를 발로 차려 했고 나는 늘 피했지만, 그럴 때마다 조는 더 위협적인 태도를 보였다. 나는 클레어가 걱정돼서 그 집을 떠나지 못했다. 그 집에 있을 때마다 점점 더 불안해졌다.

나는 코빼기도 보이지 않는 타샤가 보고 싶었다. 이곳에는 그저 조뿐이었다. 그는 꿈쩍도 할 생각 없이 클레어의 소파에 앉아있었고, 클레어는 겁먹은 쥐처럼 그의 시중을 들었다.

조가 클레어를 대하는 태도를 볼수록 그를 우리의 삶에서 내보내야 한다는 생각은 더욱 확고해졌다. 하지만 클레어는 마치 조의 마법에 걸리기라도 한 것처럼 행동했다. 조를 기쁘게 해주려는 노력을 계속하느라 더는 행복해 보이지 않았는데도 그 사실을 깨닫지조차 못한 듯했다.

내가 이해할 수 없는 또 다른 인간의 모순이었다. 타샤와 이야기를 나누고 싶었다. 우리 둘이 머리를 맞대면 묘수가 나오지 않을까 싶어서 말이다. 타샤라면 친구인 클레어에게 무슨 일이 생겼는지 알아차릴 만했으니까. 하지만 불가능한 일이었다.

그래서 대신 나는 일종의 숨어다니는 투명 고양이가 됐다. 나는 가구 뒤로 숨어 조의 눈에 띄지 않으면서도 귀를 쫑긋 세워 모든 소리에 귀 기울이는 데 능숙해졌다. 클레어가 집을 비울 때면 조는 자주 통화를 했다. 나는 그가 진짜 직장으로 돌아갈 생각은 없다는 걸 알았다. 잘못이 조에게 있다는 내 짐작이 애초부터 옳았던 것이다. 게다가 그는 클레어의 집을 떠날 생각도 없다. 자기 원룸을 포기할 생각인 듯했다. 현실이 아주 엉망진창인 최악을 향해 달려가고 있었다!

나는 클레어가 집으로 돌아온 후에야 모습을 드러내곤 했다. 그녀는 여전히 나를 귀여워해 줬고 내게 음식을 줬지만 조에게 영향을 받기 시작한 것 같았다. 그녀는 항상 피곤한 모습을 보였고, 또다시 말라가고 있었다. 내가 걱정할 수밖에 없는 상태가 되고 있는 것이다.

그날 저녁, 조는 클레어가 집에 돌아오자마자 저녁 메뉴가 뭔지 물었다.

"스테이크 있어."

클레어는 지친 목소리로 대답했다.

"좋아. 준비되면 알려줘."

클레어가 집에 있을 때면 조는 하루 종일 텔레비전을 보고 맥주를 마시며 클레어가 모든 일을 다 하도록 내버려뒀다. 그는 집을 청소하지도, 제대로 씻지도, 장을 보지도 않았으며 요리마저도 하지 않았다. 그럼에도 불구하고 클레어는 조에게 아무 말도 하지 못했다. 워낙 깔끔한 사람이라 분명속상할 텐데 말이다. 나도 내 고양이 장난감을 아무 데나 놔두지 않는데!

나는 조가 절대 클레어를 떠나지 않으리라는 확신을 느꼈다. 더 최악인 것은 클레어도 그에게 이만 나가달라는 말조차 하지 않는다는 사실이었다. 내가 믿지 않는 이 끔찍한 남자에게 클레어를 버려둘 수는 없는 일이었다. 에드거 로드에서의 내 임무는 더욱 막중해졌다. 내 필요성이 가장 중요해지는 암흑의 시기가 찾아왔다.

나는 어떻게 하면 좋을지 거의 매일 고민했다. 마거릿과 아그네스의 아주 단순한 집을 떠나 두 명의 주된 가족과 두 파트타임 가족과 함께 살면서도 살아남기 위해 고군분투해야 하는 현실이라니. 그 모두와의 내 상황이 소용돌이치는 것 같았다. 난 그냥 고양이일 뿐인데. 이런 혼란스러운 시련을 겪을 만큼 강하지 않다고!

27

정말 다행이었다. 22번지 사람들이 돌아오는 날이었다. 그곳으로 향하는 길에 나는 창문으로 폴리를 발견했다. 그녀는 잠든 듯한 헨리를 안고 있었다. 프란체스카도 두 아들과 함께였다. 나는 창턱으로 뛰어 올라갔고, 알레스키는 기뻐하며 "알피!" 하고 소리쳤다. 프란체스카는 폴리에게 뭔가를 말하고는 현관 밖으로 나와 나를 들여보내 줬다.

정말 최고의 환대였다. 알레스키도, 작은 토마츠도 내게서 떨어질 줄을 몰랐다. 작은 토마츠는 뭔가 폴란드로 떠나기 전보다 더 커진 것 같았다. 폴리도 나를 보고 조금은 반겨주는 느낌이었다. 게다가 훨씬 행복하고 건강해 보였다. 언제나 폴리의 눈 주변에 있던 어둑한 원은 보이지 않았다.

"보고 싶어. 보고 싶어."

알레스키는 계속해서 말했다. 내가 울 수만 있었다면 감격의 눈물을 흘렸을 법할 정도로 사랑스러운 순간이었다. 나는 눈물을 흘리는 대신 오후 내내 흐뭇한 고양이 미소를 지었다.

"집에 돌아오니까 어때요?"

폴리는 헨리를 요람에 눕힌 후 프란체스카와 함께 마실 차를 만들러 들어가며 물었다.

"괜찮아요. 고향에 가서 가족 봤어요. 정말 좋았어요. 하지만 토마츠 보고 싶어요. 애들도 아빠 보고 싶어요. 이젠 여기가 집이에요. 폴란드 떠나서 슬펐지만, 돌아와서 기뻐요. 이해돼요?"

"그럼요. 저도 프란체스카를 다시 만나게 돼서 기쁘지만 돌아오고 싶지 않기도 했으니까요. 물론 맷이 보고 싶긴 했지만, 엄마가 헨리 돌보는 걸 도와줘서 너무 좋았거든요. 몸을 회복하고 나서도 차라리 여기보단 거기 있는 게 낫겠다 싶더라니까요. 끔찍하게 들리겠지만요. 그래도 당신처럼 런던에 사는 걸 긍정적으로 생각해야죠. 돌아오는 게 너무 싫었지만요."

폴리는 다시 슬픈 표정을 지었다.

"오, 폴리. 안됐어요. 맷한테 얘기해 봐요."

"소용없어요. 맷한테 직장이 얼마나 중요한데요. 저도 한

때는 모델이었지만, 헨리를 낳았으니 다시 일하지는 못하겠죠. 딱히 다시 일하고 싶은 마음도 없긴 하지만요. 그러니 우리 미래를 위한 최선을 선택해야죠. 런던이 맞는 선택이에요. 맷이 맨체스터에서 벌던 것보다 훨씬 더 많은 돈을 벌기도 하고, 런던에 기회가 훨씬 더 많기도 하니까요. 그냥 엄마 노릇을 좀 더 잘하고 싶은 마음 때문에 그렇죠."

"폴리, 잘하고 있어요. 어려워서 그래요. 저도 항상 안 쉬워요. 애들 이제야 좀 자라고 있어요. 폴리네 엄마가 여기 오는 건 어때요?"

"집이 얼마나 작은지 몰라서 그런 소릴 해요? 당신 집도 코딱지만 하니까 알잖아요!"

폴리는 웃었다. 적어도 그건 좋은 신호였다.

"방 없어요. 저도 알아요. 어쨌든, 최선 다해요, 그렇죠?"

"맞아요, 프랭키. 최선을 다할 거예요. 당신은 언제나 최선을 다할 줄 아는 사람이잖아요."

"저도 힘들어요. 폴란드 가기 전에 말 안 했어요. 왜 갔는지요……. 남편이 가라고 했어요. 우리 동네 사람 중에 저한테 아주 나빴던 사람 있어요. 제가 알레스키한테 폴란드어로 말한 걸 들었는데, 저한테……. 뭐랬더라? '우리 돈 훔쳐가고 공짜로 사는 외국인 놈들, 너희 나라로 돌아가!' 그랬어요."

"너무하네요."

그제야 나는 프란체스카와 큰 토마츠가 나눴던 대화도, 그녀가 울었던 이유도 이해할 수 있었다. 내 불쌍한 프란체스카.

"네, 그런데 작은 남자애 아니었어요. 뭐라고 불렀죠?"

"그 버르장머리 없는 자식요?"

"아니고, 그 나이 든 여자요. 머리 회색인 사람요. 저랑 마주칠 때마다 그 말 해요. 그렇지만 우리 공짜로 안 살아요."

"전 알죠. 솔직히 그런 사람들 말은 들을 필요가 없어요. 어디에나 편견은 있으니까요. 그냥 속이 좁아서 그러는 거예요."

"사람들이 애들한테 그런 말 할까 봐 상처받아요."

"여름이 끝나갈 때면 알레스키도 학교에 들어갈 거고, 그럼 괜찮아질 거예요. 친구도 많이 만들 거고, 생각처럼 나쁘지 않을 거예요."

폴리가 그렇게 확신에 차고 긍정적인 말을 하다니 이상할 정도였다. 대부분의 경우, 그녀는 그런 말을 듣는 입장이었는데. 그녀에게 어떤 심경의 변화가 생긴 걸까?

"고마워요. 폴리 만나니 희망 생겨요. 다른 사람들도 폴리 같을 거라고요. 그 나이 든 여자 안 같고요."

"원래는 보통 당신이 나를 안심시켜 주잖아요."

폴리는 또다시 내 생각을 읽은 듯 말하며 프란체스카에게

다가가 그녀를 안아주었다. 내 고양이 심장이 따뜻해지는 기분이 들었다. 두 사람 사이의 우정이 돈독해지는 데 한몫을 한 게 나라는 기분이 들었다. 내가 그래도 하나는 잘 해낸 거다. 클레어를 잃고 있다는 두려움이 느껴지기도 했고, 필리파가 돌아오면 조녀선도 나와 그렇게까지 가까운 사이를 유지하지 않을 게 뻔했으니, 이 보람이라도 꽉 쥐고 있어야 했다. 슬플 때일수록 미소 지을 방법을 찾아야 했으니까.

프란체스카가 집으로 돌아가 아이들을 위한 차를 우리는 동안, 나는 폴리네 집에서 나와 클레어네 집으로 돌아갔다. 하지만 그녀는 집에 없었다. 오랜만에 퇴근 후 외출이라도 한 모양이었다. 소파에 누워있는 조를 본 나는 재빠르게 그곳을 나갔다. 그러고는 조녀선의 집으로 가서 고양이 문으로 들어갔다. 필리파가 부엌 식탁에서 노트북과 함께 앉아있었다. 그녀는 평소와는 달리 드레스를 입고 있었다. 스스로를 꾸미느라 공을 들인 티가 나는 필리파를 보며, 나는 조녀선이 없는 집에 그녀가 어떻게 들어왔을까 궁금해했다. 나는 큰 소리로 야옹거렸다.

"이 망할 고양이가!"

필리파는 살짝 놀라며 소리쳤다.

"내 복귀 파티 계획에 고양이는 없었단 말이야. 저리 가."

복귀라니, 무슨 소리람? 여긴 필리파네 집도 아닌데. 나는 당황하기 시작했다. 조가 그랬듯 필리파도 여기로 이사 온 거면 어쩌지? 나는 부루퉁해져서 거실로 달려가 의자 밑에서 조너선을 기다렸다.

"필리파?"

조너선은 현관문을 열며 소리쳤다.

"부엌에 있어."

필리파가 대답했다. 나는 부엌으로 들어가는 조너선을 따라갔다. 필리파는 팔짝 뛰며 조너선의 목을 감싸안고 그에게 키스했다. 꼭 그녀가 조너선의 생명을 전부 빨아들일 것 같은 모습이었다. 나는 조너선에게 지난 한 주 동안 내가 얼마나 좋은 친구였는지 상기시키려 그의 다리에 몸을 비볐다.

"내가 제일 좋아하는 두 사람이 다 있네. 정확히는 제일 좋아하는 사람 한 명이랑 고양이 한 마리가."

조너선은 농담을 하며 몸을 구부려 나를 쓰다듬었다.

"그 고양이는 좀 놔두고 나한테 집중해 줄 수 없어? 위층으로 가자. 재회의 시간을 즐겨야지."

"알피한테 밥만 주고."

조너선의 말에 나는 기분이 좋아졌지만, 필리파는 벼락이라도 내릴 것 같은 눈빛을 했다. 조너선은 그릇에 새우를 담아준 뒤 필리파와 함께 위층으로 올라갔다. 내가 지긴 했지만, 적어도 새우는 얻어먹을 수 있었다.

한참 후, 그들은 다시 나타났다. 필리파는 조녀선의 티셔츠를 입고 있었고, 조녀선은 가운을 입고 있었다.

"뭐 먹을래?"

그가 물었다.

"너 말고?"

필리파는 깔깔거리며 말했다. 필리파의 행동은 정말 수상했다. 뭐랄까. 클레어가 와인을 너무 많이 마셨을 때 같달까. 필리파가 와인을 마시는 건 못 봤지만 말이다.

"커리 배달시키는 거 어때? 자기가 좋아하잖아."

필리파가 말했다.

"그리고 샴페인 가져왔는데 그거 따자."

"나야 좋지."

뭘 먹을지에 관한 논의가 끝나자, 조녀선은 음식을 주문하고 샴페인 뚜껑을 연 뒤 가늘고 우아해 보이는 유리잔에 샴페인을 따랐다.

"건배하자."

필리파가 말했다.

"건배할 일이 뭔데?"

조녀선이 물었다.

"우릴 위해서. 그리고 우리의 동거를 위해서."

내가 아무것도 마시는 중이 아니라서 다행이었다. 뭔가를 마시고 있었다면 분명 사레가 들렸을 것이다.

"동거하자고?"

조녀선이 물었다. 그도 나만큼이나 충격을 받은 것 같아서 어쩐지 통쾌했다.

"그렇지만 우리 그렇게 오래 사귄 것도 아니잖아."

"맞아. 그래도 서로 몇 년이나 알고 지냈는데 뭐 어때? 우리 잘 맞잖아. 게다가 우리 나이도 있는데 기다려 봐야 뭐하겠어."

"그냥 좀 갑작스러워서 그래. 예고조차 없었잖아. 서로 논의해 봐야 할 문제 아니야?"

조녀선의 얼굴은 혼란스러워 보이기도 했고, 두려워 보이기도 했다. 하지만 내 감정은 확실했다. 두려웠다. 내 운이 바닥으로 곤두박질치는 것 같았다.

"제발 바보처럼 굴지 마. 멀리 떠나있는 동안 네가 얼마나 그리웠는데. 사귀기 시작한 후로 서로 떨어져 있어본 적이 없잖아. 그럼 다음 단계는 당연히 동거지."

"하지만……."

"그래, 우리가 사귄 게 겨우 두 달밖에 안 되긴 했어. 그래도 때가 되면 알게 되기 마련이잖아! 조니, 넌 마흔세 살이고 나는 곧 마흔 살이 될 거야. 우리 둘 다 성공한 삶을 살고 있고, 매력적이고, 똑똑한 사람들이지. 기다리는 게 대체 무슨 소용이야?"

다른 건 몰라도 필리파의 자신감만큼은 높은 점수를 줘야 했다. 원하는 바가 확실해 보였으니까.

"글쎄, 난 확신이 안 서는데."

그러자 여전히 한 모금도 줄어들지 않은 조녀선의 샴페인 이 내 눈에 들어왔다. 그의 얼굴은 살짝 파랗게 질린 것 같 았다.

"나에 대해서 말이야?"

필리파가 쏘아붙였다.

"당연히 너에 관한 마음은 확실하지. 동거에 대한 확신이 없는 것뿐이야. 애초에 동거한다면 어디에서 살 건데?"

조녀선은 자기 입에서 그럴듯한 질문이 나오자 아까보다 진정된 듯했다.

"당연히 여기는 안 되지. 물론 이 집도 좋긴 한데 위치가 별로잖아. 켄싱턴에 있는 내 아파트면 우리 둘이 살기엔 충 분할 거야."

"너희 집이 위치도, 살기에도 좋은 건 아는데 난 여기가 좋아."

조녀선은 우리 집을 향한 비판에 살짝 상처받은 것 같았 다. 처음 만났을 때 그토록 오만하고 자신감 넘쳐보였던 조 녀선이 애초에 어쩌다 그런 태도를 가진 여자와 만날 생각을 한 건지 궁금해질 지경이었다. 필리파는 외모야 봐줄 만했는지 몰라도 성격은 전혀 좋지 않았다. 물론 고양이의 눈으로.

"여기도 괜찮기는 하지. 하지만 시내에서 좀 멀리 떨어져 있어서 불편하잖아. 이 집은 가족 단위로 사는 사람들한테 세를 놔줘도 되고, 받을 수 있는 집세가 제법 쏠쏠할 거야."

"그렇지만 이 집도 이제 막 이사 온 곳인걸."

"조너선, 대체 뭐가 문제야? 나랑 매일, 24시간 붙어있게 해주겠다잖아. 그것도 켄싱턴에 있는 내 죽여주는 아파트에서. 상상해 봐. 트렌디한 생활을 할 수 있을 거고, 그럼 경력 쌓기에도 좋을 거 아니야. 이 집은 사람 초대하기엔 그다지 좋은...... 그러니까 좀 그런 동네잖아?"

"그만해, 필리파."

조너선이 쏘아붙였다.

"네 뜻은 알겠는데 난 너희 집으로 이사 가고 싶지 않아."

"바보 같은 소리 하지 마. 당연히 이사 오고 싶지."

나는 자신감을 전혀 잃지 않은 필리파의 모습에 감탄했다.

"난 네가 정말 좋아. 너와 보낸 시간도 아주 즐거웠고. 이 대로도 좋은데 그냥 그대로 유지하면 안 되겠어? 잠시만이라도 말이야."

조너선의 목소리는 약간 애걸하는 것처럼 들렸다. 나는 속으로 행복해지기 시작했다. 지금까지는 조너선이 필리파를 진심으로 좋아하는 것처럼 보였다. 물론 클레어가 조와 함께할 때처럼 유약하고 두려워하는 모습은 아니긴 했지만, 나는 솔직히 필리파가 조너선을 많이 통제하고 있다고 생각했다.

"아니, 조너선. 그럴 수 없어. 난 정착하고 싶어. 나 벌써 서른아홉이야. 올해는 꼭 회사에서 파트너가 되고 싶은데, 결혼한 사람들이 승진할 확률이 더 크단 말이야. 아니면 적어도 정착한 사람들이거나. 난 결혼하고 싶어. 마흔한 살이 되기 전에 아이도 갖고 싶고. 더는 못 기다려."

"잠깐, 필리파. 진정해 봐. 대체 갑자기 이런 얘길 왜 하는 거야?"

나는 살짝 물러섰고, 조너선도 필리파에게서 살짝 거리를 두는 것 같았다.

"너도 말했다시피 우리가 오래 사귄 것도 아니고. 네가 출장 가기 전까지만 해도 우리 좋았잖아. 저녁 먹으러 가고 여기에서 시간도 보내고, 좋았지만 그렇게까지 진지하진 않은 관계였다고 생각해. 그런데 갑자기 뉴욕으로 출장 갔다 와선 나한테 이사 오라고 명령하다시피 말하면 어떻게 해? 결혼이랑 출산 얘기는 또 뭐고."

조너선은 자신 없이 웃었다.

"왜 안 되는데? 잘 들어. 내 제안이 이치에 맞아. 널 좀 봐.

싱가포르에서 그렇게 잘나가는 직장을 갖고 있었으면서 여기에 와선 뒷걸음질만 치고 있잖아."

"안 좋은 기억 떠올리게 해줘서 참 고맙네."

조너선은 기분이 나빠보였다. 그래서 나는 그에게 다가가 테이블 밑에서 그의 다리에 내 몸을 문질렀다.

"내 말은, 나는 직장도 미래도 탄탄하다는 거야. 너는 날 외조해 주면서 다시 원래 자리로 올라가면 되잖아. 우린 좋은 팀이 될 거야. 내가 널 좋아보이게 만들어 줄 거고, 너도 날 좋아보이게 만들어 주겠지."

"꼭 사업적인 관계처럼 들리네."

조너선은 슬픈 목소리로 말했다.

"당연히 그런 건 아니지. 그렇지만 너도 알다시피 내가 아주 로맨틱한 사람은 아니잖아. 어쨌든 내가 원하는 건 그거야. 난 원하는 게 있으면 가져야 하고."

강철 같은 눈빛을 보니 필리파는 확실한 결심이 선 듯했다.

두 사람 사이에는 잠깐의 정적이 흘렀다. 만약 조너선이 필리파네 집으로 이사 간다면 나는 어떻게 되는 걸까. 갑자기 궁금해졌다. 켄싱턴이라는 곳이 어디에 있는지도, 여기에서 얼마나 먼지도 모른다. 그곳이 너무 멀어서 조너선을 만나러 갈 수 없게 될까 봐 걱정됐다. 조너선도 클레어도 내게는 너무 소중했고, 프란체스카네 가족도 사랑했으며, 폴리와 맷도 점점 좋아지고 있었다. 내 등줄기를 타고 두려움이 솟구쳐 올랐다. 나는 조너선이 떠나지 않길 바랐다. 이렇게 떠나면 다시는 그를 보지 못하게 될 것 같았기 때문이다. 내가 조너선을 사랑하고 있다는 걸 확실히 깨닫는 순간이었다.

"알피는 어쩌고?"

갑자기 조너선이 물었다. 나는 기쁨에 젖어 펄쩍 뛰고 싶었다. 필리파는 눈을 가늘게 떴다.

"우리 집 건물은 고양이 출입 금지야."

필리파는 차갑게 말했다.

"알피를 두고 갈 수는 없어."

조너선은 조용히 대답했다.

"적당히 좀 해. 고양이는 애초에 언제든 다른 정착할 곳을 찾을 수 있는 동물이야. 입양할 가족을 찾아주면 되잖아. 전단을 붙이든가 하면 되지. 애초에 네 고양이도 아닌데!"

"필리파, 넌 진짜 관심이 하나도 없구나. 알피는 내 고양이야. 난 알피를 사랑한다고."

마음이 따뜻해지는 느낌이었다. 조너선도 나를 사랑하는구나. 나는 필리파를 향해 큰 소리로 쉬익거렸다.

"망할 고양이 같으니라고."

필리파는 소리를 질렀다.

"방금 쉬익거리는 거 봤어?"

그녀는 몹시 화가 나보였다.

"네가 먼저 목소리 높였잖아."

조녀선이 진지하게 대답했다.

"왜 이래, 조녀선. 애초에 쟤가 집에 딸려온 거고, 넌 쟤랑 안 지 얼마 되지도 않았어. 네 이미지에도 안 좋을뿐더러 솔직히 망할 고양이일 뿐이잖아."

"난 너보다 알피와 더 오래 알고 지냈어."

조녀선이 조용히 대답했다.

"그리고 이곳에 돌아왔을 때 내 상황은 별로 좋지 않았어. 알피는 날 구해준 거나 마찬가지라고."

내 마음은 뿌듯함으로 가득 차올랐다. 내가 그를 구했다! 조녀선도 결국 그걸 인정했고 말이다.

"널 구해줬다고?"

"내가 외로울 때 곁에 있어줬거든."

조녀선은 자기 입에서 나온 말에 스스로도 살짝 놀란 것 같았다. 나는 영광스러운 기분으로 그의 인정을 즐겼다.

"그래? 동물 한 마리 가지고 그렇게 멍청하게 구는 걸 보니 넌 내가 생각했던 사람이 아닌 것 같네. 집에 갈래. 시간 좀 갖자. 그동안 정신 좀 차려."

필리파는 자리에서 일어나 조녀선을 죽일 듯한 눈빛으로 쳐다보고는 자기 짐을 챙기러 위층으로 올라갔다. 곧 필리파가 쿵쿵거리며 걸어가는 소리와 화난 듯 거세게 문을 닫는 소리가 들렸다. 하지만 조녀선도, 나도 움직이지 않았다. 나는 조녀선의 다리에 기대어 몸을 웅크렸다.

잠시 후 필리파가 다시 문가에 나타났다.

"분명 후회하게 될 거야. 어떤 멍청이가 나 대신 고양이를 선택해? 네가 이렇게 실패한 인간인 이유를 알겠어."

필리파는 내가 그동안 본 그 어떤 고양이보다도 더 악독한 태도로 쏘아붙였다.

"잘 가, 필리파."

조녀선은 무정하게 말했다. 우리는 거칠게 문을 닫으며 나가는 필리파와, 그 바람에 떨리는 문의 모습을 지켜봤다.

"이럴 줄은 몰랐어."

조녀선은 한참 후에 입을 열었다.

"세상에. 뭐 저런 여자가 다 있담. 분명 재미있고 가벼운 애였는데 어쩌다 저런 사이코가 됐는지 모르겠네."

나는 필리파가 재미있었던 적이 한 번도 없다고 말하고 싶었지만 그러지 못했다.

"어쨌든 잘 헤어진 것 같아서 다행이야. 아무래도 네가 날 또 구한 것 같다."

나는 자신감 넘치게 가르랑거렸다. 나는 행복에 겨웠다. 인간의 말을 할 수 있다면 조녀선에게 다 내 덕인 줄 알라고 얘기하고 싶었다. 나는 사악한 마녀로부터 우리 둘 모두를 구했다. 조녀선이 충격을 받은 상태에서 벗어나진 못했을지라도 슬퍼보이지 않는다는 건 다행인 일이었다. 나는 조녀선이 후회하거나 마음을 바꾸지 않기를 바랐다. 지금으로서는 그를 믿는 수밖에 없었다. 어쨌든 조녀선이 내 신뢰를 얻긴 했으니까.

"그리고 나한테 맞는 여자야 모퉁이만 돌면 금방 찾을 수 있을지도 모르지."

그 말 덕분에 계획이 다시 떠올랐다.

'모퉁이 안 돌아도 돼. 거리 바로 밑에 있다고.'

나는 그렇게 소리 지르고 싶었다. 필리파를 떼어냈으니, 이제 클레어의 곁에서 조를 제거하고 클레어와 조녀선을 맺어줄 차례였다. 방법은 모르겠지만 그렇게만 할 수 있다면 나는 더없이 행복한 고양이가 되겠지. 이상적인 목표에 한 발 가까워졌다는 생각에 심장이 두근거렸다.

28

그날 밤은 클레어네 집으로 돌아가지 않았다. 조너선을 떠나고 싶지 않았기 때문이었다. 그가 내게 충성심을 보여줬으니, 나도 그에게 충성심을 보여줄 차례였다. 필리파가 떠난 후, 우리는 함께 텔레비전을 봤다. 텔레비전 시청이 끝난 후, 조너선은 내가 정말 좋아하는 캐시미어 이불이 있는 그의 침실로 나를 데려갔다. 그날 밤, 나는 사랑과 따뜻함과 애정이 가득한 멋진 꿈을 꿨다. 지난 몇 주간 형용할 수 없는 혼란스러움과 불안함을 느낀 만큼 꼭 필요한 꿈이었다. 오랜만에 경험하는 최고의 숙면이었다.

다음 날은 일하는 날이 아니었지만, 일찍 잠에서 깬 나는 조너선의 가슴을 쿡 찔렀다. 그는 신음소리를 내며 눈을 뜨

더니 나를 보고 놀라서 살짝 때리듯 밀치며 쫓아냈다. 나는
발바닥으로 그의 코를 때리며 응징했다.

"아야, 알피. 놀랐잖아."

그는 끙 소리를 냈다. 나는 미소 지었다. 조녀선에게 혼날
걱정을 하기에는 너무 행복한 상태였다.

"아이고, 배고픈가 보네. 알았어. 화장실만 갔다 와서 아침
챙겨줄게."

나는 즐겁게 야옹 하고 대답했다.

"맙소사. 차라리 필리파랑 계속 사귈걸. 필리파가 너보다
훨씬 덜 사고뭉치인데."

조녀선은 충격받은 얼굴로 쳐다보는 나를 보고 웃었다.

"농담이야. 좀 이따 아래층에서 봐."

나는 침실에 딸린 샤워실로 들어가는 조녀선의 모습을 확
인한 후, 아래층으로 내려가 아침 식사를 기다렸다.

식사를 서두르진 않았지만, 조녀선은 식사를 끝마치자마
자 헬스장에 간다고 말했다. 그래서 나는 클레어를 보러 가
기로 했다. 그녀의 집으로 가기 전, 나는 마음의 준비를 단단
히 했다. 조가 또 무슨 짓을 할지 몰랐으니까.

클레어의 집으로 들어간 나는 성대한 아침을 준비하고 있
는 그녀를 발견했다.

"알피, 어디 갔다 온 거야?"

그녀는 말했다.

"걱정하고 있었어."

나는 클레어의 다리에 몸을 비볐다. 슬픔이 가득한 그녀의 얼굴을 본 나는 왜 인간들이 불행함을 느낄 때마저도 상황을 바꾸려 들지 않는지 궁금해졌다. 클레어를 전혀 기쁘게 해주지 못하는 조를 진작 쫓아냈어야 하는데 말이다. 그녀는 몸을 굽혀 나를 귀여워해 줬고, 나는 애정을 담아 그녀의 코를 핥았다. 그녀는 깔깔거리며 웃었다. 요즘 들어 웃음이 없어진 그녀의 집에서 듣기 좋은 소리였다.

클레어는 나쁜 방향으로 가고 있었다. 이곳으로 막 이사 왔을 때처럼 그녀는 마르고 창백했으며, 눈 주변에는 다크서클이 짙었고, 입술은 긴장한 채 굳어있었다.

"아침 준비됐어?"

조는 조깅 바지와 허름한 티셔츠를 입고 부엌 문가에서 물었다.

"거의 다 됐어. 앉아. 가져다줄게."

그녀는 접시 하나에 음식을 담아 거실로 가져간 다음, 작은 다이닝 테이블에 올려놨다. 조는 거기 앉아 식사를 하기 시작했다. 감사 인사는 한마디도 없었다.

"안 먹어?"

조는 거기 그대로 서있는 클레어를 뒤늦게 눈치채고 물었다. 그녀는 컵과 함께 앉았다.

"커피만 마시려고. 배가 안 고파서."

"잘 생각했네. 살찌면 안 되잖아. 그렇지?"

조는 비웃듯이 말하고는 다시 식사에 집중했다. 나는 이미 끔찍한 조 같은 남자가 어떻게 더 나빠질 수 있나 싶어 매일매일 놀랐다. 그것도 클레어처럼 사랑스러운 사람과 사귀면서. 조의 접시는 쌓여만 갔고, 그에게 예의라곤 찾아볼 수 없었다. 조는 턱을 따라 흘러내리는 계란 노른자를 손으로 닦아냈다. 클레어가 조의 행동을 견디지 못하고 있다는 것은 확실해 보였다. 또다시 마음이 찢어지는 기분이 들었지만, 어떻게 하면 좋을지 몰라 막막했다.

몇 시간 후, 모든 접시의 설거지를 끝낸 클레어는 내게 계란프라이를 해줬고, (정말 맛있었다!) 집 안을 청소했다. 그동안 조는 위층에서 청바지와 셔츠로 갈아입고 나타났다. 그는 멀끔해 보였다. 거의 평범해 보이기까지 했다. 그래도 진정한 그 본연의 모습은 본 적이 없었다.

"나가는 거야?"

클레어는 거의 속삭이는 듯한 목소리로 물었다.

"개리 생일이라고 말했잖아. 볼링하러 갔다가 술 마시러 갈 거라고."

"아, 미안. 잊고 있었어."

"그래. 기다리지 마."

"재미있게 놀아."

클레어는 조를 향해 미소 지어 보였지만, 그는 웃어주지 않았다.

"그래. 아, 30파운드만 빌려줄래? 며칠이면 돼. 회사에서 아직 월급을 못 받았는데, 이번 주에는 꼭 입금해 준대."

거짓말인 게 뻔했다. 조가 클레어에게서 돈을 빌려가 놓고 한 푼도 돌려주지 않은 게 꽤 오래됐기 때문이었다. 나는 저 괘씸한 남자를 할퀴고 물어버리고 싶었지만, 그럼 상황이 더 나빠지기만 할 거라는 걸 알았다.

클레어는 지갑이 있는 곳으로 갔다가 지폐 세 장과 함께 돌아왔다. 조는 클레어가 돈을 건네자 보지도 않고 덥석 받았다. 그리고 감사 인사도 없이 지폐를 주머니 속에 집어넣고는 그녀에게 작별 키스도 없이 집을 나섰다.

클레어는 무슨 일이 일어나는 건지 모르겠다는 어리둥절한 표정으로 조가 나가는 모습을 지켜보기만 했다. 정말 무슨 일인지 모르는 게 분명했다. 처음에는 그녀에게 그토록 매력적이었던 저 남자가 이제는 그녀의 집에 살면서 음식을 축내고, 그녀의 돈을 쓰면서도 잘해주는 척조차 하지 않는다는 사실을 말이다. 클레어는 도통 어떻게 해야 나아질지 모르겠다는 표정이었고, 어쩌다 이런 처지가 됐는지 자책하는 듯했다.

내가 낙담해 있는 동안 클레어는 위층으로 올라가 샤워를 하고 옷을 갈아입었다. 나는 응원의 의미에서 그녀를 따라다녔다. 별것 아닌 일이었지만, 그게 내가 할 수 있는 전부였다. 씻고 옷을 갈아입고 나니, 클레어는 아까보다는 나아진 모습이었다. 하지만 구석구석 청소를 시작하는 그녀의 모습에서는 슬픔이 느껴졌다.

초인종이 울렸다. 클레어가 문을 열고, 맞은편에 서있는 타샤를 본 나는 안심했다. 나는 타샤에게 달려가 그녀의 품으로 뛰어들다시피 달려들었다. 타샤를 보니 기뻤다. 조가 이곳에 살기 시작한 후로는 거의 이곳에 온 적이 없어서, 너무 반가웠기 때문이었다. 타샤라면 클레어를 어떻게 하면 좋을지 그 방법을 알고 있을 것 같았다.

"오늘 온다는 말 없었잖아요."

클레어는 의심스러운 눈초리로 타샤를 쳐다봤다.

"미안해요. 그냥 지나가는 길에 들렀는데, 들어가도 돼요?"

클레어는 타샤의 말에 고개를 끄덕이며 옆으로 비켜섰다. 뭔가 이상했다. 두 사람은 전처럼 따뜻한 인사를 나누지 않았다.

"조는요?"

"외출했어요. 커피 마실래요?"

클레어가 물었다.

"좋죠."

두 사람은 부엌 안으로 들어갔고, 클레어는 물을 올리고 컵을 꺼냈다.

"클레어, 괜찮은 거예요?"

타샤가 물었다.

"괜찮죠. 아주 잘 지내는걸요."

클레어는 방어적으로 대답했다.

"한 달 넘게 직장 밖에선 만난 적이 없어서 물어봤어요. 우리 친구 아니었어요?"

클레어는 어깨를 움츠렸다.

"친구 맞아요, 타샤. 그냥 조 때문에 저까지 바빴던 것뿐이에요. 그렇지만 말했듯이 잘 지내고 있어요."

"뭘 좀 먹어야 할 것 같은데요."

타샤는 말했다.

"아, 지금 다이어트 중이라서요."

"뼈밖에 없는걸요."

"전 마른 게 좋아요."

클레어의 목소리는 뾰족했다.

"클레어, 처음 만났을 때 당신 모습이 딱 이랬잖아요. 전남편 때문에요. 그러다 그 사람을 잊기 시작하면서 나아졌죠. 우리가 얼마나 웃었는지 잊었어요? 북클럽도 하고 즐거웠잖아요."

"타샤, 며칠 전에도 말했잖아요. 잘 지낸다고. 전 행복하려고 노력하고 있어요. 지금 조가 직장에서 힘든 시간을 보내느라 그런 것뿐이에요. 제가 응원해 줘야죠. 조에겐 제가 필요하니까요."

클레어는 완고한 듯 조의 이야기를 했다.

"하지만 저하고는 이제 얘기도 안 하잖아요. 북클럽에도 안 오고, 밖에서 같이 놀자고 초대해도 매번 거절하고요. 직장에서도 고개를 숙이면서 절 피하기만 하잖아요. 아무리 생각해도 이렇게까지 밀어낼 이유가 없는데!"

타샤는 진심으로 속상해하는 듯했다. 나는 타샤에게 다가가 그녀의 품에 뛰어들며 타샤의 마음에 극적으로 보답했다. 타샤의 말이 옳으며, 그녀가 뭐라도 해야 한다는 메시지를 전하고 싶었다. 타샤가 내 뜻을 이해했는지 확실친 않았지만, 그녀는 내 마음을 이해하기라도 한 듯 나를 꼭 안았다.

"피하는 거 아니라고 했잖아요, 타샤. 왜 오버하고 그래요. 대체 얼마나 더 잘 지낸다고 말해야 해요?"

나는 두 여자를 바라보았다. 둘 다 조금도 고집을 꺾지 않을 것 같았다. 타샤는 나를 부드럽게 바닥 위로 내려놓았다.

나는 두 발바닥을 모으고 클레어가 정신을 차리길 기도했다.

"조를 제대로 만나보지 못해서 그런 게 아니에요. 나가자고 할 때마다 핑계를 대면서 안 나오잖아요. 당신 시간이 안 돼서 그러는 거예요, 조가 못 나가게 하는 거예요?"

"둘 다예요. 직장에서 안 좋은 일을 겪고 있는 조 옆에 있으면서 응원해 주고 싶은 제 마음을 당신은 이해할 줄 알았는데요."

"당신한테 죽을 각오로 한마디만 할게요. 당신은 조를 아직 제대로 알지 못하는데도 그가 이곳으로 이사 오게 놔뒀죠. 한 달은 알고 지냈나요? 조가 당신한테 대하는 태도 좀 보세요. 아주 시녀 취급을 하잖아요. 다들 그렇게 생각해요. 직장에서 있었다는 일도 조는 자기 때문이 아니라고 했지만, 정말 그 말을 믿어요? 요즘 아무런 이유 없이 해고당하는 사람은 없다고요. 조가 정말 억울하다면 고소라도 했겠죠."

"인사팀이랑 변호사랑 얘기 중이랬어요. 원래 그런 게 오래 걸리는 거 알잖아요."

클레어의 목소리에서는 자신감이 느껴지지 않았다.

"그리고 이사 온 거 아니에요. 제 응원이 필요하니까 잠시 여기서 지내는 거죠."

"정말이에요? 보니까 매일 퇴근만 하면 조를 보러 집에 가기 바쁘던데요."

"정말이에요, 타샤. 조는 따로 사는 집이 있어요. 그거랑 상관없이 그가 여기서 지내는 게 좋기도 하고요."

타샤도 나도 그녀의 말을 믿을 수 없었다.

"좋은 거 맞아요? 내가 보기엔 비참한 것 같은데요. 직장 동료들도 그렇대요. 다들 걱정하고 있다고요. 술 마시러 나오지도 않고, 내 문자에 답장하지도 없잖아요. 솔직히 좋아보이지 않아요. 만약 이런 게 당신의 행복이라면, 불쌍하네요."

타샤의 목소리는 격양됐고, 얼굴은 붉었다. 나도 동의하며 소리치고 싶었지만, 거기 서서 두 사람을 지켜보기만 했다. 클레어는 타샤에게도, 어쩌면 그녀 스스로에게도 거짓말을 하고 있었다. 관련된 어떤 대화가 있었던 건 아니지만, 조가 사실상 이곳으로 이사 온 거나 다름없다는 건 확실했다.

"타샤, 걱정은 고마워요. 근데 내 인생이잖아요. 그 끔찍한 결혼생활 이후로 나는 날 원하는 사람이 아무도 없을 줄 알았어요. 그렇지만 조는 날 원해요. 게다가 내가 필요하기도 하죠. 조는 힘든 시기를 겪고 있고, 내 응원이 필요해요. 난 조를 사랑하고, 우리는 행복해요. 당신을 포함한 그 어떤 누구라도 우리한테 참견하거나 우릴 방해하는 건 원하지 않아요."

"난 당신이 신경 쓰여요. 내가 왜 이러는지 정말 모르겠어요? 당신이 걱정된다고요."

타샤는 아주 슬프고 낙담한 듯한 표정을 했다.

"걱정하지 말아요."

클레어는 지금껏 들어보지 못한 차가운 목소리로 말했다.

"오늘 할 일이 많아서요. 이만 나가줬으면 좋겠네요."

클레어는 타샤에게서 돌아섰고, 타샤는 천천히 부엌 밖으로 물러섰다. 클레어는 타샤가 마시지 못한 커피를 싱크대에 부어버렸다. 나는 타샤를 따라 밖으로 나와 현관문에 기대어 선 그녀 옆으로 갔다.

"오, 알피. 조가 자기를 이용하고 있다는 걸 왜 모를까?"

나는 고개를 기울였다. 그녀는 나와 얼굴을 맞대고 대화하듯 쪼그려 앉았다.

"조가 나쁜 사람인 거, 너도 알잖아. 티가 나. 하지만 어쩌면 좋을까? 클레어는 내 말을 듣지 않는걸. 조가 본성을 드러내게 만들 방법이 있으면 좋을 텐데."

나는 미심쩍어하며 고개를 반대로 기울였다.

"전에도 다른 사람이 이러는 걸 본 적이 있어. 대체로 남자들한테 학대받는 여자들이 그렇게 변하더라. 넌 클레어랑 사니까 그런 모습을 더 많이 봤겠지. 네가 나한테 말해줄 수 있다면 좋을 텐데. 세상에, 내가 고양이랑 대화를 하고 있다니."

타샤는 씁쓸하게 웃었다.

"미안하지만 알피, 너나 내가 이 문제를 해결할 수 있을 것 같지는 않아."

나는 나를 과소평가하는 인간들을 싫어하긴 했지만, 이 순간만큼은 타샤의 말이 옳았다. 아무리 생각해도 이 상황을 해결할 묘수가 떠오르지 않았다. 하지만 필리파 문제를 해결한 데도 확실히 내 공이 있기는 했으니, 뭔가 좋은 방법이 있을 거라고 믿었다. '조가 본성을 드러내게 만들 방법'이라는 타샤의 말이 계속해서 내 머릿속을 맴돌았다. 나는 뭔가 영감이 떠오르길 간절하게 기도했다.

나는 다시 고양이 문으로 들어가 클레어를 찾았다. 그녀는 아주 슬픈 표정으로 거실 테이블에 앉아있었다. 나는 테이블 위로 뛰어올라 그녀의 코를 핥으며 짧은 고양이 뽀뽀를 해줬다. 그녀는 슬픈 미소를 지었고, 나를 테이블에서 내려오게 만들 시도조차 하지 않았다. 정말 안 좋은 상황인 게 분명했다.

"가끔은 날 비난하지 않는 건 너밖에 없다는 생각이 들어."

나는 가르랑거렸다. 사실 나도 그녀를 비난하긴 했지만, 그녀에게 내 응원이 필요하기도 했으니까.

"알피, 사랑해. 그렇지만 장 보러 가야 해. 걱정 마. 저녁에 먹을 걸 사올 테니까."

클레어는 몸을 일으키며 테이블 위에 나를 그대로 두고 나갈 준비를 했다.

조너선이 헬스장에서 돌아오는 걸 발견한 나는 그를 보러 갔다. 22번지 사람들을 보러 갈 시간을 내고 싶긴 했지만, 클레어에게서 너무 멀리 떨어져 있고 싶지도 않았다. 그녀가 너무 걱정됐기 때문이었다. 조너선의 집으로 들어가니, 통화를 하던 그는 전화를 끊고 내게 미소 지었다.

"자유를 되찾은 기념으로 친구들과 놀러 나가기로 했어."

그는 농담했다.

"가기 전에 연어 좀 줄게. 근데 기다리지는 말고."

나는 웃는 조너선을 따라 야옹거렸다. 그는 나를 안아들고 한 바퀴 돌았다.

"알피, 인간들은 참 재미있어. 연애가 너무 고파서 필리파가 이래라저래라 해도 참았는데, 필리파가 없으니까 더 행복한 거 있지. 이제야 알겠어!"

조너선은 다시 웃었다. 클레어도 이걸 깨달을 수 있다면 얼마나 좋을까? 그의 말이 맞았다. 조너선은 예전보다 지금 훨씬 더 다정해졌다. 어쩌면 나와의 관계가 얼마나 특별한지 깨닫기 위해서 필리파와의 썩은 관계가 필요했는지도 모른다.

나는 마거릿에게 인간의 성장이 어떻게 이루어지는지 들은 적이 있다. 똑바로 자랄 때도 있지만, 때로는 잘못된 길에 접어들기도 한다고. 하지만 인간은 자주 발전하고 변화한다고 했다. 때로 사람들을 꽃피게 만드는 것은 아주 나쁜 일들이라고 했다. 내가 직접 나쁜 일을 겪기 전까지는 이해하기 어려운 말이었다. 나는 한때 아주 어린 고양이었지만 빨리 자라야 했고, 아주 힘들게 교훈을 얻어야 했다. 힘든 일들이 언제나 달가웠던 것은 아니지만, 결국 그 일들은 지금의 내가 있도록 좋은 영향을 줬다. 조녀선도 성장했다. 하지만 내 불쌍한 클레어는 여전히 시들고 있었다. 부디 지금 클레어가 마거릿의 말처럼 그저 잘못된 길에 접어든 것일 뿐이길 바랐다. 곧 그 길을 벗어나 똑바로 성장할 때가 올 거라고 말이다.

　나는 내 모든 가족이 잘 지낼 수 있도록 챙기고 싶었지만, 나처럼 작은 고양이에게는 너무나도 무거운 책임이었다.

29

조는 그날 밤 아주 늦게 집에 돌아와서 클레어와 내 잠을 깨웠다. 조는 클레어에게 다정하게 굴었지만, 클레어의 온몸에 손을 대며 키스하는 모습이 내가 보기엔 끔찍했다. 나는 쫓겨나기 전에 침실에서 나왔다.

남은 밤은 조녀선네 집에서 보내기로 했다. 집은 텅 비어 있었다. 또다시 조녀선이 밤새 돌아오지 않은 것이다. 내가 선택한 인간들은 왜 다 이 모양이람!

다시 아침을 먹으러 클레어네 집으로 돌아가며 나는 꼭 탁구공이 된 기분이었다. 놀랍게도 조와 클레어는 함박웃음을 지으며 함께 아침을 먹고 있었다. 클레어마저도 조금이지만 아침을 먹었다. 아주 눈곱만큼. 클레어는 긴장한 듯 입술을 잘근잘근 씹었다.

"조, 뭐 하나만 물어봐도 돼?"

그녀는 소심하게 말했고, 조는 고개를 끄덕였다.

"자기가 여기 온 지 한 달은 넘었잖아. 그래서, 뭔가 자기가 거의 이사 온 것 같은 느낌이 드는데, 우리가 동거할지 의논한 적은 없었잖아."

조의 눈빛이 어두워졌다.

"내가 여기 있는 게 싫다는 거야?"

"아니, 전혀 아니야. 그렇지만 자기 직장 얘기도, 자기 집 얘기도, 무슨 일이 있었는지도 얘기한 적이 없잖아. 지금 나랑 같이 사는 거야?"

클레어는 불확실하고 두려워하는 표정을 지었다.

"클레어, 동거해도 되냐고 물어보고 싶었는데 자기가 싫다고 할까 봐 걱정돼서 그러지 못했어. 너무 부끄럽지만 집에서 나와야 했거든. 직장에서는 제대로 돈을 주지도 않는데, 변호사는 수임료를 선불로 내라고 하니까. 그래서 집세를 낼 수가 없었어."

조는 손바닥에 얼굴을 묻었다.

"이런 얘길 하기가 겁이 났어."

클레어는 이해하지 못한 표정을 했다. 상황을 조금도 파악하지 못한 듯했다.

"살 곳이 없으면 이사 와도 돼. 조, 난 절대 당신을 비난하지 않을 거야. 사랑해."

"오, 클레어. 제대로 이사 오면 나야 너무 좋지. 이번 주 내로 남은 물건 가져올게!"

조는 커다란 생선을 대접받은 고양이처럼 기뻐했다.

"다 잘될 거야. 직장 문제랑 다 정리되는 대로 어떻게 할지 계획을 짜보자. 누가 어떤 요금을 낼지 같은 거 말이야."

나는 혼란스러워서 눈을 가늘게 떴다. 어쩌다 이렇게 된 거람? 조가 거짓말을 하고 있다는 건 알았다. 조는 2주 전 집에서 나왔고, 친구에게 그의 물건을 보관해 달라고 부탁해 뒀으니까. 그의 통화를 엿들어서 알고 있었다. 나는 조녀선이 필리파에게 그랬듯 클레어도 조를 쫓아내기를 바랐다. 하지만 그녀는 스스로의 결정에 확신이 없으면서도 미소를 지었다.

"물론 자기가 이사 오면 좋지. 의논도 없이 벌써 이사 온 줄 알고 그런 거야."

"내가 자기한테 말도 없이 그럴 리가 없잖아. 그럼 오늘 뭔가 특별한 걸 하면서 축하하자."

"내셔널 갤러리에서 보고 싶은 전시가 있었어."

"그럼 같이 가자. 오늘은 자기의 날이야. 그러니까 자기가 하고 싶은 건 뭐든 나도 하고 싶어."

조는 몸을 굽히며 클레어에게 키스했다. 그가 이렇게 다정히 구는 건 너무 오랜만에 봐서, 대체 무슨 바람이 든 건가 싶었다. 클레어의 상태가 얼마나 나빠보이는지, 아니면 클레어의 기분이 얼마나 안 좋은지 깨닫기라도 한 걸까? 아니면 정말로 클레어를 신경 쓰는 걸까? 여전히 나는 아주 의심스러웠다.

"자기 덕분에 내가 지금 얼마나 행복한지 몰라."

클레어는 기쁜 얼굴로 깔깔 웃었다.

"난 그걸로 충분해."

조는 딱딱하게 대답했다. 마음속 깊은 곳에서 우러나온 진심이 아니라는 게 느껴졌다.

나는 22번지까지 느긋한 산책을 즐겼다. 해가 다시 얼굴을 내밀었고, 사랑스러운 날씨였다. 온갖 산전수전을 겪은 후에도 내 발걸음을 따라 느껴지는 봄 내음에 마음이 설렜다. 22번지의 두 집 앞에 도착했을 때, 나는 여러 개의 가방과 함께 앞마당에 모여있는 가족들을 발견했다. 프란체스카와 폴리는 여름용 원피스를 입고 있었고, 남편들과 아들들은 반바지에 티셔츠를 입고 있었다. 다들 활기차고 행복한 모습이었다.

"알피!"

알레스키가 소리치며 나를 향해 다가왔다.

"우리 소풍 가."

"안녕, 알피."

큰 토마츠도 내게 다가와 나를 쓰다듬으며 말했다.

"알피 같이 가도 돼?"

알레스키는 희망에 부푼 목소리로 물었다.

"아니, 기차 타야 해. 고양이 기차 못 타."

"우리 바다 가."

알레스키는 내가 함께 갈 수 없다는 사실에 슬픈 표정을 지으며 말했다.

나도 실망스러웠다. 마침 기분 전환이 필요했는데. 두 가족이 신나게 수다를 떨며 짐가방을 정리하는 모습을 지켜보고 있는데, 설레는 냄새가 났다. 참치였다. 내가 정말 좋아하는 참치! 코를 따라가 보니 담요와 포장된 물건들이 담긴 가장 큰 가방이 보였다. 포장지에 싸인 것 중에 참치로 된 뭔가가 있는 게 분명했다.

나는 가방에 담긴 물건을 더 자세히 뜯어보려고 머리를 집어넣었다가 결국 가방 속으로 빠지고 말았다. 가방 안은 편안했고, 부드러웠고, 좋은 냄새가 났다. 나는 자극적인 생선 냄새를 한껏 들이마신 후, 가방 밖으로 나오려 했다. 하지만 눈 깜짝할 사이에 큰 토마츠의 손이 가방을 들어올리더니 차에 실었다. 차는 움직이기 시작했고, 나는 어쩔 줄 몰라서 아무것도 하지 않았다. 당황해서 거의 소리를 지를 뻔했지만, 가족들과 함께라는 사실을 알아차렸다. 어쩌면 결국 바다로 갈 수 있을지도 몰랐다.

계속 조용하게 있어야 하기도 했지만, 기차에 오르자 나는 잠이 들었다. 나는 몸을 웅크렸고, 흔들리는 기차는 나를 꿈나라로 보냈다. 기차가 중간에 멈췄다가 다시 출발하는 게 언뜻언뜻 느껴졌다.

가방이 바닥에 놓였을 때는 시끄러운 소리가 들렸다. 나는 망설이며 가방 밖으로 고개를 내밀었지만, 눈에 띄는 건 수많은 사람의 다리뿐이었다. 그러다 냄새를 맡으며 돌아다니는 개를 발견한 나는 다시 가방 속으로 숨었다.

가방은 다시 들려 차에 실린 채 이동했고, 또다시 손에 들렸다가 마침내 멈췄다. 머리 위로 따뜻한 기운이 느껴졌고, 배고픈 갈매기가 우는 소리와 수많은 사람의 수다 소리가 들렸다. 맷과 토마츠는 해변용 의자를 어디에 놓을까 이야기를 나누고 있었고, 프란체스카는 피크닉 용품을 내놓겠다고 말하며 가방을 열었다.

그 순간, 나는 가방 안에서 뛰쳐나갔다. 인간의 말을 할 수 있었다면 '놀랐지!' 하고 외쳤을 텐데. 순간 정적이 흘렀다. 그러다가 알레스키가 비명 같은 웃음을 터뜨렸고, 작은 토마츠도 따라 웃기 시작했다. 헨리도 내가 인사하러 다가가자 유모차 안에서 깔깔거렸다. 프란체스카는 나를 안아들었다.

"우리 고양이가 밀항을 했네."

모두가 웃음을 터뜨렸다. 갑작스레 요즘 우리의 삶에서 부족했던 즐거움이 돌아온 게 느껴졌다. 또다시 내가 가족들을 위해 옳은 일을 했다는 기분이 들었다.

"멀리 가지 마, 알피."

웃음이 잦아들자 맷이 제법 딱딱한 목소리로 말했다.

"집에서 멀리 왔으니까 우리랑 같이 있어야 해."

나는 화가 난 눈초리로 그를 쳐다보았다. 내가 그렇게까지 바보 고양이 같나?

소풍은 정말 재미있었다. 나는 담요 가장자리에 앉아 밝은 햇빛에 눈을 깜빡거렸고, 음식을 잔뜩 얻어먹었으며, 주변을 구경했다. 사람들이 나를 가리키는 모습이 많이 보였다. 고양이들은 그다지 해변에 많이 가질 않는 모양이었다. 가족 중 몇 명은 바다로 수영하러 갔지만, 그들과 함께 물속으로 들어가고 싶지는 않았다. 연못에서의 끔찍한 기억이 아직 가시지 않았기 때문에, 바다에서 멀리 떨어져 있기로 했다. 모두가, 심지어는 헨리마저도 바다로 뛰어들었고, 나는 폴리와 단둘이 남았다.

폴리는 행복해 보였지만, 혼자 남겨지고 나니 다시 슬픈

눈을 했다. 그녀는 내가 옆에 앉아도 가만히 있었고, 멍한 표
정으로 나를 쓰다듬었다. 폴리는 해변에 나와 함께 앉아있는
것 같지 않았다. 몸만 여기 있고, 정신은 다른 곳에 있는 듯
했다. 나는 어떻게 하면 그녀를 도울 수 있을까 고민했다. 방
법을 알기 전까지는 그녀의 옆에 바짝 붙어 몸을 웅크린 채,
최대한 내 사랑을 전하는 수밖에 없었다.

우리는 그렇게 한동안 옆에 붙어있었고, 얼마 후 다른 사
람들이 물을 뚝뚝 흘리며 돌아왔다.

"알피!"

알레스키는 내 옆에서 몸을 흔들었고, 나는 비명을 지르
며 피했다.

"고양이는 물을 싫어해."

맷은 날 보고 윙크하며 말했다.

"미안해, 알피."

알레스키의 말에 나는 용서의 표시로 골골거렸다.

우리는 즐거운 오후를 보냈다. 두 가족 모두 예전보다 행
복해 보였다. 웃음과 즐거움이 넘쳐나는 분위기에 마음이 부
풀어 올랐다. 하늘에서 새가 꽥꽥거리는 소리가 들렸다. 안
그래도 뜨거운 햇볕이 더 강렬해지자, 나는 헨리의 유모차
근처의 그늘로 피신했다. 알레스키와 작은 토마츠는 해변에
널린 돌멩이들을 모으며 놀고 있었다. 아빠들은 아이스크림

을 사왔는데, 내 것도 있었다!

살면서 처음으로 먹어보는 아이스크림은 천국 같았다. 처음에는 너무 차가워서 멈칫하며 코를 찡그리고 몸을 떨었다. 그 모습을 본 모두가 웃음을 터뜨릴 정도였다. 하지만 용기를 내 다시 핥아보니 정말 맛있었다. 부드럽기도 했다! 이 맛에 인간들은 아이스크림을 먹는구나. 나는 그걸 핥을수록 감탄했다.

갑자기 커다란 갈매기가 위협적인 얼굴을 하며 우리 쪽으로 하강하기 시작했다. 작은 토마츠는 비명을 지르며 갈매기에게 저항했지만, 나는 네 발을 디디고 서서 최대한 몸을 부풀리고는 (그래도 갈매기가 나보다 컸지만.) 갈매기를 향해 사납게 하악질을 했다. 갈매기는 나를 공격할지 말지 고민하는 듯한 표정을 짓다가 내가 한 번 더 하악거리자 날아가 버렸다.

"알피, 너 진짜 용감하다!"

알레스키는 나를 쓰다듬었고, 나는 다시 내 아이스크림에 집중했다. 알레스키의 눈에는 용기 있어 보였을지 몰라도, 속으로는 몸을 떨고 있었다. 갈매기가 나와 싸우려 달려들었다면 살아남을 수 있었을지 모르는 일이었으니까!

"괜찮아, 알피. 우리가 구해줬을 거야."

큰 토마츠가 말했다. 아무리 그라고 해도 화가 잔뜩 나고 배고픈 갈매기에 맞설 수 있었을까 싶었지만 말이다. 고양이

들 사이에서 그런 갈매기들은 자비 없기로 유명했다.

해가 지기 시작하자, 프란체스카는 집에 갈 시간이라고 말했다. 아이들은 깨끗한 옷으로 갈아입었고, 다들 쓰레기를 치운 뒤 가방을 싸기 시작했다. 돌아가는 길에는 헨리의 유모차 아래에 놓인 여행용 가방에 들어가 있게 됐다. 집까지 가기에 꽤 편안한 방법이어서 전혀 불평하지 않았다. 나는 돌아가는 거의 내내 잠을 잤고, 아이스크림이 나오는 꿈을 꿨다.

가족들은 22번지의 두 집 앞에 여행 가방을 내려놓기 시작했다. 나는 모두에게 작별 인사를 한 뒤, 녹초가 된 상태로 클레어네 집으로 향했다.

"알피가 진짜로 살고 있는 곳은 어디일까?"

맷의 물음에 모두는 내게서 대답을 듣기를 기대하듯 나를 쳐다보았다.

30

다음 날 아침, 일상적인 순회를 마무리한 후 나는 22번지로 놀러갔다. 그들과 해변에서 보냈던 즐거운 시간을 다시 경험하고 싶었다. 어제 아이들을 웃게 해준 것처럼. 내가 그들의 삶에 행복을 가져다줄 수 있다는 생각에 마음이 부풀었다.

나는 프란체스카나 알레스키를 보러 가려고 했지만, 어떤 소음 때문에 잠깐 멈춰 섰다. 지금껏 들어보지 못한 소음이었다. 꼭 목을 졸리는 고양이 같은 소리였지만, 폴리네 집에서 새어 나오고 있었다. 그러다 헨리가 비명을 지르는 소리가 들렸고, 똑같은 소음이 더 크게 들렸다. 아무래도 소음의 주인은 폴리인 듯했다.

나는 본능적으로 어떻게 해야 할지 알 수 있었다. 나는 프란체스카네 현관문을 미친 듯이 할퀴며 최대한 큰 소리로 야옹거렸다.

"오, 알피, 들어와."

문을 연 프란체스카는 옆으로 비켜섰지만, 나는 꼿꼿이 선 자세를 유지했다. 그녀는 이상하다는 눈빛으로 나를 쳐다봤다.

"왜 그러니?"

나는 옆집으로 걸어가 폴리네 문 앞에 서서 야옹 하고 울었다. 프란체스카가 머뭇거리며 나를 향해 다가올 때쯤, 갑자기 내가 들었던 그 소음이 또다시 새어 나왔다. 이번에는 프란체스카도 확실히 들었다.

"뭐지?"

겁에 질린 프란체스카가 눈을 크게 뜨며 물었다.

"세상에. 무슨 일이 있는 것 같아."

프란체스카는 문에 걸쇠를 걸며 알레스키에게 잠깐만 기다리라고 소리친 후, 폴리네 문 앞에 나와 나란히 섰다.

프란체스카는 초인종을 누르며 문을 쾅쾅 두드렸다. 영겁 같은 시간이 흐른 후, 폴리는 현관문을 열고는 프란체스카에게 헨리를 건넸다.

"데려가요. 제발 부탁이에요. 더는 못 참겠어요."

도자기처럼 아름다운 폴리의 얼굴은 눈물로 얼룩져 있었고, 머리카락은 부스스했으며, 표정은 절박했다.

"폴리."

프란체스카는 헨리를 받아들며 부드럽게 말했다. 헨리는 곧바로 울음을 그쳤다.

"아뇨, 데려가요. 더는 못 참아요. 못 하겠어요. 난 내 속으로 낳은 애도 사랑하지 못하는 나쁜 엄마예요."

폴리는 머리를 감싸고 바닥에 주저앉으며 흐느꼈다.

"폴리."

프란체스카는 부드럽게 말했다.

"가서 헨리한테 뭘 먹여야겠어요. 배고파하네요."

그녀는 동물이나 어린아이에게 말하듯 천천히 말했다. 폴리는 아무 대답도 하지 않았다.

"잠깐만요. 제가 문에 걸쇠만 걸어놓고 맷한테 연락할게요. 전화번호 알려줄래요?"

"안 돼요. 그럴 수 없어요. 이런 제 모습을 맷한테 들키면 절대 용서받지 못할 거예요."

폴리는 또다시 울부짖었다. 프란체스카는 폴리네 집으로 들어가 헨리의 분유와 병 몇 개를 들고 돌아왔다. 그러고는 폴리가 언제나 현관문 옆에 뒀던 가방을 들고 헨리와 함께 그녀의 집으로 향했다. 하지만 프란체스카의 얼굴에는 뭘 어떻게 해야 할지 모르겠다는 듯 겁에 질린 표정이 서려있었다.

프란체스카는 헨리의 분유를 데우는 동안 큰 토마츠에게 전화를 걸었다. 폴란드어로 얘기해서 무슨 대화를 하는 건지는 알아들을 수 없었지만, 목소리에서는 약간의 히스테리가 묻어났다. 헨리를 먹이고 알레스키와 작은 토마츠를 다독이는 그녀는 여느 때보다도 가장 불안해하는 듯했다. 아이들마저도 뭔가 잘못됐다는 걸 느낀 듯했다. 나는 알레스키의 주의를 돌리기 위해 놀아주려 했지만, 그는 걱정이 너무 커서 제대로 놀지 못했다.

잠시 후, 큰 토마츠가 도착했다.

"의사에게 데려가야 해."

프란체스카가 폴리에 관한 얘기를 더 털어놓고 나자, 큰 토마츠는 굳게 말했다.

"이제 긴급한 상황이잖아. 내가 애들이랑 있을게. 괜찮아."

토마츠는 프란체스카를 감싸안으며 안심시켰다.

"일은 어떡해?"

"오늘 한가했어. 괜찮아."

"사장님이 친구이기도 해서 다행이야."

"사장님 괜찮아. 나 열심히 일하는 것도 알고, 허투루 일을 빠질 사람이 아니라는 것도 알아."

"그러면 좋겠네."

프란체스카는 아이들과 헨리를 어떻게 돌보면 좋을지 몇 가지 지시사항을 내렸다. 잠든 헨리는 소파에 편안하게 누워 있었다.

"의사한테 다녀온 뒤에는 맷한테 전화하자."

"폴리가 전화하지 말랬는데."

"하지만 맷이 필요하잖아. 지금 생각 제대로 못 해. 우리가 전화하면 결국 폴리도 고마워할 거야."

"맷 전화번호 있어?"

"응. 폴리부터 의사한테 데려가. 돌아오면 맷한테 전화하자."

나는 프란체스카와 함께 폴리네 집으로 갔고, 폴리는 문을 열어줬다. 아까 주저앉은 자리에서 전혀 움직이지 않은 듯했다.

"폴리?"

프란체스카는 부드럽게 말했다.

"헨리는 괜찮나요?"

폴리는 올려다보지도 않고 물었다.

"아주 좋아요. 분유 먹였고 지금 자요. 폴리는 저랑 의사한테 가요."

"아무 데도 못 가겠어요."

"가야 해요. 헨리한텐 폴리가 필요한데, 아프잖아요. 의사한테 가야 나아지죠."

프란체스카는 폴리 옆에 앉았고, 나는 그녀 옆에 앉았다.

"내가 아프다고 생각해요?"

폴리는 슬픔에 젖은 아름다운 눈으로 폴리를 바라봤다.

"산후 우울증이 있는 것 같아요. 흔히 있는 일이에요."

폴리는 고개를 들어 프란체스카를 마주 봤다.

"도움을 받을 수 있다고요?"

"네, 의사를 만나러 가요. 그럼 나아질 거고, 아기랑도 즐거울 수 있어요."

"당신도 그런 적 있나요?"

"알레스키를 낳았을 때 한동안 그랬어요. 알레스키가 헨리보다 어렸을 때였어요. 저는 알레스키를 안 사랑하는 줄 알았는데, 그냥 우울해서 그런 거였어요. 저는 약을 먹었고, 생각했던 것보다 훨씬 더 알레스키를 사랑하게 됐어요."

"하지만 헨리는 통 울음을 안 그치는걸요. 가끔은 헨리 우는 소리에 머릿속에서 피가 날 것 같아요. 가끔은 죽겠다 싶고, 심지어는 차라리 죽는 게 낫겠다 싶을 정도예요."

"이해해요. 하지만 헨리가 우는 건, 아기는 다 울어요. 당신이 행복하면 헨리도 행복할 거예요."

"더 잘 돌봐줄 엄마랑 있는 게 더 나을 것 같은데요."

폴리는 더 많은 눈물을 흘렸다.

"폴리가 헨리 엄마잖아요. 헨리를 사랑하고요. 지금은 그런 생각 안 들어도 사랑하는 거 맞아요. 헨리도 폴리를 사랑하고요. 저도 그래요. 저희 엄마도 제가 이상한 것 같으면 병원에 데려가요. 저도 폴리한테 그렇게 하는 거예요."

"주말에 엄마가 한 말이 생각나네요. 제가 저답지 않다고, 걱정된다고 하셨죠. 엄마는 우리가 여기로 이사 온 거 때문에, 맷이 새 직장을 구한 것 때문에 그런 줄로만 알았죠. 저는 솔직하게 말할 수 없었어요. 헨리를 사랑하지 않는다고 말할 수 없었죠. 그런 괴물이 어디 있나 싶어서요."

"아픈 사람이죠, 괴물이 아니라. 전 폴리가 헨리를 사랑한다는 걸 알아요. 정말이에요. 우울증 때문에 사랑한다고 느끼지 못하는 거예요. 정말 이해해요. 저도 비슷한 경험 있어서 도움받았어요. 많은 여자가 비슷한 경험 해요."

프란체스카는 두 팔로 폴리를 감쌌고, 폴리는 프란체스카의 품에 폭 안겼다.

"정말 고마워요. 혼자가 아니라는 게 얼마나 마음이 놓이는지 몰라요. 하지만 맷은……."

"맷은 이해할 거예요. 좋은 남자잖아요. 우선 의사한테 가서 도움부터 받아요."

프란체스카는 폴리를 일으켜 세우고 신발과 가방을 챙기

는 걸 도와준 다음, 문밖을 나섰다. 프란체스카는 계속 아이에게 말하듯 부드러운 목소리로 말했다. 그녀는 폴리의 현관문을 잠갔지만, 프란체스카네 현관문은 아직 걸쇠에 걸려있어서 나는 다시 그녀의 집으로 들어갈 수 있었다.

나는 알레스키와 놀아줬다. 가지고 놀 장난감을 꺼내는 그의 얼굴은 조금 밝아져 있었다.

"엄마."

작은 토마츠는 계속 엄마를 찾았고, 큰 토마츠는 그를 안아주며 비스킷을 먹였다. 큰 토마츠도 프란체스카처럼 꽤 침착하고 느긋해 보였다. 그는 헨리를 지켜보면서도 텔레비전에만 관심을 갖는 작은 토마츠에게 책을 읽어주려 했다. 얼마 후 그는 아이들에게 먹을 걸 챙겨주고, 내게도 생선을 주었다. 나는 폴리가 나아진 모습을 확인하고 가고 싶은 마음에 그들과 함께 머물렀다.

꽤 오랜 시간이 흐르고, 헨리가 잠에서 깨자 큰 토마츠마저도 불안해하기 시작했다. 헨리의 기저귀를 갈아줘야 했기 때문이다. 이후 작은 토마츠는 아기 침대로 들어가 잠을 잤다. 알레스키는 아빠에게 온갖 질문을 해댔지만, 전부 폴란드어라 나는 무슨 말인지 전혀 알아듣지 못했다.

시간은 계속 흘렀다. 큰 토마츠는 여전히 걱정을 가득 안은 채 헨리를 위한 분유를 타러 갔다. 그는 마치 처음부터 아들이 세 명이었던 것처럼 세 아이를 돌보고 있었다. 그는 대체로 차분하고 침착하며 아주 효율적이었다. 이런 식으로 아이를 돌보는 아빠는 처음이었다. 고양이들은 아빠들이 '직접' 양육을 하지는 않는다. 하지만 큰 토마츠는 프란체스카보다도 침착했다. 그럼에도 마음속 깊은 곳에서는 걱정하는 티가 났다. 나는 큰 토마츠의 다리에 몸을 비비며 그를 안심시켰다. 그에게도 내가 필요하다는 생각이 들었다.

생각해 보니 나는 지금껏 내 가족들이 나쁜 상황을 겪고 있을 때 그들을 처음 만났다는 생각이 들었다. 프란체스카는 고향을 그리워할 때, 클레어는 실연했을 때, 조녀선은 외로워할 때, 폴리는 헨리와 새로 이사 온 집으로 괴로워할 때. 한참 생각에 잠겨있는데 전화벨이 울렸다. 큰 토마츠는 휴대폰을 낚아채듯 집어 들었다. 그는 한동안 폴란드어로 이야기했다. 전화를 끊은 그는 심각해진 얼굴로 다른 전화번호를 눌렀다.

"맷, 옆집에 사는 토마츠예요."

정적이 흘렀다.

"헨리는 괜찮아요. 저랑 있어요. 근데 폴리가 괜찮지 않아요. 지금 프란체스카가 의사한테 데리고 갔어요."

또다시 정적이 흘렀다.

"아뇨. 이제 집에 올 건데 쉬어야 해서, 헨리 봐줄 사람이 필요해요."

맷의 이야기를 듣는 토마츠는 경직된 표정을 지었다.

"지금 올 수 있나요? 설명하기 어려워서요. 하지만 다 괜찮을 거예요."

맷은 꽤 일찍 도착했다. 그는 곧바로 헨리를 안아들었지만, 걱정으로 창백해진 얼굴이었다.

"어떻게 감사 인사를 드려야 할지 모르겠네요."

맷은 차를 끓이러 간 큰 토마츠에게 말했다.

"괜찮아요. 친구니까요. 그런데 맷, 폴리가 좀 심각해요. 오늘 제 아내가 폴리를 발견했을 때, 아니, 아내가 아니라 알피가 발견했는데, 폴리가 쓰러질 것 같았다고 했어요. 그래서 제가 헨리를 돌보고 프란체스카가 폴리를 병원에 데려갔어요. 오래 걸렸지만, 이제 돌아왔어요."

"너무 부끄럽네요. 제 탓이에요. 헨리가 아직 어린데 런던까지 이사 오게 했으니까요. 옳은 일이라고 생각했어요."

"알아요. 우리도 여기로 이사 왔으니까요. 우리 애들은 나이가 더 많지만 그래도 변화가 컸어요. 맷, 누구 잘못이 아니에요. 누구나 경험할 수 있는 아픔이에요. 프란체스카도 알레스키를 낳고 비슷한 적 있어요. 아주 걱정됐죠. 그렇지만 도움받은 후에는 애들 키우는 거 아주 좋아하고, 행복해해요."

맷은 손에 얼굴을 파묻었다.

"예상했어야 했어요. 고향에서 한 주를 보낸 후에는 훨씬 나아지기도 했고, 프란체스카를 만난 후에는 더 행복해 보여서, 그냥 앞날만 생각했어요. 그리고 어제는……. 정말 즐거웠잖아요. 하지만 어떻게 하면 좋을까요? 직장을 그만둘 순 없어요. 돈이 필요하니까요."

맷은 울음을 터뜨릴 것 같은 얼굴을 했다.

"맷, 폴리한테는 좋은 엄마가 있죠?"

"네, 아주 좋은 분이시죠."

"며칠 동안 폴리 어머니가 여기에서 지내시는 건 어때요? 폴리가 나아질 때까지만 도와주실 수 있게요."

"좋은 생각이네요. 지금 전화드려야겠어요."

맷의 표정은 조금 밝아졌다.

"헨리네 방에 둘 수 있는 좋은 캠핑용 침대가 있어요. 사람 한 명이 더 지내기에 집이 좀 작긴 하지만요."

맷은 걱정스러운 얼굴을 했다.

"상관없어요. 적어도 폴리를 돌봐줄 사람이 생기는 거잖아요."

맷은 큰 토마츠가 문제를 해결하기라도 한 것처럼 쳐다봤다.

"약도 먹어야 할 거고, 괜찮아지려면 시간 걸릴 거예요."

토마츠는 조심스레 말했다.

"그래도 도움받을 수 있겠네요. 정말 고마워요. 무엇보다 알피, 너한테 고마워. 네가 우릴 구한 것 같구나."

맷은 고마움을 담은 손길로 나를 귀여워해 줬고, 나는 우쭐해졌다. 자랑스럽고 행복한 기분이 들었다. 어딜 가든 나는 좋은 영향을 주고 있는 것 같았다. 어쩌면 오늘 살면서 가장 중요한 일을 한 건지도 몰랐다. 그렇게 엄청난 칭찬을 받고 있다 보니 완벽한 타이밍에 22번지에 들른 행운쯤은 별것 아닌 것처럼 느껴졌다.

에드거 로드에서 지내는 동안 나는 모든 게 그리 단순하지만은 않다는 걸 배웠다. 처음엔 내가 조너선과 클레어를 돕고 있다고 생각했다. 하지만 지금 클레어는 어떤가? 난 그녀의 상태가 나아지도록 만들지 못했다. 여전히 그녀를 도와야 한다는 숙제가 남아있었다. 클레어는 그 어느 때보다도 내 도움이 필요했다. 하지만 대체 어떻게 해야 도울 수 있을지 그 방법을 알아낼 때까지는 폴리와 가족들의 곁에 가까이 있기로 마음먹었다.

알레스키는 내게서 떨어질 줄을 몰랐다. 그는 정확히 무슨 일이 일어나고 있는 건지 알지는 못했지만, 뭔가 잘못됐다는 것만큼은 확실하게 느끼고 있는 것 같았다. 그래서 나는 알레스키가 내게 과하게 기대도 가만히 있었다.

"넌 내 가장 친한 친구야, 알피."

알레스키의 말에 나는 울음을 터뜨릴 뻔했다. 으레 사람
들이 감동받을 때 그러듯 말이다. 맷과 큰 토마츠의 생각이
옳다면, 폴리가 회복하기까지는 여전히 오랜 시간이 걸릴 듯
했다.

프란체스카는 결국 집으로 돌아왔다. 혼자였다.

"폴리는 자. 수면제 먹었어. 의사가 먹으라고 해서. 그 일
때문에 푹 쉬어야 한다고……."

"무슨 일 때문에요?"

맷은 걱정되는 표정으로 물었다.

"신경쇠약에 걸린 것 같았어요. 당신과 헨리를 사랑하지
만, 기분이 너무 안 좋다고요. 의사가 당분간 먹을 수면제를
주긴 했는데, 전문가 보러 가라고 했어요. 상담사요. 푹 쉬고,
헨리랑 단둘이 있지 말라고 했어요. 압박감이 심하니까요."

"어머님께 전화드렸어요. 내일 오실 거예요."

맷이 말했다.

"저도 이틀 정도 휴가를 냈어요. 폴리가 아프다는 것도, 여
기에 따로 가족이 없다는 것도 알렸고요."

"우리가 있잖아요."

프란체스카는 짧게 말했다.

"맞아요. 두 분이 없으면 어쩔 줄 몰랐을 거예요. 정말 고

마워요."

"고마워할 필요 없어요. 가서 아내와 아들 돌보셔야죠. 필요한 게 있으면 우리가 도울게요."

"폴리한테 너무 많은 짐을 지게 했어요. 적어도 제가 헨리를 돌볼 수도 있었는데요. 이렇게 나쁜 아빠이자 남편이 또 있을까요?"

"아니에요, 맷. 열심히 일하잖아요. 안 보여서 그렇죠. 폴리는 힘들어하는 거 당신한테 안 보여주고 싶었어요. 당신을 걱정시키기도 싫었고요. 그래서 안순환이었죠."

"악순환이요."

맷이 말했다.

"네?"

"안순환이 아니라 악순환이라고 해요. 미안해요. 지적하려던 건 아니었어요."

"아뇨, 괜찮아요. 배워야죠. 같이 가요. 헨리 먹이는 거 보여줄게요. 의사가 폴리한테 모유 멈추는 약을 줬댔어요. 폴리가 젖 먹이는 것 때문에 더 힘들다고 해서요. 헨리는 잘 자라고 있고, 음식도 먹기 시작했으니까 분유를 먹여도 괜찮을 거예요. 그러니까 당신이 헨리도, 폴리도 먹을 거 줄 수 있어요. 지금은 폴리 쉬어야 해요."

"꼭 약 먹게 할게요. 아직 속상하긴 하지만요. 상황이 나쁜

데도 그렇게까지 나빠진 않다고, 폴리라면 금방 박차고 회복할 거라고 생각하면서 문제를 무시했으니까요."

"힘들어요. 산후 우울증은 진짜 있는 병이에요. 그렇지만 나아질 거예요. 이제 치료 시작할 수 있으니까요. 맷, 당신은 좋은 남자예요. 폴리도 당신을 정말 사랑하고요."

나는 조금 불확실한 기분으로 프란체스카, 헨리, 맷과 함께 집에서 나왔다. 하지만 나는 맷의 곁에 있어주고 싶었다. 맷은 알지 못할지라도, 그의 곁에 있는 게 마음이 편했다. 그래서 나는 조용히 거실에 머무르며 프란체스카의 말대로 헨리에게 분유를 먹이고, 헨리를 목욕시키고, 헨리를 재우기 위해 눕히는 맷의 모습을 지켜봤다. 맷이 거실 소파에 앉아 아기처럼 울음을 터뜨리자, 나는 그의 곁에 앉았다. 얼마 후, 그는 자세를 일으키며 똑바로 고쳐 앉았다.

"운다고 해결되는 건 없지. 이리 와, 알피. 네 먹을 것도 좀 준비해 줄게. 찬장에 참치 통조림이 있을 거야."

폴리네 가족과 함께 식사하는 건 처음이었지만, 지금은 음식이 문제가 아니었다. 그들을 혼자 남겨둬도 되는지 확실하지 않았을 뿐이다. 그렇지만 내가 할 수 있는 일은 딱히 없었다. 그래도 내가 거기 함께 있어준다면 안심이 되지 않을까 싶었다.

얼마 후, 맷은 폴리의 상태를 확인하러 갔고, 나는 그를 따라갔다. 그녀는 아름다운 눈을 뜨고 맷을 바라보았다.

"몇 시야?"

그녀는 잠에 취한 목소리로 물었다.

"상관없어. 헨리는 자. 프란체스카가 나한테 적어준 메모 봤는데, 지금 수면제 한 알 더 먹어도 돼. 더 자야지."

폴리는 몸을 일으키려 했다.

"헨리는 괜찮아?"

폴리는 금방이라도 울 것 같은 눈으로 물었다.

"그럼. 완벽해. 당신도 회복하면 그렇게 생각할 거야."

"실패했다는 기분이 들어. 나쁜 엄마이자 나쁜 아내가 된 것 같아. 어떻게 하면 그런 기분을 그만 느낄 수 있을지 모르겠어."

맷은 폴리의 머리를 부드럽게 쓰다듬었다.

"내가 자기랑 헨리를 실망시켰지. 당신 상태가 안 좋을수록 내가 두 사람을 더 잘 돌봐줬어야 했는데. 속상한 건 나도 마찬가지야."

"우리 스스로나 서로를 비난한다고 달라질 건 없겠지?"

폴리는 커다란 눈망울로 쳐다보며 물었다. 맷은 고개를 끄덕였다.

"프랭키도 그렇게 말하더라. 우리가 책임을 물을 사람을 찾으려 할지도 모르지만, 그런다고 달라질 건 없을 거라고 말이야. 그러니까 그만하자. 나도 노력할게. 의사 선생님은 정말 멋진 분이시더라. 여자기도 하고, 내 상황을 잘 이해하고 있었어. 적어도 그런 것 같았어. 난 약 먹는 게 싫지만, 약이 필요하단 것도 알아. 먹을 수 있어. 나아질 테니까. 몸이 나아지면 내 아이를, 우리 아이를 잘 돌볼 수 있을 거야. 나정말 좋은 엄마가 되고 싶어."

"물론 자기는 그렇게 될 거야."

맷의 눈에 눈물이 고였다.

"나도 자기가 그렇게 될 때까지 곁에서 응원할게. 아주 많이 사랑해. 폴리, 내가 자기를 얼마나 사랑하는지 절대 잊지 마."

"잠시 잊긴 했지만, 그냥 머릿속이 멍해서 그런 거야. 그렇지만 자기가 날 사랑하는 거 알아. 나도 사랑해."

맷은 폴리를 꽉 끌어안았다. 지금껏 인간들에게서 목격한 장면 중 가장 감동적인 순간이었다.

"아, 어머님이 오실 거야. 미리 말 못 해서 미안한데, 어머님이 필요할 것 같아서. 내가 오래 휴가를 낼 수 있다면 좋겠지만 그러기가 어려워."

"아니야, 맷. 자기가 승진하려면 런던에서 살아야 한다고 했고, 우리 둘 다 이사하기로 동의한 거잖아. 그걸로 죄책감 갖지 마. 엄마가 온다니, 안심된다. 정말 좋아."

그들은 잠시 아무 말 없이 앉아있었다. 나는 오늘 있었던 일로 갑작스러운 피로를 느끼며 바닥에 누웠다. 정말 감정적인 날이었다.

"마음속에 커다란 블랙홀이 생긴 것 같아. 그런 느낌이 들었어. 헨리를 데리고 어디론가 가서 거기 애를 버려두고 오고 싶었어. 그대로 도망쳐서 예전의 나처럼 지내고 싶었어. 마음속 깊은 곳에서는 정말 헨리를 사랑한다는 걸 알지만, 사랑이 느껴지지 않았거든. 다른 엄마들이 얘기하는 즐거움이 느껴지지 않았어. 정말 끔찍해, 맷. 너무 끔찍하다고."

폴리는 맷의 품에서 흐느꼈다.

"어떤 기분인지 감히 상상도 못 하겠어. 무슨 일이 있든 나는 곁에서 당신을 응원할게. 그렇지만 나한테 얘기를 해줘. 아무리 기분이 안 좋아도 나한테 말해줘야 알잖아. 난 당신을 떠나지 않을 거야. 당신을 사랑하고, 우리 가족을 사랑하니까. 당신 때문에 내 마음이 바뀌는 일은 없을 거야."

"그 말을 들으니까 얼마나 안심되는지 몰라. 당신한테 좀더 솔직할 걸 그랬어. 헨리를 낳고 얼마 안 됐을 때부터 아프다는 느낌이 들기 시작했고, 런던에 이사 오기 전에도 그랬는데 무슨 일이 있어도 그걸 숨겨야 한다고 생각했어. 그랬다가 너무 많은 걸 잃을 뻔했지만."

"폴리, 자기는 멋지고 용감한 사람이야. 난 우리가 이걸 극복할 수 있을 거라고 믿어. 시간이 걸리기야 하겠지만, 상관없어. 할 수 있어."

"헨리 보러 가도 될까? 깨우고 싶지는 않지만 보고 싶어. 봐야겠어."

폴리는 또다시 눈물을 흘렸다.

"이리 와."

맷은 폴리를 안아들었다. 마치 헨리처럼 가벼운 아기를 안아드는 것 같았다. 그들을 따라 침실로 들어가기에는 너무 졸렸다.

"오늘은 알피가 우리 집에서 잘 건가 봐."

맷은 잠에 빠져드는 나를 보며 말했다.

"너무 편해보이네. 깨우지 말자."

폴리의 목소리를 끝으로 나는 금세 잠이 들었다.

31

마당냥이 생활이 바쁠 거라 예상하기는 했지만, 이 정도
로 피곤할 줄은 몰랐다. 어쩌다 보니 나만의 작은 공동체를
만든 셈이 됐고, 그 안의 모두는 각자 다른 이유로 내게 중요
한 존재가 됐다. 하지만 야속하게도 네 가정에 동시에 존재
하는 것은 불가능한 일이었다.

나는 계속해서 네 곳의 집을 오가며 나를 필요로 하는 사
람들을 주시했다. 문제는 내 도움이 필요하지 않은 사람이
없었다는 것이다.

다행히 네 곳 사이의 거리는 그리 멀지 않았지만, 나는 끊
임없이 네 곳을 돌아다녔다. 아무리 나 같은 건강한 고양이
라도 그 정도의 운동은 살짝 피곤한 일이었다. 22번지에 도

착한 나는 아들들과 함께 나와있는 프란체스카와 맷을 발견했다. 그들은 전에 폴리와 함께 있을 때처럼 풀밭에서 놀고 있었다. 알레스키는 언제나 그랬듯 나를 절친처럼 맞이했다. 프란체스카와 맷은 머그잔을 들고 있었다. 헨리는 엎드려 누운 채 이불을 덮고 있었고, 작은 토마츠는 책을 읽고 있었다. 알레스키가 나를 간지럽히기 시작하자, 나는 몸을 굴려 누우며 그에게 배를 내주었다.

"어제 병원에 다녀온 뒤로 자다 깨다 하더라고요. 도움이 되면 좋겠어요."

맷이 말했다.

"나아질 거예요. 너무 피곤해서 그래요. 우울한 이유는 피로가 쌓여서 그런 것도 있어요. 당신 말대로 악순환이죠."

프란체스카와 맷은 슬프게 웃었다.

"이따 장모님을 모셔와야 해요. 여기 장모님이 계시면 많이 달라질 테지만, 그렇다고 영원히 여기 계실 수도 없을 텐데 걱정이에요."

"그러실 필요 없을 거예요. 폴리는 나아질 거예요. 생각보다 빠르게요."

아름답고 연약한 폴리를 생각하니 내 눈에 눈물이 고였다. 하지만 그녀가 나아질 거라는 프란체스카의 말이 맞길 바랐다.

나는 폴리가 나아지고 있는 줄로만 알았다. 그렇게 완전히 무너지기 전까지는 말이다. 훨씬 밝아져 보이기도 했으니까. 하지만 클레어도 조를 만나기 전엔 나아지고 있는 것 같아 보였다. 나는 내가 얻어먹는 음식처럼 인간의 삶에서도 당연한 건 없다는 사실을 배우고 있었다.

어느 정도의 놀이 시간이 지난 후, 프란체스카는 아이들을 위한 점심을 차렸고, 맷도 함께 식사를 했다. 맷은 폴리를 방해하고 싶지 않다고 했지만, 그렇다고 혼자 있기에는 너무 불안한 모양이었다.

"헨리 분유 타세요. 저는 채소를 으깰게요."

프란체스카가 말했다.

"정말 괜찮겠어요?"

"당연하죠. 애들 먹일 채소 으깨면서 헨리 것도 으깨면 되죠. 쉬워요. 우리 다 같이 먹으면 쉬워요. 우리 둘은 수프 먹을까요? 폴란드어로는 *비트 보르시치*라고 하는 건데요."

"먹어본 적 없어요."

맷은 조금 미심쩍은 표정을 지었다.

"토마츠가 식당에서 만드는 건데, 아주 맛있어요. 먹어볼래요?"

"그럼요. 좋죠."

맷은 예의 바르게 얘기했지만, 목소리에는 여전히 의심이 서려있는 듯했다. 나도 밝은 빨간색의 음식은 조금 의심스러웠다. 다행히 프란체스카는 내게 수프 대신 정어리를 줬다.

점심을 먹은 후, 모두는 산책을 나갔다. 그 후에는 맷이 그의 장모님을 데리러 기차역으로 가기 전 폴리의 상태를 확인하고 싶어 해서, 프란체스카가 헨리를 돌봤다. 나는 그곳에 남아서 아이들과 좀 더 놀아줬다. 작은 토마츠는 형인 알레스키처럼 내게 더 관심을 쏟기 시작했고, 덕분에 나는 두 배로 더 힘들어졌다. 나는 정어리 덕에 배는 부르고 아이들 덕에 아주 피곤한 상태가 되자 내보내 달라며 현관문을 긁었다. 이번만큼은 다른 집으로 걸어가는 게 좋았다.

나는 먼저 클레어네 집에 들렀다. 조너선은 아직 퇴근하지 못했을 것 같았다. 고양이 문으로 들어온 순간, 나는 이 집이 무서워졌다는 사실을 깨달았다. 내 털끝이 바짝 섰다. 썩 좋은 느낌은 아니었다. 클레어는 내 첫 주인이었고, 나를 환대했다. 하지만 지금은 그 집에 들어가는 건데도 마음이 불안했다. 나는 부엌에서 클레어를 발견했다. 나를 돌아본 클레어의 눈에는 선명한 눈물자국이 있었다.

"알피, 드디어 왔구나!"

클레어는 나를 안아 들었다.

"걱정하던 참이었어. 거의 이틀째 안 들어왔잖아. 대체 여기 없을 땐 어디 있는 거니? 여자친구라도 생긴 거야?"

클레어의 물음에 나는 죄책감 섞인 야옹 소리를 냈다.

"먹을 걸 좀 줄게. 너는 고양이라서 여기저기 쏘다니는 걸 좋아하는 건 이해하지만, 그래도 네가 안 보이면 난 걱정한다는 걸 기억해 줬으면 해."

클레어의 말투는 부드러웠지만, 나는 꼭 야단을 맞는 듯한 기분이 들었다. 나는 조만 없다면 집에 오는 게 그리 불안하지는 않을 거라는 의미로 야옹 하고 대답했지만, 그녀가 내 말을 이해할 수 있을 리 없었다. 그래서 대신 그녀의 목에 코를 비비며 사과했다.

"뭐가 이렇게 시끄러워?"

조는 부엌으로 들어오며 물었다. 그는 평소처럼 티셔츠에 청바지를 입고 있었지만, 뱃살이 조금 찐 것 같았다. 클레어가 마를수록 조는 더 살찌고 있었다.

"알피가 돌아와서 먹을 걸 주려던 참이었어."

그녀는 나를 내려놓고 찬장에서 고양이용 통조림을 꺼냈다.

"나보다 저놈의 고양이한테 더 잘해주네."

조는 화가 난 듯 말했다.

"무슨 말도 안 되는 소리야?"

클레어는 웃으며 말했다.

"웃어넘길 생각 마."

조는 갑자기 소리쳤다. 나와 클레어는 몸을 움츠렸다.

"그런 게 아니라……."

"맞잖아. 솔직히 지친다. 내가 직장에서 잘렸다는 이유만으로 내가 바보라도 된 것처럼 굴잖아. 내 잘못으로 잘린 것도 아닌데. 항상 날 이겨먹을 생각만 하고."

나는 부엌 찬장 근처에서 몸을 공처럼 웅크렸다. 겁에 질렸지만, 뭘 어떻게 해야 할지 몰랐다. 전에도 조 때문에 다칠 뻔했던지라, 그가 어디까지 할 수 있을지 확신할 수 없었다. 조는 우리를 향해 달려들 것처럼 굴다가 마음을 바꾸고 몸을 돌리더니 주먹으로 벽을 쳤다. 아주 갑작스럽고 폭력적인 그의 행동에 클레어가 소리를 질렀다. 조는 클레어나 나를 때리지는 않았지만, 우리 둘 다 겁에 질리게 만들었다. 한동안 침묵이 흘렀다.

"조, 우리 집에서 나가줘."

클레어는 떨리는 목소리로 말했다. 나는 너무 기뻐서 웅크렸던 몸을 펼치며 펄쩍 뛸 뻔했다. 조는 안색이 어두워지더니 갑자기 태도를 바꿨다.

"미안해. 맙소사, 정말 미안해."

그는 손바닥을 맞대고 비볐다.

"내가 이성을 잃었어. 한 번도 그런 적 없었잖아."

조는 클레어를 향해 다가갔지만, 그녀는 몸을 뒤로 움츠렸다. 나는 클레어를 보호하려 그녀의 앞에 섰다. 클레어에게 조가 거짓말쟁이라는 사실을 알리고 싶었지만, 말을 할 수 없어 답답했다.

"조, 벽에 이렇게 큰 구멍을 내놓고 이성을 잃을 생각이 없었다고 말하는 거야?"

클레어는 두려움에 찬 목소리로 물었다. 화가 난 건 아니었다.

"맙소사, 미안해. 내가 무슨 짓을 한 거지?"

놀랍게도 조는 울기 시작했다.

"조, 울지 마."

클레어는 마음을 풀며 말했다.

"미안해. 이제 자기가 날 뭐라고 생각할까? 클레어, 난 절대로 폭력적인 사람이 아니야. 그냥 직장에서의 일도, 집을 잃은 것도 너무 속상해서 그래. 그거 때문에 자기한테 염치없이 빌붙어 사는 기분도 들고."

"그렇지만 난 괜찮은걸. 죽을 때까지 이럴 건 아니잖아. 직장은 다시 구하면 돼. 다시 할 수 있을 거야."

클레어의 목소리에서는 한치의 분노도 느껴지지 않았다. 조가 그녀를 조종하는 실력은 정말 대단했다. 나는 희망을 잃고 있었다.

"그러면 좋겠네. 지금은 불경기라서, 채용하는 회사가 없어. 프리랜서 일은 조금 할 수 있을지도 모르는데, 완전 패배자가 된 느낌이 들어. 그렇게 좋은 직장을 가지고 있던 내가 지금은 어떤 꼴인지 봐."

"조."

클레어는 조를 향해 다가가 그를 꼭 안아줬다. 절망스럽고 역겨운 광경이었다.

"사랑해. 자기가 필요한 게 있다면 뭐든 도울 거야. 이제 자기 비하는 그만해. 그리고 다시는 그렇게 화내지 마."

클레어가 평소보다 더 평정심 있게 말하는 걸 들으니 우스웠다. 그리고 그녀가 그토록 쉽게 조를 용서했다는 사실에 너무나도 화가 났다. 조는 또다시 그렇게 이성을 잃을 게 분명했다. 조 같은 남자는 언제나 그랬다. 클레어를 행복하게 만들어 주는 것도 아니었다. 클레어가 조 덕분에 행복하다고 생각할 리가 없었다.

"약속해, 클레어. 사랑해. 앞으로 더 잘할게. 정말이야."

"그럼 벽에 난 구멍부터 고쳐줘."

클레어는 힘없이 웃었다.

나는 반항하듯 클레어의 집을 나와 조너선네 집으로 향했다. 조너선은 운동복을 입고 있었다. 퇴근한 지 꽤 오래된 모양이었다.

"왔구나. 요새 통 안 보이네. 암컷 고양이들이랑 놀기라도 한 거야?"

'아니. 미친 남자 때문에 무서워 죽겠어. 네가 가서 처리해 주면 참 좋겠어.'라고 말하고 싶었다. 하지만 내가 할 수 있는 말은 야옹, 뿐이었다.

"어쨌든 저녁 좀 줄 테니까, 먹고 쉬어. 암컷 꼬시는 게 쉬운 일은 아니잖아."

나는 가르랑거렸다.

"하이파이브."

나는 조너선을 멍하니 쳐다봤다.

"손 올려봐. 아니, 발바닥 말이야. 그럼 나도 똑같이 하는 거야."

내가 발바닥을 들어 올리자, 조너선은 거기에 그의 손바닥을 마주쳤다.

"똑똑한 고양이네. 방금 처음으로 기술을 배운 거야. 너 대신 필리파를 쫓아낸 게 참 다행이지 뭐야?"

그는 웃었다. 나는 놀란 눈으로 조너선을 쳐다봤다. 겨우 발바닥을 들어올린 것뿐인데 이 정도로 반응해 준다고? 내가 인간의 말을 한 것도, 춤을 춘 것도 아닌데. 인간들은 참 단순한 것에도 엄청 행복해한다니까.

조너선은 나와 함께 저녁을 먹은 뒤 외출했다. 나는 다시 외출할 기분이 들지 않았다. 신체적으로도, 감정적으로도 정말 피곤했다. 그래서 내 캐시미어 담요에 누워 휴식을 취했다. 오늘 일어난 일을 되새겨 보니, 목표에 가까워지고 있다는 생각이 들었다. 프란체스카와 그녀의 가족은 잘 지내고 있었고, 다른 사람들에 비하면 그렇게 큰 위기를 겪고 있지 않았다. 적어도 내 생각에는 그랬다. 폴리도 아직 아프기는 하지만 회복할 터였다. 확신할 수 있었다. 그리고 조너선은 비록 그 큰 집에 여전히 혼자 살고 있긴 했지만, 전보다 활기차 보였다. 적어도 인간은 아니지만 내가 함께 있기도 하고 말이다. 이제 남은 건 클레어뿐이었다.

나는 오늘 직접 겪은 경험으로 조가 어디까지 무서워질 수 있는지 알 수 있게 됐다. 그리고 비슷한 일이 일어나지 않으리라는 보장은 없다는 사실도 알았다. 조는 분명 또다시 분노로 폭발할 것이었다. 그렇게 된다면 그때는 클레어가 다칠 거라는 확신이 들었다.

그런 짐승이 클레어를 다치게 하는 상상을 하니 너무나도 속상했다. 조는 분명 클레어를 통제하고 있었다. 그래서 어떤 일이 벌어질지 알 수는 없었지만, 그게 좋은 일은 아니리라는 것만큼은 본능적으로 짐작할 수 있었다. 그 결말이 어떻게 될지는 알 수 없었지만, 이 모든 것이 끝나야 한다는 것만큼은 확실했다. 이 나쁜 상황을 끝내기 위해 내가 할 수 있는 뭔가가 있을 거라는 직감이 들었다. 단지 그게 뭔지 아직은 확신할 수 없을 뿐이었다. 나는 부드럽고 사랑스러운 내 담요 위에서 천천히 잠에 빠져들며 고양이 기도를 했다. 너무 늦어버리기 전에, 최대한 빨리 방법을 찾을 수 있게 해달라고.

32

나는 번뜩이는 아이디어와 함께 잠에서 깼다. 밖은 여전히 어두웠지만, 곧 동이 트려 하고 있었다. 불필요할 정도로 시끄러운 새 울음소리를 듣고 있자니 고양이들이 새를 사냥하고 죽이는 이유가 이해될 지경이었다. 나는 잠들어 있는 조너선을 바라봤다. 그의 얼굴은 너무나도 평온했고, 만족스러워 보였다. 다가올 일을 생각하면 두렵기도 했지만, 나는 조너선의 존재에서 위안을 얻으려 노력했다.

위험한 일이었다. 그건 확실했다. 어찌저찌 잠결에 떠오른 내 계획은 아무리 생각해도 어리석었다. 하지만 위험을 감수하더라도 해내야만 하는 일이었다. 고양이로서의 내 모든 존재를 걸고 계획이 성공하기를 바라면서 말이다.

나는 조녀선에게 몸을 파묻었다. 모든 것이 바뀔 오늘, 무슨 일이 있든 내가 그를 사랑한다는 사실만큼은 알길 바라며. 그는 내 옆에서 깊이 잠들어 있다가 알람 소리에 깨며 일어나 앉았다. 나는 조녀선의 가슴팍 위로 뛰어 올라갔고, 그를 향해 미소 지어 보였다.

"알피, 내 침대에서 뭐 하는 거야?"

조녀선은 그렇게 묻긴 했지만, 다정한 목소리였다. 나는 야옹거렸다. 조녀선은 웃음을 터뜨리고는 애정을 담아 나를 쓰다듬은 후 침대에서 빠져나왔다.

어찌저찌 아래층까지 내려오긴 했지만, 다리에 힘이 잘 들어가지 않았다. 나는 한 번도 내가 용감한 고양이라고 생각한 적이 없다. 마거릿과 아그네스와 살던 초반에야 용기로 똘똘 뭉친 고양이였는지는 몰라도, 아그네스가 날 좋아하기 시작한 후부터는 용기를 낼 필요가 없었다. 하지만 마거릿과 아그네스를 떠나보내자, 내 마음속에서는 또다시 용기가 샘솟았다. 내게 있는지조차 몰랐던 용기였다. 그 덕분에 나는 살아남을 수 있었다. 그러니 내 다리에 용기가 느껴지지 않아도 나는 내 결심을 포기하지 않았다.

나는 부엌에서 조녀선을 기다렸다. 조녀선은 위층에서 내려와 커피를 만들었고, 내게 우유를 따라줬다. 그러고는 토스트를 구웠고, 날 위해 차가운 연어를 요리해 줬다. 어쩌면 내 마지막 아침 식사가 될지도 몰랐기에, 나는 충분히 음미했다.

"그럼 알피, 난 가볼게. 퇴근하고 봐."

조너선은 자리에서 일어나며 말했다. 나는 두 발 모아 간절히 그를 다시 볼 수 있기를 빌었다.

나는 클레어네 집으로 향했다. 클레어는 밤새 잠을 이루지 못한 것 같은 행색이었다. 나를 쓰다듬긴 했지만 멍한 표정이었고, 두려워하는 것 같기도 했다. 누가 봐도 클레어는 조와의 관계에서 행복함을 느끼지 못했다. 하지만 그렇다고 혼자가 되는 것도 나쁜 일이라고 생각하는 듯했다.

인간들은 원래 그런 법이라고 들은 적이 있다. 어떤 사람들은 혼자 외로이 지내느니 행복하지 않더라도 다른 누군가와 함께 지내고 싶어 한다고. 내가 보기엔 클레어도 그런 사람이었다. 하지만 클레어의 상태를 보고 여전히 메워지지 않은 벽의 구멍을 보니, 내 계획을 실행해야 한다는 결심은 더 확고해졌다.

나는 출근하는 클레어와 함께 집을 나섰다. 그리고 그녀가 모퉁이를 돌 때까지 그녀 곁에서 길을 따라 걸었다.

"잘 있어, 알피. 이따 밤에 봐."

나는 꼭 밤에 다시 볼 거라는 대답 대신 그녀의 다리에 몸을 비볐다.

이제 내 바들거리는 다리를 이끌고 22번지로 향할 차례였다. 현관문을 긁자, 프란체스카가 문을 열어줬다.

"알피!"

알레스키와 작은 토마츠는 동시에 내 이름을 외치며 나를 마구 귀여워해 줬다. 나는 두 아이에게 애정을 퍼부었고, 아이들도 등을 대고 누운 내 배를 간지럽히며 내 애정에 보답했다. 그 놀이는 한참이나 이어졌고, 나는 이 행복감을 최대한 즐기며 아이들과 놀아줬다. 얼마 후, 프란체스카가 폴리를 보러 갈 시간이라고 말했다. 그녀를 만나는 건 프란체스카가 폴리를 병원에 데려간 후 처음이라 기뻤다.

문을 열어준 건 폴리가 아닌 더 나이 든 여성이었다. 그녀는 꽤 우아해 보였고, 마거릿보다는 젊어보였다.

"프란체스카, 또 보니 좋네요."

그녀는 미소 지었다.

"안녕하세요, 밸. 폴리는 좀 어떤지 보러 왔어요. 저희가 도울 일이 있을까요?"

"네, 들어와요. 당신을 보면 좋아하겠네요. 헨리는 애들한테 놀아주라고 하죠."

여자는 옆으로 비켜섰고, 나는 그들을 따라 집으로 들어갔다.

"안녕, 네가 그 영웅 고양이 알피인가 보구나."

나는 가르랑거렸다. 벌써 그 여자가 좋아질 것 같았다.

폴리는 잠옷을 입고 있었지만 아름다웠고, 전보다는 조금 나아진 것 같았다. 프란체스카는 폴리를 꼭 안아줬다. 작은 토마즈와 알레스키는 쿠션에 둘러싸인 채 놀이용 깔개에 앉아있는 헨리에게로 갔다.

"프랭키, 와줘서 고마워요."

폴리는 말했다.

"잠을 많이 자서 훨씬 좋아졌어요."

"잘됐네요. 그래도 천천히 회복해요."

"차 끓여줄까?"

폴리네 엄마가 물었다.

"고마워요, 엄마."

"도와드릴까요?"

프란체스카가 물었다.

"괜찮아요. 앉아서 우리 딸 말동무나 해줘요."

폴리네 엄마는 부엌으로 나갔다.

"그래서, 잘 지내요, 프랭키?"

"아주 잘 지내요. 알레스키는 다음 주부터 학교 가요. 토마즈 보낼 어린이집도 찾았고요. 친구 사귀기에 좋으니까요. 저도 파트타임 일을 구했어요. 그냥 가게지만 저한테는 좋은 일이에요."

"그거 좋은데요. 영어도 늘고, 사람들도 만나고. 그러고
보니 물어본 적 없는 것 같은데, 폴란드에서는 무슨 일을 했
나요?"

"가족이 식료품 가게를 해서, 거기서 일했어요. 큰 재미 없
지만 좋아요. 사람들 응대하고 대화 나누는 거 좋아해요."

"알레스키?"

폴리의 부름에 알레스키가 돌아봤다. 나는 깜짝 놀랐다.
폴리가 알레스키에게 직접 말을 거는 모습은 처음 봤기 때
문이었다. 그게 처음이라는 것도 폴리는 몰랐으려나?

"응?"

알레스키가 말했다.

"네, 폴리."

프란체스카가 알레스키의 말을 고쳐줬다.

"죄송해요. 네, 폴리."

폴리는 웃음을 터뜨렸다.

"새로 학교에 가게 돼서 좋니?"

"응, 좋아요. 그런데 조금 무서워요."

"그렇구나. 우리 같이 가게에 가서 멋진 학교 가방이랑 필
통 좀 골라볼까? 맷이랑 내가 입학 선물로 사줄게."

"와, 정말요? 스파이더맨 사도 돼요?"

"원하는 건 뭐든 사도 돼."

"폴리."

프란체스카는 말리려 들었다.

"그렇게 하게 해줘요, 프랭키. 당신이 날 위해 해준 게 얼마인데요. 당신이 나처럼 힘들어하진 않길 바라지만, 그런 일이 생긴다고 하더라도 내가 당신 마음에 전부 보답하긴 어려울걸요. 그러니까 애들 선물이라도 사게 해줘요. 나도 외출하고 싶기도 하고요. 영원히 집 안에만 박혀서 곪아터질 순 없잖아요. 스파이더맨 가방을 사러 가는 거라도 저한텐 아주 좋은 일이 될 거예요."

"알았어요. 고마워요."

두 사람은 차를 내온 벨과 함께 오래 알고 지낸 친구들처럼 수다를 떨었다. 작은 토마츠와 알레스키는 헨리와 함께 놀아줬다. 곧 내게 닥칠 미래를 생각하니 더욱 울컥하게 만드는 광경이었다. 하지만 내가 떠나더라도 그들은 괜찮을 것이다. 다들 행복한 듯했고, 폴리도 완전히 회복하진 못했지만 적어도 예전보다는 쾌활해졌다. 폴리가 헨리를 안아 들고 뽀뽀하는 모습만 봐도 알 수 있었다. 예전에는 폴리가 그러는 걸 한 번도 보지 못했으니까. 그곳에 있는 내내 헨리는 거의 울지 않았다. 22번지에 기적이 찾아오기라도 한 것 같았다.

그들은 점심 식사를 하기 전, 산책부터 하기로 결정했다.

"바람을 쐬고 싶어요."

폴리는 말했다.

"옷 좀 걸치고 올 테니 잠시만 기다려요."

걸친다는 게 무슨 소리인가 싶었던 내 의문은 티셔츠와 청바지 차림으로 돌아온 폴리의 모습을 보고 풀렸다. 그들은 신발을 신기 시작했다. 헨리는 작은 유모차에 탔지만, 작은 토마츠는 굳이 걷겠다고 했다. 그들은 대문 앞에 선 나를 돌아봤다.

"안녕, 알피."

알레스키가 말했다.

"안녕, 알피."

작은 토마츠도 따라 말했다. 폴리와 프란체스카는 몸을 굽혀 나를 쓰다듬었다.

"점심시간 전에 다시 들를 거라면 돌아오는 길에 네게 줄 생선을 좀 사올게."

폴리의 말에 나는 기쁨에 젖어 야옹거렸다.

"꼭 네 말을 알아들은 것 같구나."

밸이 감탄했다.

"아주 똑똑한 고양이예요."

프란체스카가 대답했다.

"당연히 알아듣죠."

22번지를 떠난 나는 서둘러 타이거를 보러 갔다. 나는 조금 더 지름길인 뒷길을 선택했고, 울타리를 넘고 으르렁거리는 개를 피해 갔다. 타이거는 뒷마당에서 일광욕을 하고 있었다. 나는 그녀를 보자마자 내 계획을 설명했고, 그녀는 충격을 받은 표정을 지었다. 아니, 사실 짜증 섞인 울음소리를 냈지만, 나는 다 생각이 있다고 설명하려 애썼다. 타이거는 온갖 고양이 욕을 해대며 내 멍청함을 나무랐다. 그러더니 비명을 지르며 내가 걱정된다고 했다. 결과가 어떻게 될지는 모르는 일이었으니 말이다. 타이거는 나만큼이나 용감하고 멍청한 고양이는 또 없을 거라고 말했다. 나도 인정하는 수밖에 없었다. 우리는 결국 애정 어린 작별 인사를 했고, 나는 무슨 일이 있더라도 최대한 무사히 돌아오겠노라는 약속을 남겼다.

나는 타이거와의 일도, 곧 닥칠 미래의 일도 잊으려 노력했다. 우선은 내 생선을 얻어먹기 위해 다시 22번지로 돌아갈 차례였다.

나는 집 앞에서 프란체스카와 아이들을 마주쳤다.

"우리 집으로 가자."

그녀는 말했다.

"헨리는 자고 있고, 폴리도 쉬어야 해서 네 생선은 내가 받아왔어."

기분이 좋아진 나는 가르랑거리며 그들을 따라 위층으로 올라갔다.

알레스키는 텔레비전을 켰고, 작은 토마츠는 텔레비전 바로 앞까지 바짝 다가가 바닥에 앉았다. 프란체스카는 부엌에서 "토마츠, 너무 가깝잖아. 떨어져."라며 웃었다. 프란체스카는 벽까지도 꿰뚫어 볼 수 있는 걸까 싶었다. 시력이 좋아서 물체를 잘 보는 우리 고양이들도 그 정도까지는 못 하는데.

나는 프란체스카를 따라 부엌으로 들어가서 식사가 준비되기를 기다렸다. 프란체스카는 약속대로 내게 생선을 요리해 줬다. 바닥에서 음식을 먹는 것만 아니면 꼭 인간이 된 것 같았다. 프란체스카가 아이들과 함께 식사하는 동안, 나도 빠르게 생선을 해치우고 그루밍을 마쳤다.

점심 식사를 마친 후, 프란체스카는 낮잠을 거부하는 작은 토마츠를 간신히 재우고, 알레스키에게 책을 읽어주며 시간을 보냈다.

"영어 읽는 거 어려워."

알레스키는 칭얼거렸다.

"하지만 잘하고 있잖아. 곧 엄마보다 더 잘하게 될걸."

"학교 좋아하게 될까?"

알레스키는 걱정스러운 표정으로 물었다.

"아주 좋아할 거야. 폴란드에서도 그랬잖아."

"그렇지만 여기에서는 영어 쓰잖아."

"그래, 하지만 선생님들이 네게 잘해줄 거고 널 도와줄 거라고 했어. 그러니까 걱정하지 마."

이렇게까지 설득하는 모습을 보니, 프란체스카도 알레스키가 걱정되는 모양이었다.

"그리고 폴리가 가방 사주면 엄청 행복할 거야."

프란체스카는 몸을 배배 꼬는 알레스키에게 뽀뽀하며 그를 꼭 안아줬다.

한동안의 독서를 마친 후, 알레스키는 장난감 자동차를 꺼냈고, 나는 그걸 따라다녔다. 재미를 느끼려고 노력은 했지만, 마음이 좋지 않았다. 점점 긴장이 커지고 있었다. 진심으로 놀이를 즐기려 해봐도 그럴 수 없었다. 마음을 단단히 먹어야 했다. 언제 다시 아이들과 놀 수 있게 될지 몰랐으니까. 아주 오래 걸릴 수도 있는 일이었다. 그러니 적어도 즐기기라도 해야지.

나는 알레스키가 밀어준 장난감 자동차를 쫓아가 내 작은 발바닥으로 도로 밀어주며 놀았다. 생각보다 쉽지 않은 일이었다. 알레스키는 즐거워서 깔깔거렸다. 우리는 내가 떠날 시간이 될 때까지 아주 오랜 시간을 들여 함께 놀았다. 이제 아주 무서운 내 계획을 실행할 때가 됐다.

나는 모두에게 작별을 고하며 한 명 한 명의 얼굴을 되새
겼고, 부디 조만간 그들을 다시 보게 되기를 진심으로 소망
했다.

33

클레어의 집으로 다가가는 내 다리는 사정없이 떨렸다. 타이거는 밖에서 나를 기다리고 있다가 내게 코를 비비며 행운을 빌어줬다. 그녀는 내게 다시 생각해 보라고 했지만, 그럴 수 없었다. 해야만 하는 일이었고, 내가 너무나도 사랑하는 클레어를 위한 일이었으니까. 그녀에게 화가 나기도, 그녀의 연약함에 짜증이 나기도 했지만 난 클레어를 사랑했고, 클레어에게는 내가 필요했다. 내가 그렇게 대단한 고양이는 아니지만 그녀에게는 나뿐이라는 생각이 들었다. 그리고 지금은 나만 있더라도 그녀에게는 충분하기를 바랐다.

나는 평소보다 조금 더 힘있게 도약해 고양이 문을 통과했고, 잠시 가만히 서있었다. 클레어는 아직 집에 돌아오지 않은 듯했다. 조는 거실에서 텔레비전을 보고 있었다. 심호흡을 하니 온몸의 털이 곤두서는 게 느껴졌다. 처음 길거리에 내몰렸을 때를 제외하면 이 정도의 공포는 느껴본 적이 없었다. 내 작은 심장은 내 몸 밖으로 튀어나올 듯 거세게 뛰어댔다.

나는 거실 밖에 앉아 기다렸다. 문 밖으로 클레어가 다가오는 소리가 들리자, 나는 고양이의 훌륭한 청각 능력에 감사했다. 타이밍이 중요했다. 나는 거실로 뛰어 들어가 조의 무릎 위로 뛰어 올라갔다. 조는 놀란 표정을 지었다가 내 예상대로 화를 냈다.

"당장 안 내려가? 이 고양이 새끼야."

나는 소리치는 그에게 하악거린 후, 그의 팔을 할퀴었다. 그러고는 눈을 감고 내게 닥칠 보복을 기다렸다.

"이 망할 멍청한 고양이가! 하여튼 예쁜 구석이 없어."

조는 나를 방구석으로 던지며 말했다. 나는 공처럼 몸을 바짝 웅크렸다가 바닥에 떨어질 타이밍이 되자 다리를 뻗어 올바르게 착지했다. 클레어가 집 안으로 들어오는 소리가 들리자, 나는 최대한 큰 소리로 울부짖었다.

조는 거실을 재빠르게 가로질러 다가와 나를 연거푸 발로 차기 시작했다. 온몸을 사로잡는 고통 때문에 나는 더 이상 울부짖을 수 없었다.

"뭐 하는 거야? 알피한테서 떨어져, 이 자식아!"

클레어의 말을 끝으로 나는 정신을 잃었다.

마거릿과 의학 드라마를 꽤 많이 봤는데도 나는 내가 의식이 있는지, 없는지, 아니면 이도저도 아닌지 알 수 없었다. 죽지는 않았다. 그건 알 수 있었다. 아그네스와 마거릿이 보이지 않았으니까. 죽었다면 둘을 만났을 텐데. 온몸이 아프긴 해도 따뜻했다. 어딘가로 이동 중인 것 같았다. 두 사람의 목소리가 희미하게 들려왔다. 그중 하나는 클레어의 목소리였다.

"제가 무슨 짓을 한 걸까요?"

클레어는 울었다.

"조가 나를 이용하게 내버려두다뇨. 이제는 쫓아내 버렸지만, 그 사람 때문에 알피가 죽을 뻔했잖아요. 세상에, 진짜 죽으면 어떡하죠? 그럼 난 절대 스스로를 용서할 수 없을 거예요."

"클레어."

나는 이제 다른 한 사람의 목소리는 타샤의 것이라는 사실을 알아차렸다.

"이혼 후에 마음이 연약했기 때문에 그런 거예요. 우린 당신이 나아졌다고 생각했지만, 정말로 나아진 건 아니었어요. 그렇죠? 당신은 여전히 스스로가 가치 없다고 생각한 거예요. 내가 그걸 알아차렸어야 했는데. 그걸 조는 아주 잘 알아 봤죠. 그런 남자들은 여자의 연약한 마음을 잘 눈치채요. 스스로를 비난하지 말아요. 알피는 괜찮을 거예요. 동물병원에 거의 다 왔어요. 분명 회복할 수 있을 거예요."

하지만 타샤의 목소리에서는 확신이 느껴지지 않았다.

"그리고 알피가 당신을 구했잖아요."

"전에 조가 알피의 눈앞에서 주먹으로 벽을 때린 적이 있어요. 아마 그걸 보고 다음에는 날 때릴 줄 알았나 봐요."

"정말 그랬을지도 몰라요. 당신이 쫓아내서 망정이지."

"그걸 이제야 깨달았어요. 자기방어도 못 하는 약한 고양이를 발로 차는 모습을 보니까 갑자기 정신이 맑아지더라고요. 그 사람을 알피에게서 떼어냈고, 너무 화가 나서 그 사람을 밀치고 때렸죠. 전처럼 또다시 계속 미안하다는 말만 반복하더라고요. 웃기죠? 이번에는 그를 믿지 않았어요. 5분 안에 나가지 않으면 경찰을 부르겠다고 했죠."

"그랬더니 뭐라던가요?"

"벽을 때렸을 때처럼 울었어요. 하지만 전 단호하게 행동했죠. 그렇지만 알피를 안아들려니 너무 무섭더라고요. 그래서 타샤한테 전화한 거예요. 피도 흥건했고, 알피가 움직이질 않아서요. 조는 제 말대로 나가지 않고 계속 거기 서있기만 했어요. 그래서 다시 나가라고 말했는데, 그랬더니 다시 폭력적으로 굴더라고요. 그래서 휴대폰으로 112를 눌러 보여주면서 한 걸음만 더 다가오면 통화 버튼을 누르겠다고 했어요."

"그제야 나가던가요?"

"네. 평생 들어볼 만한 욕은 다 들었지만요."

"끔찍한 남자네요."

"전 왜 눈치채지 못했을까요?"

"저도 솔직히 모르겠어요. 그 사람이 당신을 통제한 것 같아요. 하지만 뭔가를 간절히 원하면 자기가 보고 싶은 것만 보기도 하는 법이죠. 클레어, 이 일로 교훈을 얻었다고 생각해요. 안타깝지만 이 세상에는 조 같은 남자들이 아주 많으니까요."

"미안해 죽겠어요. 알피한테 무슨 일이라도 생긴다면 난 멍청한 나를 절대로 용서하지 못할 거예요."

"자꾸 그렇게 멍청하다느니 하면서 자기 비하하는 태도를 보이니까 이렇게 된 거예요."

타샤는 클레어에게 아주 솔직하게 굴었고, 나는 그게 마음에 들었다. 클레어가 우는 모습은 마음이 아팠다. 나는 또다시 검은 무의식 속으로 잠겼다. 더는 저항할 수 없는 힘에 이끌려 들어가는 기분이었다.

계획은 성공했다. 마침내 조를 쫓아냈으니까. 이제는 그 대가가 너무 크지 않기만을 바랄 수밖에.

34

이런 이상한 곳에서 얼마나 오랜 시간을 보낸 걸까? 나는 동물병원에 있었고, 의사는 내게 다양한 처치를 했다. 의사는 내가 병원에서 지내야 한다고 했고, 나는 거의 의식이 없었다. 의사가 놓은 주사 때문에 나는 수술 얘기를 제대로 듣지도 못하고 암흑 같은 잠에 빠져들었다. 사람들의 목소리가 들리긴 했지만, 무슨 얘기가 오가는 건지 정확히 알아들을 수는 없었다. 진통제 덕분에 고통은 전혀 느껴지지 않았지만, 끊임없이 졸렸다.

그래도 더는 두렵지 않았다. 그런 감정을 느낄 만큼의 에너지조차 남아있지 않았으니까. 거의 잠만 잔 것 같았다. 하지만 생선이 가득 등장하는 평소 같은 꿈이 아니라 아무 일도 일어나지 않고, 아무 일도 일어나지 않을 그런 꿈을 꿨다.

어느 날, 나는 잠에서 깨 눈을 떴다. 수염을 흔들어 보니, 아직 건재했다. 몸을 제대로 움직일 수는 없었지만 정신은 거의 평소처럼 또렷해진 기분이었다.

"알피."

나는 여자의 목소리가 들리는 곳을 향해 고개를 돌렸다. 그녀는 초록색 코트를 입고 있었고, 머리는 뒤로 묶은 모습이었다. 친절해 보이는 사람이긴 했다.

"드디어 눈을 떴구나. 다행이야. 나는 니콜이라고 해. 너를 돌봐주는 간호사 중 한 명이지. 이따 의사 선생님도 널 보러 오실 거야."

그 덕에 나는 내가 나아지고 있다는 사실을 알 수 있었다. 날 만져대고 찔러대는 의사에게 쉬익거렸더니, 그는 웃음을 터뜨렸다. 니콜은 나를 쓰다듬으며 이제는 클레어가 보러 와도 되겠다고 말했다.

클레어가 타샤를 데리고 날 보러 오자, 나는 울음을 터뜨릴 뻔했다. 물론 행복감에 겨운 눈물이었다. 눈을 뜨고 있는 게 힘들긴 했지만, 나는 최대한 오래 눈을 뜨고 클레어를 바라봤다. 주말 동안 떠나있었던 클레어는 조를 만나기 전처럼 더 나아진 모습이었다.

"오, 알피. 다 괜찮아질 거라고 들었어."

클레어의 볼을 타고 눈물이 흘러내렸다. 아마 저것도 행복의 눈물이겠지?

"정말 다행이야. 이제 정말 예전 같은 모습이네. 살면서 가장 긴 한 주였어."

클레어는 말했다.

"이렇게 계속 힘내준다면 일주일 후에는 나랑 같이 집에 갈 수 있을 거야."

"그리고 조는 이제 없으니 걱정하지 마."

타샤가 거들었다.

"물론이야. 조는 이제 없고, 우리 사이를 갈라놓을 사람은 아무도 없을 거야. 알피, 네가 날 구했어. 다 알아."

"근데 이상하지 않아요?"

타샤가 말했다.

"뭐가요?"

클레어가 물었다.

"일이 그렇게 된 거 말이에요."

"무슨 말이에요?"

"꼭 알피가 이렇게 되길 바라고 계획한 것 같아서요. 조가 벽에 구멍을 내선 클레어도, 알피도 겁먹게 한 후로 알피를 발로 찰 때까지 하루나 지났을까 싶은데요."

"조가 짐승 같은 놈이라 그렇죠. 지금도 생각하면 화가 나

358

네요."

클레어가 목소리를 높였다.

"아니, 제 말을 들어봐요. 조는 알피가 자길 공격했다고 그랬다면서요? 만약 정말 그랬다면요? 알피가 조를 당신에게서 떼어내려고 조를 자극한 거라면요?"

"알피가 똑똑하긴 하지만, 설마요. 타샤, 알피는 고양이일 뿐이잖아요."

나는 속으로 미소를 지으며 다시 잠에 빠져들었다.

클레어는 며칠간 나를 자주 방문했고, 나는 힘을 되찾았다. 다행히 부러진 곳은 없어서, 다시 일어설 수도 있었다. 물론 여전히 고통이 느껴지기도 했고, 의사에게 예전만큼은 민첩하지 못할 거라고 듣긴 했지만 말이다. 하지만 상관없었다. 걸을 수도 있었고, 내상을 입긴 했어도 나는 아주 운이 좋은 고양인 모양이었으니 말이다. 그 당시에도, 그 이후에도 알아채지 못하긴 했지만. 아니, 계속 알고 있었는지도.

퇴원하기 며칠 전, 클레어는 또다시 나를 찾아왔다. 이번에는 타샤와 함께가 아니었다. 나는 깨어있긴 했지만 이제 막 주사를 맞아 아주 졸린 상태였고, 그래서 눈을 뜨기가 힘들었다. 하지만 그 와중에도 그의 목소리는 똑똑히 알아들을 수 있었다.

"알피!"

그는 울부짖었다.

"세상에. 무슨 일이 있었던 거야?"

조녀선이잖아! 나는 반가움에 눈을 뜨려 했지만, 실패하고 말았다.

"그러니까, 알피가 당신 고양이라고요?"

클레어의 목소리에는 짜증이 묻어있었다.

"그렇다니까요! 알피를 얼마나 찾아다녔는데요."

"포스터를 보긴 했지만 같은 고양이라고는 생각 못 했어요. 알피는 제 고양이거든요."

"포스터에 알피라는 이름의 회색 고양이를 잃어버렸다고 똑똑히 쓰여있었는데도요?"

조녀선은 내가 처음 그를 만났을 때처럼 화가 난 목소리로 말했다.

"그게, 당신 입장에서야 그렇게 생각할 수는 있겠네요."

클레어는 살짝 후회하는 듯 대답했다.

"그래서 당신은 생김새도, 이름도 똑같은 고양이를 찾고 있다는 포스터를 보고서도 다른 고양이 얘기라고 생각했다는 거예요?"

나는 내가 없는 동안 조녀선에게 변함이 없었다는 사실에 기뻤다.

360

"그게, 그거야 제 고양이니까요."

"하지만 런던 에드거 로드에서 저렇게 생긴 알피라는 고양이가 몇 마리나 있을 것 같아요?"

조녀선은 인내심이 바닥난 듯했다.

"그게 전……. 죄송해요. 알피가 우리 둘 다와 살았나 보네요."

"그렇다면 알피가 그렇게 자주 사라진 게 이해가 되죠."

"안 그래도 항상 어디 가나 궁금하긴 했어요."

클레어가 맞장구쳤다.

"제가 일주일이 넘도록 그 포스터를 붙여뒀는데도 전화할 생각도 안 했다니, 너무하네요."

"며칠 전에야 봤어요. 게다가 계속 말씀드리지만 같은 고양이라고는 생각하지 못했다니까요. 적어도 아까 포스터를 더 붙이시는 걸 보고서 말씀드리긴 했잖아요. 좀, 늦었지만."

클레어는 평소처럼 호락호락하지 않았다. 조녀선에게 맞서는 그녀의 모습은 나를 놀라게 했다.

"내가 얼마나 걱정했다고요."

"이해해요. 정말 죄송해요. 하지만 정말 제 고양이라고 생각해서 그랬어요!"

나는 야옹 소리를 내서 두 사람의 주의를 끌어보려 했지만, 아무 소리도 나오지 않았다.

"그럼 그 애는요?"

나는 귀를 쫑긋 세웠다. 그 애? 알레스키 얘기인 걸까? 사랑받기 시작하고 있다는 기분이 들었다. 조녀선도 나를 보고 싶어 하고 찾아다녔으니, 22번지의 가족들도 그러지 않았을까?

"솔직히 저는 당신이 붙인 포스터밖에 못 봤어요. 고양이가 그려진 다른 포스터는 당신이 보여줬을 때 처음 봤다고요."

클레어는 당황한 듯 말했다.

"그리고 고양이가 그려진 포스터를 봤다고 하더라도 그림 속 고양이와 알피의 닮은 점은 눈치채지 못했을 거예요."

"이 그림을 그린 애가, 아니, 애인지 아니면 그림을 아주 못 그리는 어른인지는 모르지만, 하여튼 그 사람이 얼마나 속상해하겠어요?"

"저도 이해해요. 미안하기도 하고요. 알피가 그렇게까지 인기 많은 고양이인 줄 제가 알았겠어요?"

클레어는 웃음을 터뜨렸다.

"여기저기서 밥을 얻어먹고 다닌 모양이네요."

"그러게요. 이 작은 꼬마 고양이 신사께서는 음식도 보살핌도 아주 극진히 대접받은 모양이에요. 적어도 세 곳의 가족들에게요. 그 외에도 알피를 돌보는 사람이 더 있을지 누가 알겠어요. 우선 여길 나가면 포스터를 그린 아이를 찾아가 보죠. 분명 저처럼 알피를 걱정하느라 잠도 못 자고 있을 거예요."

"정말 죄송해요."

"알피한테 이런 짓을 한 놈을 찾으면 죽여버릴 거예요. 자기방어도 못 하는 고양이한테 그런 짓을 하는 인간이 어디 있어요? 그런 망할 개자식이 다 있나."

조녀선의 얼굴이 어두워졌다.

"알아요. 다 제 책임 같아요. 알피한테 이런 일이 생기다니 너무 속상하고요."

"전부 다 당신 때문은 아닐 거예요."

조녀선은 완전히 누그러지지는 않았지만 살짝 화를 가라앉힌 목소리로 말했다.

"제 잘못이 맞아요. 그게 문제예요. 모든 게 다 저 때문이라는 거요."

"알피가 다치는 걸 보는 당신 마음도 좋지만은 않았겠죠."

조녀선의 위로에 클레어는 울음을 터뜨렸다. 조녀선은 어색하게 그녀의 어깨를 두드려 줬다. 갑자기 두 사람이 아주 잘 어울려 보인다는 생각이 들었다. 졸린 탓에 흐린 눈으로 봐도 말이다.

"미안해요, 조녀선."

"그럴 필요 없어요. 알피는 괜찮을 거니까요."

클레어는 고개를 끄덕였다.

"오, 알피."

클레어는 나를 쓰다듬으려 케이지의 창살 틈 사이로 손을 뻗었다.

"넌 참 사랑받는 고양이구나."

그랬다. 나는 사랑받는 고양이였다. 나도 나를 사랑하는 모든 이들을 사랑했다. 그렇기에 내 회복은 아주 빠를 거라는 예감이 들었다. 게다가 이제 나는 새롭지만 위험하지 않은 계획에 시간을 쏟아부어야 한다.

35

집에 갈 날이 다가오자 나는 아주 설렜다. 우리에 들어가 있을 필요도 없었다! 물론 우리가 싫었다는 건 아니지만, 그렇다고 호텔처럼 편안한 것도 아니었으니까. 게다가 운동을 해야 한다는 의사의 권고가 있었는데도 갇혀있기만 했고. 이제 에드거 로드를 활보하던 예전의 삶으로 돌아갈 수 있게 됐으니, 울타리를 뛰어넘어 다니는 정도까지는 안 되더라도, 적어도 거리를 산책할 수는 있게 됐다. 내 모든 가족과 타이거를 만날 생각에 마음이 부풀었다. 내게 있는 다른 가족의 존재를 알게 된 탓에 내게 화가 나있을지도 몰랐지만. (그렇지 않았으면 좋겠다.)

나를 데리러 온 클레어는 동물병원 의사와 함께 나를 내 고양이용 바구니 안에 넣었다. 그리 기분이 좋지는 않았다. 아프지는 않았지만, 그런 바구니에 구겨 넣어지는 내 모습이 그리 품위 있는 건 아니었기 때문이었다. 나는 항의의 뜻으로 꽥 소리를 냈다.

"한동안은 한 집에만 머무르게 하는 게 좋겠어요. 물론 운동은 해야겠지만 살살 시키고요. 적어도 일주일 동안은 안에만 머무르게 하시고, 며칠 뒤에는 상태를 확인하러 다시 데려오도록 하세요. 알피가 싫어해도 어쩔 수 없습니다."

동물병원 의사의 지시가 맘에 들지 않은 나는 우리 안에서 그녀를 쏘아보았다. 별로 즐거울 것 같지도 않았고, 내 계획에 안에만 머무르는 일은 없었으니까.

"걱정 마세요. 제가 잘 돌볼게요."

조녀선은 접수대에 서서 나와 클레어를 기다리고 있었다. 조녀선을 보니 정말 기뻤다.

"진료비만 내면 돼요."

클레어는 접수대의 여자가 건넨 계산서를 받으며 말했다.

"세상에."

조녀선은 휘파람을 불었다.

"너무 비싸네요."

"당신 고양이기도 하니까 좀 보태는 거 어때요?"

클레어의 말에, 조녀선은 충격을 받은 표정을 지었다. 그러자 클레어는 웃음을 터뜨렸다.

"농담이에요. 보험을 들어놔서 괜찮아요."

"보험을 들었다고요?"

조녀선은 못 믿겠다는 듯, 그런 건 들어본 적도 없다는 듯 물었다.

"네. 알피는 제 고양이니까 당연히 보험을 들었죠."

"전 생각도 못 했는데."

조녀선이 말했다.

"별로 놀랍지 않네요."

클레어는 쏘아붙였다.

"아마 집을 비울 때도 알피가 먹을 걸 남겨두는 걸 잊곤 했겠죠?"

놀랍게도 조녀선은 부끄러워했다.

"가족이 넷이나 있으니 굶을 일은 없지 않았겠어요?"

"그게 중요한 게 아니잖아요. 어쨌든 가죠. 파티해야 하잖아요."

내가 집에 돌아오는 날인데 자기들끼리 파티를 할 생각이었다고? 어쩐지 화가 났다.

조녀선은 그의 집 앞에 차를 댄 후 나를 들고 들어갔고, 클레어는 그의 뒤를 따랐다. 그들은 집으로 오는 내내 내 거취에 대한 말다툼을 벌였다. 하지만 내가 보기에 두 사람이 서로에게 잘 어울리는 한 쌍이라는 것을 스스로 알아차리는 건 시간문제였다. 그저 서로 싸우고 있기도 했고, 클레어도 이제 막 불안한 연애에서 빠져나온 참이었으니 지금 당장은 확실하게 모를 뿐이었다.

하지만 내가 보기에 두 사람은 완벽한 한 쌍이었다. 두 사람이 싸우는 모습은 점점 달라졌다. 더 부드러워졌고, 처음처럼 공격적이지 않았다. 게다가 클레어는 진심을 다해서 싸웠고, 조너선 앞에서는 소심하게 굴지 않았다. 나는 애초부터 클레어가 그런 성격이길 바랐다. 그리고 고양이의 본능으로 알 수 있었다. 내가 두 사람을 사랑하는 만큼이나 두 사람이 서로를 사랑할 수 있으리라는 것을.

시간이 갈수록 나는 행복해졌다. 조너선이 먹여주던 새우와 내 캐시미어 담요를 생각해도, 알레스키와 함께하던 공놀이를 생각해도, 폴리의 안부를 확인할 생각을 해도, 헨리와 두 토마츠를 다시 보게 될 생각을 해도 말이다. 물론 내 사랑스러운 프란체스카도 빼놓을 수 없다. 다들 얼마나 보고 싶었는지! 나는 만면에 미소를 띤 채 우리에서 나가기만을 기다렸다.

조너선은 복도에 우리를 내려놓고 문을 열어준 다음, 나를 안아 들고 부엌으로 데려갔다. 날 부엌에 버려두고 파티에 갈 생각인 걸까 싶어 서운한 마음은 커지기만 했다. 하지만 문이 열린 순간, 나는 놀라서 야옹거렸다.

"알피."

알레스키가 소리치며 내게로 달려왔다. 그는 조너선 바로 앞에서 멈춰섰다. 벽에는 화려한 가랜드가 걸려있었고, 조너선의 부엌 테이블 주변에는 프란체스카와 두 토마츠, 맷, 폴리, 그리고 헨리가 있었다. 믿을 수가 없었다. 서로의 존재를 전혀 몰랐던 내 모든 가족이 여기 다 함께 있다니!

"딱 걸렸어, 알피."

맷이 웃으며 말했다.

"그게 무슨 말이에요?"

알레스키가 물었다.

"알피에게 네 곳의 집이 있다는 사실을 알아냈다는 말이지. 네 곳의 집에 사는 게 아니라, 네 곳을 전부 방문하는 거라는 사실을 말이야."

프란체스카가 웃으며 대답했다.

"그래, 알피. 우리 너 찾았어. 그림도 그렸는데 못 찾았어. 그래서 걱정해. 그런데 네가 다쳤다고 들었어."

알레스키의 눈에 눈물이 고였다.

"자, 알레스키. 알피를 안아도 돼. 대신 아주 조심해야 해."

조너선에게서 나를 받아든 알레스키는 내게 뽀뽀했다. 클레어도 내게 뽀뽀했다. 내 모든 가족이 함께 모여있는 걸 보니 기분이 이상했다. 나는 알레스키의 품에 파고들며 모두를 둘러봤다. 폴리는 그 어느 때보다 더 아름다워 보였고, 무릎 위에 앉은 헨리의 몸을 들썩거리며 어르는 모습도 훨씬 더 자연스러워 보였다. 큰 토마츠와 맷은 예전과 똑같은 모습이었다. 프란체스카는 여느 때보다 침착해 보였고, 작은 토마츠는 내가 없는 동안 많이 자란 것 같았다. 클레어는 아주 좋아보였다. 물론 동물병원에서 그녀를 보긴 했지만 제대로 관찰하진 못했었는데, 그녀는 다시 아름답게 피어나고 있었다. 살도 어느 정도 오른 것 같았다. (나는 이제 그런 것도 알아보는 멋진 고양이가 됐다!) 얼굴의 혈색도 돌아오고 있었다. 조녀선도 마찬가지였다.

조녀선은 알레스키에게서 나를 받아들고 원래는 클레어의 집에 있었던 내 전용 침대에 나를 눕혔다. 두 사람은 내바로 옆에 먹을거리를 놔줬다. 연어와 새우였다. 실로 최고의 식사였다.

모두는 나를 잔뜩 귀여워해 주며 선물을 안겨줬다. 꼭 내 생일인 것만 같았다. 알레스키와 토마츠는 고양이와 자동차를 그려주었다. 두 아이는 내가 길을 건너다 차에 치여 다친 걸로 알고 있었다. 진짜 무슨 일이 있었는지 들으면 충격을 받을지도 모른다며 어른들이 지어낸 이야기 덕분이었다. 런던의 반을 쏘다니면서 길을 건널 때마다 차를 잘만 피해 다

넸던 나인지라 조금 억울하기는 했다. 내가 파란불에 건너야 한다는 것도 모른다고 생각하나?

"길을 건널 땐 조심해야 해."

알레스키가 말했고, 조너선은 내게 윙크해 보였다.

"마지막으로 선물이 하나 더 있어."

조너선이 말했다.

"이제서야 줘서 미안해."

클레어가 덧붙였다. 그녀는 내게 손을 뻗어 조심스레 내 목걸이를 벗겼다. 그러고는 마거릿의 전화번호가 적힌 이름표를 떼어냈다. 클레어가 새로운 목걸이를 들어 올려 보이자, 모두가 박수를 쳤다.

"알피, 네 이름과 우리 모두의 전화번호가 적힌 목걸이야. 네 가족 모두의 연락처를 적어뒀어. 그래야 다시는 널 잃지 않을 테니까."

인간들은 고양이가 울지 못한다고 말하지만 그건 틀린 말이다. 내 눈에는 눈물이 가득 고였으니까. 정말이다!

나는 아주 피곤했지만 모두는 나를 아주 조심스럽게 다루면서 많은 사랑을 퍼부어 줬고, 나를 아주 많이 보고 싶었다고 말해줬다. 마음이 감동으로 부풀어 올라서 몸 밖으로 터져 나올 것만 같았다. 조너선의 집에 내 모든 가족이 모인 모습을 본 것만으로도 최고의 선물을 받은 기분이었다.

그들은 당번을 나누기 시작했다. 클레어는 내가 회복하는 동안 휴가를 내기로 했고, 나를 그녀의 집에 데리고 있으면서 간호하기로 했다. 조너선도 겹치지 않는 기간에 휴가를 내서 나를 돌보겠다고 했다. 나는 규칙적으로 약을 먹어야 했고, 불평할 수 없는 처지라고 했다.

"널 찾는 다정한 고양이가 있는 것 같더라."

클레어가 말했다.

"우리 옆집에 사는 것 같던데?"

나는 타이거도 나를 보러 와줄 수 있을까 궁금해졌다. 그렇게만 된다면 내 모든 친구와 가족이 나와 함께 있게 되는 건데!

알레스키는 하교 후 나를 보러 와도 좋다는 약속을 받아내고야 말았고, 폴리는 클레어가 장을 보러 나가야 할 때 헨리를 데리고 와 나와 함께 있어주겠다고 했다. 그 후, 모두는 차례로 내게 뽀뽀하고 나를 부드럽게 쓰다듬은 다음 떠나갔다.

조너선은 나를 클레어의 집으로 데려가 아래층에 쉴 자리를 마련해 주었다. 내가 아직 계단을 오를 수는 없을 거라는 생각에서였다. 나도 몸이 아직은 약한 기분이어서, 두 사람 생각을 따르기로 했다.

"한잔하고 갈래요?"

내가 몸을 웅크리며 쉬기 시작하는 모습을 확인한 후, 클레어는 조너선에게 물었다.

"그럼 좋죠. 배달 음식도 같이 먹는 건 어때요? 배고파 죽겠거든요. 아, 저랑 같이 먹어도 괜찮다면요."

조너선이 대답했다. 나는 살짝 붉어진 그의 얼굴을 상상했다.

"물론이죠. 알피가 집에 돌아와서 정말 다행이에요."

클레어는 나를 내려다보며 말했다.

"정확히는 집들 중 한 곳이죠."

조너선은 그렇게 대꾸하고는 클레어와 함께 웃음을 터뜨렸다. 그들의 목소리에서는 내 목소리에서 자주 묻어났던 감정이 느껴졌다. 사랑 말이다. 두 사람은 아직 깨닫지 못했을지언정, 나는 알 수 있었다. 나는 아주 똑똑한 고양이니까.

에필로그

나는 타이거를 만나러 갔다. 살을 빼야 한다는 사실을 인정한 후, 그녀는 더 자주 나와 함께 운동하려 했다. 내가 없을 때 나를 그리워하느라 많이 먹지도, 움직이지도 않았다는 타이거의 말에 기분이 좋긴 했지만 그녀가 평소처럼 그저 조금 게을렀을 뿐일 수도 있겠다는 생각이 들었다.

사건 이후로 수개월이 흘렀다. 이제 그 일은 '사건'으로 불리게 됐다. 내 계획이 위험했던 것은 사실이지만, 계획 때문에 거의 죽을 뻔했다는 사실은 미처 알아차리지 못했다. 내가 죽음과 얼마나 가까워져 있었는지 제대로 알지 못한 것이다. 결과는 내 예상을 한참 뛰어넘었다. 하지만 시간이 흐를수록 내 힘은 서서히 회복됐다.

다시 여름이 찾아왔다. 햇볕은 강했고, 저녁은 따뜻했다. 나는 조의 공격을 받고도 살아남아, 밖으로 한 발짝도 나오기 싫을 정도로 추웠던 그해 겨울까지 견뎌냈다. 나는 조녀 선네와 22번지의 집들과 클레어네를 모두 방문하는 예전의 삶으로 돌아갔다. 완전히 회복한 후, 나는 다시 마당냥이로 돌아갔지만 모든 게 달라졌다.

먼저 프란체스카와 토마츠네 가족은 에드거 로드를 떠났다. 하지만 다행히 모퉁이만 돌면 되는 거리에 있었다. 더 큰 집으로 이사한 것이다. 내가 걸어가기엔 꽤나 먼 거리여서 그들을 예전만큼 자주 방문하진 못했다. 하지만 그들이 폴리나 조녀선이나 클레어네 집을 자주 방문했다. 나 덕분에 내 모든 가족이 친구가 된 것 같았다. 그래서 정말 행복했다. 내가 원하던 대로 내 가족들이 서로를 좋아하게 됐다니!

큰 토마츠는 일하는 식당의 파트너로 승진해 아주 잘 지내고 있었다. 알레스키는 학교를 아주 좋아했고, 이제는 그의 부모님보다 영어를 더 잘하게 됐다. 작은 토마츠는 말을 뗐고, 나름 영어 같은 소리를 내기도 했다. 프란체스카는 가게에서 일하며 자주 내게 선물할 생선을 가져오곤 했다. 그녀는 점점 고향에 대한 그리움이 옅어지고 있다고 말했다.

폴리도 이제는 엄마로서의 삶을 즐기고 있었다. 배가 불러오는 걸 보니 또 다른 아이를 만나게 될 모양이었다. (나와 놀아줄 인간이 하나 더 늘게 된 셈이다!) 폴리도, 맷도, 헨리도 아주 행복해 보였다. 이제 걸음마를 뗀 헨리는 내 꼬리를 잡아당기는 걸 좋아했다. 못된 마음이 있어서가 아니라 재미있어서 그러는 걸 알았기 때문에, 나는 싫어하는 티를 내지 않으려 노력했다.

가장 큰 변화는 폴리네 가족이 새집으로 이사했는데, 우연찮게도 조너선네 집 바로 맞은편에 살게 된 것이다. 폴리네 집은 훨씬 가까워졌을뿐만 아니라, 비록 조너선네만큼 큰 집은 아니더라도 가족이 살기에 적당한 사랑스러운 집에 살게 됐다.

클레어와 나는 에드거 로드 46번지에 살게 됐다. 조너선도 함께였다. 두 사람을 엮어주려는 내 계획이 성공한 거다! (물론 오래 걸리기는 했지만.) 전부 두 사람이 알아서 사귄 거고, 그 과정에 내 도움이 많이 들어간 건 아니지만 그래도 최고의 결과다.

두 사람은 아주 행복해 보였다. 조너선은 여전히 가끔 툴툴댔고, 클레어는 그걸로 조너선을 놀려댔지만 말이다. 클레어는 조너선을 무서워하지 않았고, 조너선도 클레어를 공주처럼 대접해 줬다. (물론 나도 잊지 않고 왕자 대접해 줬다.) 타샤는 다른 친구들을 데리고 자주 방문했고, 프란체스카와 폴리네 가족도 자주 들렀다. 클레어와 조너선의 집은 내가 언제나 바랐던 것처럼 북적거렸다.

클레어와 조녀선은 나를 기적의 고양이라고 불렀다. 역시 내가 많은 도움이 된 모양이었다. 덕분에 나는 자부심 많은 고양이가 됐다. 두 사람의 얘기를 듣고 있자면 내가 전 세계를 구하기라도 한 것처럼 느껴졌다. 하지만 그런 거나 마찬가지다. 덕분에 내 묘생도 훨씬 더 나아지고 다채로워졌다.

우리는 우리 모두에게 편안한 일상을 살아가기 시작했다. 감사할 것이 참 많았다. 내 우정, 내 가족, 날 둘러싼 사랑까지도. 두려움에 떨며 길거리를 떠돌던 시절도, 자동차와 개와 길고양이를 피해 다니던 시절도, 음식과 비 피할 곳을 찾아 전전하던 시절도 꼭 내가 아닌 다른 고양이에게 일어난 일처럼 느껴질 정도로 옛날 일 같았다. 하지만 내 과거는 항상 나를 따라다녔기에, 나는 그게 정말 실제로 일어난 일이란 걸 알았다. 눈물과 두려움, 그리고 날 필요로 한 가족들은 내 일부가 됐다.

조가 내게 한 짓도 절대 잊지 못할 거다. 물론 큰 대가를 치르긴 했지만, 훨씬 더 큰 보상을 받았으니까. 알레스키가 어느 날 학교를 마치고 돌아와 가장 친한 친구인 알피에 관해 쓴 글로 상장을 받았다며 자랑한 것도 잊지 못할 것이다. 프란체스카가 처음에는 너무나도 힘들었던 영국 생활이 나덕분에 아주 수월해졌다고 말한 것도 잊지 못할 것이다. 내가 자기를 구했다고 말한 클레어의 목소리도, 폴리의 목소리도 절대 잊지 못할 것이다. 조녀선이 고양이를 좋아하게 된 게 다 나 때문이라며 농담을 던지고, 클레어에게 그를 끔찍한 필리파로부터 구해준 게 나라고 말한 것도 절대 잊지 못할 것이다. 여기까지 오는 동안의 긴 여정도 절대 잊지 못할 것이다. 이제 힘든 일은 전부 끝났으니까 좀 쉬어도 되겠지?

왜냐면 나는 무릎냥이인 편이 행복하고, 이제 내게는 앉을 무릎이 충분하니까. 나는 가끔 밤이 되면 밖으로 나가 별을 관찰하곤 했다. 나는 하늘을 올려다보며 어딘가에서 아그네스와 마거릿이 나를 향해 윙크해 주기를 바랐다. 그들이 세상을 떠난 뒤 내가 한 좋은 일은 너무나도 많지만, 그건 다 마거릿과 아그네스의 사랑과 가르침 덕분이었다. 마거릿과 아그네스가 있었기에, 그리고 지금까지의 역경이 있었기에 나는 더 나은 고양이가 될 수 있었다. 그리고 그 모든 일을 통해 묘생이라는 게 원래 그런 거라는 사실을 배웠다.

알피는 가족이 필요해

초판 1쇄 인쇄 2025년 3월 25일
초판 1쇄 발행 2025년 3월 31일

지은이 레이첼 웰스
옮긴이 장현희
펴낸이 김문식 최민석
총괄 임승규
편집장 조연수
책임편집 백승민
편집 이혜미 김지은 김민혜 박지원
마케팅 조아라
디자인 배현정

펴낸곳 (주)해피북스투유
출판등록 2016년 12월 12일 제2016-000343호
주소 서울시 서대문구 신촌로 25-1 보고타워 4층
전화 02)336-1203
팩스 02)336-1209

© 레이첼 웰스, 2025
ISBN 979-11-7096-423-0 03840